悪役令嬢、ブラコンにジョブチェンジします３

浜　千鳥

22490

角川ビーンズ文庫

c o n t e n t s

characters

エカテリーナ・ユールノヴァ

利奈が転生した乙女ゲームの
悪役令嬢。
「過労死」は敵。

アレクセイ・ユールノヴァ

ユールノヴァ公爵家の若き当主。
エカテリーナの兄。

ミハイル・ユールグラン

乙女ゲームのメイン攻略対象。
皇国の皇位継承者。

フローラ・チェルニー

乙女ゲームのヒロイン。
平民出身の男爵令嬢。

ミナ・フレイ

エカテリーナ付きメイド。

イヴァン・ニール

アレクセイ付き従僕兼護衛。

ウラジーミル・ユールマグナ

ユールマグナ家嫡男。

悪役令嬢、ブラコンにジョブチェンジします

Akuyaku Reijou, Brother Complex ni Job Change Shimasu.

本文イラスト／八美☆わん

第一章　旅立ち前

ユールノヴァ公爵《こうしゃく》家の令嬢《れいじょう》であるエカテリーナは、魔法《まほう》学園の授業が終わった放課後、公爵である兄アレクセイが執務《しつむ》室として学園から借り受けている会議室を訪《おとず》れた。

今日は兄の誕生日で、昼休みにはここで心尽《こころづ》くしのプレゼントを贈《おく》って、ささやかなお祝いをしている。前世の記《き》憶《おく》を持ち、生まれ変わったこの世界では自分は乙女《おとめ》ゲームの悪役令嬢だと知っているエカテリーナだが、ゲームのヒロインであるフローラとは親友と言っていいほど仲良くなり、メイン攻略《こうりゃく》対象の皇子ミハイルともすっかり仲良くなって、ゲームのエカテリーナがおちいった破滅《はめつ》からは逃《のが》れられそうになってきた。

その代わりに、前世の記憶を生かして用意した兄へのプレゼントがらみで、なぜかガラス工《こう》房《ぼう》を購入《こうにゅう》して経営することになったりして、これから忙《いそが》しくなりそうなのだった。

「お嬢様、ようこそ」

アレクセイの姿はまだなく、側近のノヴァクたちが立ち上がってエカテリーナを迎《むか》える。

「お嬢様……我々《われわれ》が申し上げるのも僭越《せんえつ》ですが、昼休みはまこと良きひとときでございました。

閣下の誕生日をあのように温かく祝うことができるとは、嬉《うれ》しいことです」

「ノヴァク卿《きょう》、皆様《みなさま》。お兄様への細やかなお心遣《こころづか》い、いつもありがたく存じておりますわ。もしやお兄様は今まで、お誕生日を祝うことをお好みではありませんでしたの？」

お兄様だけでなく、皆さんもいつも通りの様子だったということは、お兄様が祝う必要なしと指示していたんじゃないだろうか。

エカテリーナの言葉に、ノヴァクはなんとも言えない表情をした。

「前公爵……お父君が、祝い事は非常に賑《にぎ》やかにすることをお好みでした。少々ゆき過ぎる場合もありましたため、閣下はご自分が公爵位を継承《けいしょう》された後は、そのようなことは無くすと決めておられたのです。公爵邸《てい》には様々な方から祝いの品々が届いておりますが、ほぼすべて事務的に処理することになっております」

……とっても奥歯にものが挟まった感じの言い方と、親父《おやじ》が光源氏《ひかるげんじ》的タラシ野郎《やろう》だったっていうイメージから勝手に想像すると、派手なパーティーに加えて、なんかいかがわしい真似《まね》をしてたんじゃって疑いが。お兄様が嫌《きら》っていたのはそれなんじゃ。

親父がそういう真似をしてたのって、お祖父《じい》様が亡《な》くなってからだろうな。だから、お兄様が十歳から十七歳にかけて……多感な年頃《としごろ》だっていうのに、クソ親父め。

そこへ、アレクセイがやって来た。

「エカテリーナ、来ていたか」

「はい、お兄様」

「わざわざすまない。お前のガラスペンについて、少し相談したいと思う」

そう言って、アレクセイは青いベルベットの箱を取り出した。エカテリーナからの誕生日プレゼントだ。箱を開けるとそこには、美しいガラスペンが三本。

かつて日本のアラサー社畜《しゃちく》だった前世の記憶を持つエカテリーナが、その記憶をもとにガラス工房に作ってもらったもの。筆記用具といえば羽根ペンしかないこの世界には、存在しなかったものだ。

「ハリル、一緒《いっしょ》に」

「はい」

商業流通長のハリル・タラールが一礼した。にんまりと期待のこもった、なんともイイ笑顔《えがお》だ。

「実はわたくしも、ご相談したいと思っておりましたの。このガラスペンを、お兄様に買っていただいたガラス工房、ムラーノ工房の商品として、利益を得られるよう育てたいのですわ。あの工房がユールノヴァ家の負担になることなく、わが家の事業として成り立つようにしたいと思っておりますの。ご協力いただけますかしら」

エカテリーナが言うと、アレクセイは微笑《ほほえ》む。

「さすがだ、話が早い。あれは、素晴《すば》らしい可能性があると思うよ。筆記用具として革新的な上、美しい。……これほどのものを創《つく》り出して、まず家族への贈り物にするのは、お前くらいではないかな。あまりに無欲だと心配したが、事業として発展させる展望もきちんと持っているようで安心した。お前はやはり賢《かしこ》い子だ」

いえすみません、私が創り出したわけじゃないから欲を出すなんてあり得ないだけなんです。前世の明治時代にガラスペンを考案した風鈴《ふうりん》職人さん、ほんとにすみません。

はっ、風鈴職人さん、もしかして特許とか取ってたんだろうか。いや特許の有効期限はたしか二十年だから、とっくに期限切れてるか。そしてユールグラン皇国は、前世の特許などを保護する国際条約、パリ条約は非加盟。……って当たり前だろ異世界なんだから、気にしてどうする。

あ、こっちの世界にも特許的な仕組みはあるのかなあ。

「お嬢様、ガラスペンというもの、一度よく見せていただけませんか」

「ああ！　どうぞ、ハリル様。ぜひ書き心地《ごこち》をお試《ため》しくださいまし」

考えごとから引き戻《もど》されたエカテリーナが、あわてて制服のポケットに入れていた木箱から自分のガラスペンを出して渡《わた》すと、ハリルはインクをつけてさっそく書き始めた。

やはり最初に書くのは自分の名前、と思ったら、次々と複数の言語で自分の名前を書いているようだ。さすが、世界各国に拠点《きょてん》を持つ大商会の宗主《そうしゅ》の血筋。この時代にすでにグローバル。

あっ、右から左へ書くパターンも!?

と思ったら、縦書ききたー！　しかも表意文字じゃ？　前世の漢字と同じではないけど、なんとなく文字自体に意味がありそうな形状！

内心で盛り上がるエカテリーナをよそに、ハリルは手を止めて唸《うな》った。

「……一度のインクで、これだけ書ける。そして閣下が仰《おお》せになった通り、どちらの方向にもなめらかに書けますね。ガラスですから当然羽根ペンと違《ちが》い、先端《せんたん》が潰《つぶ》れて削《けず》り直すような必要もなく、長く使える。この太さも、慣れれば持ちやすいと感じるでしょう。『神々の山嶺《さんれい》』の向こう、私の故国のさらにはるかな彼方《かなた》にある東の国々では、動物の毛で作った柔《やわ》らかなペン先を用いています。このペン先の形状は、その東の国の筆記用具を思わせます」

おお……ハリルさん博識。この世界って前世と本当に似ているんだなあ。

確かにガラスペンのペン先って、形が毛筆に似ていると思う。前世のガラスペンの生みの親、明治時代の風鈴職人さんは、羽根ペンではなく毛筆が当たり前の日本人だったからこそ、ガラスペンを創り出せたのかもしれない。

……えっと、そうすると、この皇国にひょっこりガラスペンが出現したのは理屈《りくつ》が合わないことに……？

いや知らん気にしない！　今さら考えてもしゃーないもん！

アレクセイも、エカテリーナが贈ったガラスペンが入ったベルベットの箱を開いて、ハリルに渡した。皇国随一《ずいいち》のガラス工房と言われたムラーノ工房の技術の粋《すい》を凝《こ》らして、きわめて美しい色彩《しきさい》とデザインで作り上げられたそれを、ハリルはじっくりと検分する。

「閣下へ贈られたものは、実用品でありながら芸術品と言うべき逸品《いっぴん》ですね。ユールノヴァ公爵がお使いになるにふさわしい。お嬢様が雇《やと》い入れられた職人は、非常に腕《うで》が立つようです」

「まあハリル様、さすがよくおわかりですこと。その職人は、まだ二十二歳ですの。これからさらに素晴らしいものを作ってくれると、期待しておりますのよ」

「ほう……」

唸ったハリルに、アレクセイが尋《たず》ねた。

「どう思う、ハリル。商品として」

「売れます」

きっぱりとハリルは答える。

「これが売れないとしたら、売る商人がよほどのボンクラということになるでしょうね。ぜひ売ってみたいです」

……ふふふふふと笑うハリルさん、目が輝《かがや》いてます。キラキラではなく、爛々《らんらん》と。

商人の本能？　すげえ。

ていうか、お兄様の前でボンクラとか言っちゃいますか？

「むしろ心配なのは、需要《じゅよう》に製造が追いつかないことでしょうか。これを作れる職人は、一人しかいないのですね」

あ、ハリルさんやっぱりさすが。

「ええ、そうですの。その職人に頼《たの》んで、ムラーノ工房で以前働いていた職人たちに声をかけてもらっておりますのよ。けれど、戻って来てくれるかはまだわかりませんの」

「すでに動いておいででしたか」

ハリルは微笑む。

「ハリル様がガラスペンは売れると言ってくださいましたし、職人たちが今働いている工房よりも、よい待遇《たいぐう》を保証してみますわ。ですけれど、戻って来てくれたとしても、ガラスペンについてはその職人たちに、今の職人と同じ水準のものが作れるかはわからないと思っておりますの」

馴染《なじ》みのない製品だもの。セレブ向けのラグジュアリーな文房具《ぶんぼうぐ》だから、ハイクオリティが要求されるし。

「その場合は他《ほか》の職人には、グラスなどムラーノ工房らしい作品を担当してもらうこととすれば、利益は確保できると思いますわ。ガラスペンは稀少《きしょう》価値を追求し、当分は本当に一握《ひとにぎ》りの方だけにお売りしてみてはと。そうしながら他の職人にも技術を伝え、供給体制が整ったところで、売る数を増やすのです。その頃までに、ガラスペンは上級貴族の持ち物というイメージを根付かせることができれば、かなりの利幅《りはば》を乗せても充分《じゅうぶん》売れるのではないかと考えておりましたのよ」

「……」

しばしの沈黙《ちんもく》の後、ハリルはしみじみとため息をついた。

「お嬢様《じょうさま》が驚《おどろ》くべき方であることは、わかっていたつもりでしたが。そこまでお考えになれるご令嬢は、二人とおられないでしょう」

「いえ！　素人《しろうと》考えにすぎませんわ。本当にそうしたことができるものか、何も見当はついておりませんの」

すいません、前世が令嬢じゃなかっただけなんです。すいません。

そしてこんなの、なんちゃらの夜明けとか経済番組見てた知識で考えただけの、机上《きじょう》の空論ですから。思い通りにいくかどうか、さっぱり自信はないですよ。

「素人がそれだけ考えられるのが非凡《ひぼん》なんだよ、賢者《けんじゃ》エカテリーナ」

アレクセイは笑う。

「ガラスペンの事業はハリルの配下に引き継《つ》がせようかと思ったが……それだけ構想ができているなら、このままお前が事業を率いた方がいいか？」

「率いるなどとは僭越《せんえつ》でございますけれど、わたくしがお願いして買っていただいた工房ですもの、わたくしが責任を持つべきと思いますの」

「お前らしい。責任感の強い子だからな」

アレクセイは嘆息《たんそく》した。

「実務を任せられる者をつけるから、あまり時間を取られて体調を崩《くず》すことのないように。それだけは気をつけてくれ」

「ありがとう存じますわ、お兄様。必ず仰せの通りにいたします。わたくし何も存じませんもの、何かあればすぐお兄様とハリル様に相談させてくださいましね」

「ああ、ぜひそうして欲しい」

「いつでもお声がけください。しかしお嬢様、さきほどお話しになった方針はたいへん理に適《かな》っておりました。迷わずお考えの通りに進めてくだされればよろしいかと思います」

「お言葉嬉《うれ》しゅうございます。ですけれどわたくし、ガラスペンが上級貴族の持ち物というイメージを、具体的にどうすれば根付かせることができるのかわかりませんの。わかったようなことを口にしているばかりですのよ、お恥《は》ずかしゅうございますわ」

お兄様に広告塔《こうこくとう》になってもらって、なんて考えたけど。お兄様もまだ学生の身だし、性格的にそういうのはあまり好きではなさそう。お兄様に嫌《いや》な思いなんてしてほしくないから却下《きゃっか》。

でも、じゃあ、他にどうする。

するとアレクセイとハリルが目を見交《みか》わし、ふっと笑った。

「エカテリーナ、私に贈《おく》ってくれたものと同等か、これ以上に豪華《ごうか》なガラスペンを、職人に用意させることはできるか」

アレクセイの言葉に、エカテリーナは大いに戸惑《とまど》う。

「これ以上、とおっしゃいまして？　公爵《こうしゃく》たるお兄様にふさわしく、職人が技術の限りを尽《つ》くして素晴《すば》らしいものを作ってくれましたの……同等であればご用意はできましょうけれど、何にお使いになりますの？」

アレクセイはあっさりと言った。

「皇帝《こうてい》陛下に献上《けんじょう》するんだよ。必ずお気に召《め》すだろう」

なるほどそっかーそれなら一発で高貴なお方の持ち物イメージ確立ですね！

お兄様なら拝謁《はいえつ》して手渡しも可能ですもんね！

……って、トップセールスにも程《ほど》があるわ……。

さっき気になった特許について訊《き》いてみると、皇国にも発明を一定期間独占《どくせん》的に使用できる制度はあるとのことだった。

有効期限は十年。最初は三年だったものが、だんだん長くなっているという。

なんとこれは、ユールノヴァ公爵家五代目当主ヴァシーリーが、当時の皇帝に働きかけて作ったものだそうだ。

当時、他国から有名な発明家をユールノヴァ領に招いて、鉱山の採掘《さいくつ》や製鉄の改善に役立つ発明をしてもらったところ、大きな効果を上げた。それで、発明家にずっと留《とど》まっていてもらおうと、さまざまな厚遇《こうぐう》の一環《いっかん》で、彼の権利を守る制度を制定したという。

発明家の出身国を含《ふく》め、他国には特許制度はなかったそうだから、皇国にいたほうが権利が守られるなら、発明家も皇国にずっと居ようと思っただろう。賢《かしこ》いやり方だ。

すごい必死だったんだなーって気もするけど。

「ただし、この制度に登録することが常に有利に働くとは限らないんだ。登録するために製法や原理などを届け出る必要があるから、手の内をすべてさらすことになる。期限が切れると、一斉《いっせい》に真似《まね》をされてしまうだろう」

おお、それも前世の特許と同じです。仕事のからみで知的財産権についてざっと教えてもらった時、特許の目的は発明者の権利を守って発明を奨励《しょうれい》することと、発明の内容を公開して広く利用を図《はか》ること、とかって習った覚えが。

「十年の独占権にその価値があるかどうか、職人とダニールによく相談しなさい」

ダニールとはユールノヴァ公爵家の法律顧問《こもん》ダニール・リーガル。よく名前は聞くけれど、エカテリーナはまだ会ったことはない。

「はい、ありがとう存じます。ダニール様はたいそう優秀《ゆうしゅう》な方と聞き及《およ》びますもの、いろいろ相談させていただきとうございますわ」

「何か気になっていることでもあるのか」

「ご先祖ヴァシーリー公に倣《なら》い、良い職人を集めるために、工房に規則を作ろうと思いますの。働く側に守らせるだけでなく、雇う側であるわたくしが守るべき規則ですわ。働く時間やお給金について……たとえば長時間働くことを強《し》いてはならない、お給金は一定額を保証し、工房が利益を上げた場合はその利益の一部を報奨《ほうしょう》として別途《べっと》支給する、といったことですわね。それらを契約書《けいやくしょ》に明記して取り交わすようにしたいのです。その内容が、皇国の法に照らして問題がないかをご相談しとうございますの」

五代目の話もヒントになったけど、元社畜《しゃちく》として、雇用《こよう》者側になるなら就業規則とか雇用契約とかはちゃんと作りたい。

前世で『会社は誰《だれ》のものか』が議論になったことがあるそうだ。出資者である株主、働く者である従業員、そして顧客《こきゃく》。会社は、この三者の誰のものなのかと。

前世では、実態として答えは出ていた気がする。会社は株主のもの。マネーイズパワー、お金持ちが強いんですよ。その傾向《けいこう》がどんどん強くなっていた。特に欧米《おうべい》でだけど。社会の仕組みさえ、お金持ちに有利な方へ、じりじりと変わっていって。

でもさあ、『会社は誰のものか』って話を前世で聞いた時、そんなの答え決まってるやん、何を議論する必要があるの？　と思ったんだよね。そんなの、三者すべてのものだよ。株主も従業員も顧客も、それぞれの権利があり、それぞれの義務がある。その権利と義務がバランス良く釣《つ》り合って成り立つべきなのが会社じゃないのか、って。

ま、頭の片隅《かたすみ》でそんなことを考えていたくせに、使い捨てられて過労死した従業員でしたがね。でもだからこそ、ここでそのバランスを取れる組織を作ることを目指してみたい。江戸《えど》の敵《かたき》を長崎《ながさき》で討《う》つ！　もっと遠いけどな！

この世界は、前世以上に雇用者側が有利。あれでも前世は、長い年月をかけて労働者の権利が確立されてきた世界だったもの。

とはいえ、雇用される側になんの権利もないわけではない。法律や慣例で、それなりに守られてはいるらしいと、執務《しつむ》室でお手伝いしているうちにちょこちょこ耳にした。そのへん、専門家にきちんと訊いてみたい。

「思う通りにやりなさい。ヴァシーリー公も称賛《しょうさん》なされるだろう、私もその試みにどんな成果が出るか知りたいと思う。お前の発想は本当に素晴らしい」

アレクセイが微笑《ほほえ》む。

すみません、私の発想ではなく前世で議論されてたことですみません。

「……お前は、まだ世の中に出て四ヶ月ほどにしかならないというのに。私にとってはもちろん、公爵家にとってかけがえのない一員になってくれた。仕事に貢献《こうけん》してくれるだけでなく、お前の愛情や思いやりがどれほどの喜びを与《あた》えてくれていることか。どんなに感謝しても足りない」

「……」

あ、いかん。

軽く不意打ちだったんで感動のあまり震《ふる》えが……あああ嬉しい！

「お兄様……そのお言葉、何より嬉しゅうございます」

「そう言ってくれて嬉しい」

と、アレクセイが表情をあらためた。

「——私が公爵の位を継いでまだ一年足らず。なすべきことは未《いま》だ多いが、落ち着きしだい取り組みたいと思っていることがある。かつてお祖父《じい》様が始めようとされたことだが、形になる前に亡《な》くなられた。お祖父様の遺産とも言えるものだ。それを、私が引き継ぎたい。ゆくゆくは、ユールノヴァの総力をかける大事業になる可能性がある。……お前も、力を貸してくれないか」

「もちろんですわ！　お兄様のなさりたいことにご一緒《いっしょ》できるとは、嬉しいことでございます。しかも、お祖父様から引き継がれたことですもの。わたくし、何なりとさせていただきます」

お兄様のやりたいことなら無条件で応援《おうえん》しますとも。しかも、お祖父様の遺産とも言える大事業……またもプロジェクトなんちゃら的ロマンの予感がします。大好物です。

「アーロン」

アレクセイが呼ぶと、鉱山長のアーロン・カイルがさっと立ち上がった。ハリルと入れ替《か》わりでやって来た彼は、手に、立派な革《かわ》のフォルダーを持っている。

「お嬢様《じょうさま》、まずはこれをご覧ください。大叔父《おおおじ》様アイザック博士がお書きになった論文です」

差し出す手つきのうやうやしいこと。外見も学者のようなアーロンさんは鉱物マニアで、鉱物学者であるアイザック大叔父様を崇拝《すうはい》しているようだから。大叔父様の論文は、彼にとって経典《きょうてん》のようなものなのかもしれない。

しかし、まずは、って言われたけど、けっこう大作だぞこの論文……。

あ、中身もガチだ。がっつり専門用語のやつだこれ。

でも頑張《がんば》る。解《わか》るところを拾い読んでなんとか。

とりあえず論文タイトルは『起動魔法《まほう》の継続《けいぞく》～虹石《こうせき》の含有《がんゆう》魔力および魔法陣《まほうじん》の活用～』。

虹石は魔力が凝縮《ぎょうしゅく》した鉱物という説がある、って教えてもらったな。

そして、魔法陣！　前世の感覚ではロマンだけど、この世界ではねえ……。たびたび研究はされてきていて、魔力制御《せいぎょ》の本にはたいてい載《の》っている。けれど、手間暇《てまひま》かかる割に魔力の増《ぞう》幅《ふく》などの効果は大したことないと結論付けられて、今はほぼすたれてしまったものなんだよね。

でも、人間の魔力ではなく虹石の魔力活用？　魔法陣で？　できるのどうやるの？

あ、そういえばユールノヴァ公爵家の伝家の宝刀、初代セルゲイ公の愛剣《あいけん》。あれ、虹石がはめ込んであって、魔力がある人が持つと軽量化が起動するんだった。約四百年前にすでに、虹石を利用する技術は芽生えていた。

だけどあの宝刀の場合、起動条件は人間の魔力で、持っている間しか機能しない。その起動した魔法を、魔法陣と虹石で継続できるの？　それ、すごくない？

第一章は、虹石魔力の利用実例。

初代セルゲイ公の愛剣をはじめ、皇国各地に残る虹石の魔力を利用している事例が多数書かれている。すごい、よくぞこんなに。大叔父様、フィールドワークの鬼《おに》だな。

第二章、魔法陣の効果。

うっ……私には厳しい。わからん。でも、魔力の増幅を主な目的として研究されてきた魔法陣だけど、魔力さえ継続供給できれば、起動した魔法を継続発動できるという機能もある、という結論はわかった。

第三章、虹石魔力と魔法陣の接続。

そう、ここがポイントだよね。人間の魔力なら、人間が魔法陣に流し込むことで自分の魔力に魔法陣の効果を乗せられる。だけど虹石の魔力をどうやって魔法陣とつなげるの？

……と思ったら、虹石を魔法陣に組み込むと。人間の魔力を魔法陣に流し込む場合も、実は流れ込むポイントがあると……そこにピンポイントで虹石をセットすれば、虹石の魔力を魔法陣に供給できる、ということね。

第四章、虹石魔法陣の実践《じっせん》。

実際に起動するための条件ね。——ってすごい大掛《おおが》かりだな！　虹石の量、こんなに要《い》るのか！

質も、凝縮した魔力が同種であることが望ましいと。同種の魔力が高い純度で凝縮した虹石をこれだけ集めるって……。

魔法陣もめっちゃデカい。これ全部、寸分の狂《くる》いなく描《か》くのか……誰がやるんだろう……。

だけど。わかってきたぞ——。

魔力を鉱物から取り出して継続させられる、という意味。

これは。これに当たるものが、前世で世界を変えた。

ああ、手が震える。なんてことだろう。

きっとこれは、この世界を変える。

エカテリーナは革のフォルダーを持っていた手を、テーブルの上に下ろした。手の震えのために、カタカタとフォルダーがテーブルを叩《たた》く。

これは——産業革命だ。

前世の蒸気機関に代わる、魔力機関とでも言うべきもの。

それを……それが生まれる卵のようなものを、私は今、この手に持っている。

「エカテリーナ！　どうした、顔色が悪い。具合が悪いのか？」

「いえ！　いいえ、ただ、これは……大変な……大変な、研究ですわ。世界を変えるほどの……」

心配するアレクセイにエカテリーナがそう答えると、アーロンが息を呑《の》んだ。

「お嬢様、おわかりになるのですか。学術院《アカデミー》の学者たちが理解できなかったこの論文の価値を、一読しただけでご理解なさったのですか」

「いえあの、内容をすべて理解できるわけではありませんわ。ですけれど、虹石さえあれば魔法を継続発動できるのでございましょう。水のない地に、水を呼び続けて泉を生むことができますわ。風を必要な箇所《かしょ》のみに起こして、風車を好きなだけ動かすこともできますわ。森を伐《ばっ》採《さい》して薪《まき》にせずとも、火を保つこともできましょう。土の魔力で地を耕すことも。そうしたことができれば……人々の暮らしは、どれほど変わることでしょう」

　今はとても大掛かりな虹石魔法陣だけど、きっとすぐ改良されて小型化し、多様化するだろう。

　そして最初の魔法起動も、人工的な設備で可能になる。きっとそうなる。

　ふと思い出す。お兄様と皇都を見物した日、神殿《しんでん》の鐘楼《しょうろう》から皇都を一望した時。前世の東京を思い出し、なんて広大でなんて灰色だったのだろうと思った。

　もしかしたらこの論文は、この皇都をあの東京へ変える道筋になるのだろうか。

「アイザック大叔父様は、まごうかたなき天才ですのね……。歴史に名を残す、驚《おどろ》くべき天才ですわ」

「はい、そうです。アイザック・ユールノヴァ博士は皇国史上最高の天才です、この論文がその証拠《しょうこ》です。しかし、お嬢様も本当にご聡明《そうめい》でいらっしゃいます。論文を一読しただけで、よくそこまでおわかりに……学術院など、『これは鉱物学の論文とは言えない』と馬鹿《ばか》げたことしか言わなかったものです。旧態依然《きゅうたいいぜん》の学者たちなど、お嬢様の足元にも及《およ》びません」

いやアーロンさん、学術院の学者さんたちを下げて私を上げるのって、あなたがアイザック大叔父様ラブすぎだからでしょう。

「アーロンの言う通りだ。私がこの論文を知ったのはお祖父様のご生前、大叔父様がお祖父様のもとへやって来て、こういうものを書きましたとお渡《わた》しになった時だったが、当時はそれにどれだけの可能性があるか、まったく理解できなかった」

お祖父様のご生前なら、お兄様は十歳以下ですよね！　あたりまえです！

「お祖父様は即座《そくざ》に理解しておられたよ。とても喜んでいらした。素晴《すば》らしい、アイザックは天才だと何度も言って……。お前はやはり、お祖父様に似ている。虹石魔法陣の実践をやり遂《と》げることができるのは、ユールノヴァのみだろう。膨大《ぼうだい》な虹石を用意する必要があるからな。費用も莫大《ばくだい》になる。だが、実用化できればその効果は絶大だ。お前が言う通り、世界を変えるかもしれない。だからぜひ、お前に力を貸してほしい」

真剣な表情で言うアレクセイを、エカテリーナはじっと見つめる。

正直、腰《こし》が引けるどころじゃない。これ、もう、プロジェクトなんちゃらも超《こ》えてますよ。その時歴史が動いたほうだよ。それも一国の歴史じゃなく、世界史というか人類史が動く話だよ。

だがしかし。お兄様が力を貸してほしいとおっしゃった。

私は何者か。

私はブラコンだ！（握《にぎ》りこぶし）

若干《じゃっかん》アホな現実逃避《とうひ》がなくもないけど。よし、腹はくくったぜ。

とりあえず前世で問題だった温室効果ガスとか温暖化とかは、化石燃料を使用するわけではないから同じことにはならないはず。

前世の知識があるから、問題はそれだけではない、良いことばかりではないとわかっている。でも、良いことだってたくさんある。

そしてなにより、お兄様がお望みだから。

世界に変わってもらいましょう！

「虹石魔法陣の実用化に成功しましたら、ユールノヴァの名は皇国を超えて、人類の歴史に刻まれることになりましょう。お家の誉《ほま》れでございますわ。なによりそれがお祖父《じい》様のご遺志であり、お兄様のお望みならば、わたくしは何でもいたします」

「ありがとう。心をひとつにできる家族がいるのは、嬉《うれ》しいことだ」

アレクセイは微笑《ほほえ》む。

「だが、ひとつ気を付けてほしい。この件については当分、他言してはいけない」

「他家に先んじられてしまう恐《おそ》れがありますの？」

「いや。一部の……いやおそらくは大多数の貴族が、魔力を独占《どくせん》できなくなることに反発する恐れがあるからだ」

あっ、とエカテリーナは息を呑んだ。

そうか。今は、魔力は貴族の象徴《しょうちょう》。魔力を持っていることは貴族の大きなプライド。

しかし虹石《こうせき》魔法陣は、最初の起動こそ魔力《まりょく》を持つ人間が必要だけど、継続は虹石を継《つ》ぎ足しさえすればいい。魔力を持たない人間でも、虹石の魔力なら恩恵《おんけい》を受けることが可能。

個人の魔力の価値が、ダダ下がりすることになるかもしれない。いや、なる。

そして……平民が台頭する？　……民主化へと皇国が、世界が動く……？

「中には過激な行動に出る者もいるだろう。——ただこれだけは誓《ちか》う、お前の身には、いかなる危険も一切《いっさい》寄せ付けはしない。万が一にもお前に悪意を向ける者があれば、千倍の報《むく》いを受けさせる。必ずだ」

……お兄様、ネオンブルーの瞳《ひとみ》の光。『優雅《ゆうが》なる冷酷《れいこく》』ってフレーズを思い出しちゃいました。前世で読んだ本の題名（の一部）なんですけど。

そんなお兄様もかっこよくて素敵です。

「私の身に何かあった時には、お前がユールノヴァの女公爵《こうしゃく》となる。跡《あと》を継ぐ男子がいない場合、女子が家督《かとく》を継ぐことができると、今の皇国の法には定められているからね。その時にはお前がこの件を引き継ぎ、成し遂げてほしい」

お兄様の身に何かあった時……。

私が爵位を継ぐって、それはつまり——お兄様が。

あ、あれ？

ちょっと、おーい、待て自分。

「エカテリーナ！」

アレクセイが叫《さけ》ぶような声を上げて、妹の手を取った。

「どうした、頼《たの》む、泣かないでくれ。公爵になるのは嫌《いや》か？」

「いいえ……いいえ、でも……。お兄様の身に何かなど……」

エカテリーナはぼろぼろと涙《なみだ》を流している。

うわーん。止まらないよー。

しっかりしろ自分！　アラサーが泣くな、お兄様が困ってるだろ。

でも泣いてるのはアラサーの自分じゃないんだよー。十五歳の、部分的には年齢《ねんれい》よりさらに幼い、お母様亡《な》き後世界のすべてが怖《こわ》くて引きこもっていた、お兄様だけが頼《たよ》りの令嬢《れいじょう》エカテリーナの自分なんだよ。

そしてアラサーの自分だって、万が一にもお兄様がお祖父様のようにいなくなってしまったら——無理、泣きそう。ってすでに泣いてるだろが自分。

前世のスマホ画面で見た時からどストライクで、過労死一直線の暮らしの唯一《ゆいいつ》の癒《いや》しだった。妹に生まれ変わったら、いつもいつも絶対的に愛してくれて、仕事ものすごくできる男で、でも幼い頃《ころ》はつらい思いをしてきた健気《けなげ》な子供で。ますますお兄様のためなら何でもできる！と思う。

でも、お兄様がいなくなったら？　いや、いなくなるっていうか、その……。

もう考えただけでつらいー！　マジで生きる気力がゼロになりそう。いや、なる。断定。

うわーん！

虹石魔《ま》法陣《ほうじん》をきっかけに起こりうる社会の大変革を想像できるだけに、お兄様の身に何か、って言葉が怖いよー！

「すまない……私が悪かった。繊細《せんさい》なお前に、配慮《はいりょ》のないことを言ってしまった。忘れてくれ」

アレクセイがエカテリーナの側《そば》にきて、妹を抱《だ》きしめる。

「お前に泣かれると、胸が張り裂《さ》けそうになる。どうか泣かないでくれ――お前を悲しませるなど、神にさえ許されない。お前が悲しむなら、私は決して死んだりはしないから。たとえ忘《ぼう》却《きゃく》の河を渡ろうと、私はお前を忘れないよ。必ずお前のもとへ戻《もど》ってくる。だから泣かないでくれ、お願いだ。泣かないでくれ……」

み……耳元で囁《ささや》かれるお兄様の美声。ちょっと震《ふる》えが。

この世とあの世の間に忘却の河が流れているという神話や伝承は、前世でも世界各地にあったけど、この世界でもアストラ帝国《ていこく》の頃から同じような言い伝えがある。――思えば前世の記《き》憶《おく》を思い出した私って、リアルに忘却の河を渡ってもお兄様を忘れなかったんだなあ。

私は一度死んだことがあって。

過労死までの日々、もうすっかり麻痺《まひ》してまともに物事を感じられなくなっていたけれど、だんだんと生命が削《けず》られていく間、やっぱり苦しくてつらかった。

死ぬってやっぱり、痛かったり苦しかったりするものなんですよ。

お兄様がそんな思いをするのは、私は嫌ですよ。

「お嬢様」

兄の腕《うで》の中で涙を流し続けるエカテリーナに、従者のイヴァンがそっと声をかけた。

「どうか泣かないでください。閣下は俺がお守りしますから、御身《おんみ》に何かなんて起こりません。俺の身体《からだ》が八つに裂かれたって、閣下は無事にお嬢様のところへお返しします。だから心配なさることはないんです」

「……」

ぐす、と鼻を鳴らし、エカテリーナはようやく顔を上げてイヴァンを見上げる。

ああ、イヴァンはミナと同じで、お兄様の護衛を兼《か》ねているんだ。

「……イヴァンは、強い？」

「俺は俺より強いやつに会ったことないですよ」

あっけらかんとイヴァンは言う。

すごい。イヴァンそれってどこの主人公。

「……イヴァンも怪我《けが》しないで帰ってきて……」

「わかりました。お嬢様がそうおっしゃるなら、俺もひとつも怪我しないで帰ります」

またもイヴァンは、からりと明るい声で言う。

知らなかった、イヴァンは平気で嘘《うそ》がつけるタイプなんだ。

あっさり怪我しないなんて言うから、かえって解《わか》る。お兄様の身に危険が迫《せま》れば、イヴァンは本当に八つ裂きにされようとも、お兄様を守ってくれるんだろう。彼は本当に、人間の域を超えるほど、とてつもなく強いんだろう。

「……ありがとう、イヴァン」

「どういたしまして、お嬢様」

やっと泣きやんだエカテリーナに、イヴァンはいつもの愛想《あいそ》のいい笑顔《えがお》を見せる。

アレクセイもほっとしたように微笑んで、指先で妹の涙をぬぐった。

「配慮が足りず、すまなかった」

「いいえお兄様……わたくしとしたことが、せっかくのお誕生日に取り乱してしまうなど、お恥《は》ずかしゅうございますわ。どうかお許しくださいまし」

気恥ずかしい思いで見上げると、アレクセイは目を見開いた。

「許すなどと。私を思ってくれてのことだ、むしろ私の無神経な言葉を許してほしい。私は決して、お前を一人にしないと誓う。誕生日を祝う意味もわからなかった、無粋《ぶすい》な私などのために涙を流してくれてありがとう。ガラスペンも素晴《すば》らしい贈《おく》り物だったが、お前の涙ほど美しく尊いものはないよ。私の愛《いと》しいエカテリーナ」

……うう、優《やさ》しい。さすがシスコンお兄様。めんどくさい妹になってしまってすみません。お兄様の身に何かあったら、と思ってパニクった私もたいがいブラコンなんだけど。お兄様を困らせるのはあかんやろ。

よし！　あらためて頑張《がんば》るぞ。

お兄様が虹石魔法陣への取り組みを始めるまでに、ガラスペンの事業を形にしよう。その経験値を、お兄様のために役立ててみせる！

「お兄様さえいらしてくださるなら、わたくし何も怖いものはございませんわ。ご一緒《いっしょ》にお祖《じ》父《い》様の遺産に取り組ませていただく日を、心待ちにしております。ですからどうか、御身《おんみ》を大切になさってくださいましね」

「ああ。お前がそう望むなら、そうしよう」

……誰《だれ》よりも貴族的な、誇《ほこ》り高いお兄様。お兄様がやろうとしていることが、もしかしたら貴族社会を終焉《しゅうえん》させるきっかけになるかもしれないのは、とても皮肉なことだけど。

むしろ公爵たる我が家が主導することで、フランス革命みたいな血みどろの変革ではなく、ソフトランディングで新しい体制に向かっていけるかもしれない。

おこがましいようだけど、そうなるように、私は微力《びりょく》を尽《つ》くします。

お兄様が側にいてくれるなら、いくらでもパワーが湧《わ》いてきます。私はなんでもやりますよ！

アレクセイの誕生日から、半月ほどが過ぎた頃。

魔法学園が休日となる日を見計らって、数ヶ月ぶりとなる三公会議が招集された。ユールノヴァ、ユールセイン、ユールマグナら三大公爵が皇帝の前に集《つど》う御前《ごぜん》会議だ。

その機をとらえ、三公会議の前に献上《けんじょう》の品をお渡《わた》ししたい、と願い出たアレクセイに皇帝コンスタンティンは快く許しを与《あた》え、分刻みのスケジュールを調整して時間を作った。

「陛下」

皇城の、三公会議が行われる豪奢《ごうしゃ》な会議室にコンスタンティンが姿を現すと、待っていたアレクセイが立ち上がった。うやうやしく頭を下げる。

「貴重なお時間をいただき、感謝いたします」

「せっかくうるさい奴《やつ》がおらぬのだ、楽にせよ。そなたこそ公爵《こうしゃく》のつとめに加え、学業に忙《いそが》しかろうに、自ら献上したい品があるとはよほどの物であろうな」

コンスタンティンは気さくに言う。まだ皇太子であった頃、息子《むすこ》ミハイルのもとへふらりと現れては、一緒に学ぶアレクセイとウラジーミルにも勉学や剣術《けんじゅつ》を教えたりしたものだったが、これはその頃の口調であった。

すると、アレクセイは微笑《ほほえ》んだ。

「はい。必ずや陛下のお気に召《め》すと確信しております」

「ほう」

鷹揚《おうよう》に笑みを返しつつ、コンスタンティンは考える。この子のこんなやわらかい表情を見たのは何年ぶりだろうかと。

コンスタンティンはアレクセイに会うたび、ますますそっくりになったと思い、まるで正反対に育ったとも思う。アレクセイの父親、アレクサンドルと比べてだ。

コンスタンティンとアレクサンドルは、今のミハイルとアレクセイ同様、幼い頃からの友人であった。そして、ユールマグナのゲオルギーも。しかしコンスタンティンはゲオルギーとはあまり気が合わず、アレクサンドルと親しかった。魅力《みりょく》的で誰からも好かれるアレクサンドルのことは、子供の頃《ころ》には親友だと思っていたものだ。

しかし魔法《まほう》学園に入学した頃から、距離《きょり》を置くようになっていった。女性関係の乱脈さが目に余るようになったためだが、優《すぐ》れた知性があり武芸でもなんでもさらりとこなすあの男の本質は、空虚《くうきょ》でしかないとわかったからだった。

そんな物思いを捨て、アレクセイが差し出した紫《むらさき》のベルベットの箱を開けて、献上の品を目にした時、コンスタンティンはまず首を傾《かし》げた。

美しい。それは間違《まちが》いない。

絹の内張りにしっかりと固定されているのは、三本の細長いガラスの工芸品だ。どれも先端《せんたん》は先細りの透明《とうめい》ガラスに美しい螺旋《らせん》が刻まれていて、それ以外の部分にそれぞれ趣向《しゅこう》が凝《こ》らされている。

一本は、紫の色ガラスに華《はな》やかな金彩《きんさい》とエナメルで、雷神《らいじん》の象徴《しょうちょう》である翼《つばさ》と蛇《へび》が描《えが》かれている。紫は皇帝の色、雷神は吉祥《きっしょう》の図柄《ずがら》であり、開祖ピョートル大帝が雷《かみなり》属性の魔力を持っていたことから、皇室で特に好まれるものだ。

二本目は、同じく紫のガラスの後端に、獅子《しし》の頭部がデザインされたもの。獅子はむろん、王者の象徴だ。指先ほどの大きさしかないというのに、造形の見事さは、優れた工芸品を見慣れた皇帝をして感嘆《かんたん》させるほどだった。

三本目は、他《ほか》と比べればシンプルだ。夏空のような青と、南の海のようなブルーグリーンの、二色のガラスがツイストしている。コンスタンティンと皇后マグダレーナの髪《かみ》の色を表しているのは明らかで、コンスタンティンはつい、いつも結《ゆ》い上げている髪をほどいた時の妻を、その髪に指をからめて梳《す》きおろす時のことを思い起こしてしまい、そんな自分に苦笑《くしょう》した。

それは寝室《しんしつ》での秘《ひ》めやかな光景だ。会議室で、しかも息子と変わらぬ年頃の子供を前にして、考えるべきものではない。

「美しいが、これは？」

「陛下、これはガラスペンと申します。見た目が美しいだけでなく、従来の羽根ペンよりも書きやすく、多くのインクを吸い上げ一気に多くの文字を書ける、画期的な筆記具なのです」

説明するアレクセイの声音《こわね》は、誇らしさを抑《おさ》えかねているようだ。

勧《すす》められるままにガラスペンを手に取り、インクに浸《つ》けて書き心地《ごこち》を確かめてみて、コンスタンティンは唸《うな》った。確かに羽根ペンよりはるかになめらかにペン先が走り、数行続けて書いてもインクが尽きることがない。

「確かに気に入ったぞ、アレクセイ。これは良い」

コンスタンティンは微笑んだ。

美しさと実用性を兼ね備えた、革新的な筆記具。彼女も間違いなく気に入るだろう。

「しかしこのような物、どこで手に入れた。我が皇国の産物か、それとも他国から買い入れたものか。ユールノヴァがガラス工芸まで手を広げたとは、余は耳にしておらぬが」

すると、アレクセイは一瞬《いっしゅん》ためらったのち答えた。

「妹エカテリーナが、自分の工房《こうぼう》で作らせたのです」

「なに？」

「いつも無欲な子ですが、急にガラス工房を買ってほしいと言い出しましたので与えたところ、私の誕生日に贈り物だと言ってこれを」

アレクセイが上衣の内から青いベルベットの箱を出して開き、水色と藍色《あいいろ》のガラスペンを見せた。

「職人も工夫《くふう》を凝らしましたが、そもそもガラスでペンを作ろうと考えたのは、エカテリーナです。あの子は今、ガラス工房の職人に給金を払《はら》うためにこのガラスペンを商売にしたい、と張り切っております」

できるだけ淡々《たんたん》と語るアレクセイに、ふ、とコンスタンティンは笑った。

深窓の令嬢《れいじょう》がこのような画期的な発案をしたなど、にわかには信じられない話だ。しかしアレクセイは、調べて判《わか》ることで嘘《うそ》を言うほど愚《おろ》かではない。むしろこの子は、これが妹の発案だとは話したくなかったようだ。

アレクセイは、皇室が妹の評価を高めることを望んでいない。

やはりユールノヴァは、エカテリーナを皇后に立てるつもりがない。

だから一瞬ためらい、しかし話した。皇帝《こうてい》の問いに、ごまかしや虚偽《きょぎ》を返すことは決して許されない。賢明《けんめい》なアレクセイは、それをしっかりとわきまえている。

（しかし、エカテリーナか）

行幸《ぎょうこう》の日、皇室を迎《むか》えた彼女の姿をコンスタンティンは思い起こした。ぬけるように白い肌《はだ》が映《は》える宵闇《よいやみ》色のドレスに身を包んでいた、ほっそりした少女。豪華《ごうか》な宝石に位負けしない、大人びた美貌《びぼう》は十五歳とは思えないほどだった。

物怖《ものお》じせず皇后と言葉を交《か》わし、普通《ふつう》の令嬢なら興味を示すはずのない関税や保険の話に目を輝《かがや》かせたという、少し変わった面もあった。なによりこのアレクセイの妹、あのセルゲイ公の孫だ。本当にこのガラスペンをエカテリーナが考え出したなら、あの子は祖父に似たのかもしれない。

「ガラスペンを商売にしたい、か。ユールノヴァ公爵令嬢が、自ら工房の経営に携《たずさ》わるのか？」

「……自分が頼《たの》んで買ってもらった以上、自分が責任を持つべきと思うと申しまして」

コンスタンティンはとうとう笑った。

「職人の給金を払いたい、自分が責任を持つべきか。そなたの妹は実に健気《けなげ》で愛らしいな」

そして、皇室に妹を評価されたくないと思いながらも、妹を誇らずにはいられないアレクセイが微笑ましい。

「ではエカテリーナに伝えよ。余がこのガラスペンを皇后への贈《おく》り物として買い入れるゆえ、これと同じほど美しいものを職人に作らせるようにと」

皇室に近しい者なら知っていることだが、皇帝コンスタンティンは皇帝への献上品で目にかなうものがあれば、自ら命じて別途《べっと》購入《こうにゅう》する。皇后への贈り物にするためだ。さすが、学生時代からあの手この手で妻を口説き落としただけあって、マメである。

それはともかく、皇帝への献上《けんじょう》品となれば誰《だれ》もが一級品と認めるが、さらに皇帝から皇后への贈り物となれば、評価は極上《ごくじょう》品まで上がるのだ。

コンスタンティンの言葉に、アレクセイはネオンブルーの瞳《ひとみ》を輝かせた。

「光栄に存じます。妹もさぞ感激することでしょう」

「エカテリーナは息災にしておるようで何よりだな。身体《からだ》が弱いと言っていたが、その後はどうだ」

「お陰《かげ》をもちまして、今のところ問題なく学園生活を送っております。ただ皇都はそろそろ暑くなってまいりましたので、こちらの気候に慣れないあの子の体調が心配です」

やはり病弱であることは印象付けたいらしい。

「では夏季休暇《きゅうか》は兄妹《きょうだい》そろって領地へ帰るか」

「そのように考えております。爵位を継《つ》いでまだ一年にならず、領地の掌握《しょうあく》を進めねばなりませんので」

「ふむ」

コンスタンティンは、少し考えるふりをした。

「今年の夏は暑くなると、天文官《てんもんかん》が申しておった。夏季休暇の後半にでも、ミハイルをそなたの領地で過ごさせたいがよいか」

皇子を領地に迎え、新公爵が皇室と良好な関係にあることを領民に示すのは、アレクセイにとっても悪い話ではない。

それなのにアレクセイの表情が微妙《びみょう》ということは、ミハイルはそれなりに頑張《がんば》っているらしい。エカテリーナに、毛虫扱《あつか》いはされないようになったのやら。

「……むろん、お迎えできるなら光栄に存じます。ただ、私も爵位《しゃくい》を継いで間もなく、エカテリーナも公爵領本邸《ほんてい》での女主人代理は不慣れですので、歓待《かんたい》にいささか懸念《けねん》がございます」

感情を抑えた返答に、コンスタンティンはうなずいた。

「かまわぬ。まだ皇太子でもない身だ、気楽に扱ってくれればよい」

皇国の第一皇位継承《けいしょう》者が、魔法学園卒業までは正式に皇太子に任じられることがないのは、こういうフットワークの軽さを保つためだ。まあ、学園で恋愛《れんあい》がらみの失敗をすることが過去にたびたびあり、そうなった場合の疵《きず》を最小に抑えるため、というのもあるのだが。

「恐《おそ》れ入ります」

こう言われればもう、アレクセイは頭を下げる他にない。

ふと、コンスタンティンは唇《くちびる》の端《はし》を上げた。

「エカテリーナがいるとはいえ、公爵家の女主人は長く不在であってはなるまい。そなたも早く婚約《こんやく》くらいしてはどうだ」

「は……」

虚をつかれたようで、アレクセイは一瞬憮然《ぶぜん》とする。どうもこの子は、女嫌《ぎら》いの傾向《けいこう》があるようだ。

しかし、それも無理はない。

なにしろ、身近な女性と言えばあの祖母。実の父親は生粋《きっすい》の女たらしでけじめなく女性を渡《わた》り歩き、女同士が刃傷沙汰《にんじょうざた》まで引き起こしても『なぜこんな愚かなことを』と他人事《ひとごと》のように首を傾《かし》げていたものだ。

あげく、その父親と浮名《うきな》を流した女たちが、容姿が似ているアレクセイにすりよってくることもしばしばらしい。さぞうんざりすることだろう。

だからこそ、父親と違《ちが》って真面目《まじめ》なこの子には、早めにきちんとした令嬢と真《ま》っ当《とう》な家庭を築いてほしい。それは、大きな権力を持つユールノヴァの安定を望む皇帝としての意向もあるが、ただのおせっかいな親戚《しんせき》の感情でもあるようだ。

「そうしたことは、学園を卒業してから検討する方針としております。ご寛恕《かんじょ》いただきたく」

「ああ、そうであったな」

そう聞いていたのについ口出ししてしまうのは、性格が全く違ってもアレクセイもまた、父親のように女性を惹《ひ》きつける磁力を持っているのが見て取れるからだ。

ふと思い出した光景がある。まだアレクセイが子供だった頃《ころ》、ユールマグナの嫡子《ちゃくし》ウラジーミルと仲が良かった頃のことだ。

アレクセイもミハイルも優秀《ゆうしゅう》だが、学問に関してはウラジーミルは神童の域だった。子供の頃から自分にも他人にも厳しかったアレクセイだが、ウラジーミルのことは無条件に可愛《かわい》がっていた。この子は人間の選《え》り好みが激しいが、優《すぐ》れた人間を素直《すなお》に評価するところがある。

コンスタンティンがその頃よくやっていたように、子供たちが勉強しているところへ立ち寄ろうと部屋を覗《のぞ》いた時。ミハイルは不在で、アレクセイがウラジーミルに詩集を見せて、暗唱できるかと尋《たず》ねていた。

『それならこの前読んだから、できるよ』

『そうか、すごいな』

『……僕はただ、覚えるのが得意なだけだよ。覚えた言葉を繰《く》り返すオウムっていう鳥がいるけど、僕なんてそれと変わらない』

『僕は詩集を読んでも詩の美しさはよくわからない。それを感じる心がないらしい。けど、君の声が詩を読むのを聞くと、美しいと思う』

ごく真面目に言ったアレクセイが、ふと瞳をきらめかせて微笑《ほほえ》んだ。

『そのオウムが君と同じように言葉を美しいと思わせてくれるなら、飼って連れて歩きたいな。君のような声で鳴いて、君のように話す鳥がいつも側《そば》にいてくれたら、僕はとても幸せだと思う』

……あの時ウラジーミルは哀《あわ》れなほど赤面していた。

なんとなく部屋の中に入れないままコンスタンティンは、アレクセイはもしかすると父親以上にタチが悪い男になるかもしれない、などと思ったものだ。子供のくせにこんな口説き文句同然の台詞《せりふ》を、友達に無《む》邪気《じゃき》に吐《は》くとは末恐《すえおそ》ろしい。

幸か不幸かアレクセイは、今も昔もごく限られた人間にしか心を開かない。心惹かれる女性が現れれば一瞬《いっしゅん》で捕《と》らえて、ずっとその相手をいつくしんで暮らすことだろう。

ウラジーミルと険悪になったのち、アレクセイに特別な存在は現れていないようだ。愛情をエカテリーナ一人に向けているなら、さてミハイルは報《むく》われるだろうか。

「お兄様、お帰りなさいまし」

学園の休日に行われた、皇城での三公会議から皇都公爵邸に戻《もど》ったアレクセイを、エカテリーナは玄関《げんかん》ホールで出迎えた。

「ああ、エカテリーナ」

三公会議は、皇帝《こうてい》陛下と三大公爵家当主が集《つど》う御前《ごぜん》会議。その場にふさわしい正装に身を包んだアレクセイは、いつも以上に凛々《りり》しくも麗《うるわ》しい貴公子そのものだ。どんなに気になることがあっても、ついうっとりと兄に見惚《みと》れるエカテリーナである。

そんな妹に、アレクセイはいとおしげに微笑みかけた。

「お前のガラスペンは、やはり陛下のお気に召《め》した。その場で注文をいただいたよ、皇后陛下への贈り物とされるそうだ」

「まあ、嬉《うれ》しい！　嬉しゅうございますわ！」

実は皇后陛下にもガラスペンを献上しようとしたエカテリーナだったが、アレクセイに止められたのだ。贈り物にして喜ばれるものならば、皇帝陛下だけへの献上品とし、皇后陛下への贈《おく》り物に選ばれることに賭《か》けるべき。祖父セルゲイはたびたびそうしていたと。

　つまりお祖父《じい》様は、献上品と言いつつ陛下に奥様へのお薦《すす》めプレゼントを紹介《しょうかい》していたわけですね。きっとセレブな仲人趣味《なこうどしゅみ》の続きで、夫婦《ふうふ》円満の応援《おうえん》をしてたんだろうな。

　思えば陛下もお祖父様から見れば、妻の甥《おい》っ子なんだった。セレブな仲人趣味も、小さい頃から知っているあの子に好きな子ができたのか、よしよし一肌脱《ひとはだぬ》いでやろう、みたいな感覚だったのかも。……やがては皇帝になるお方にその感覚、ってのがすごいですけどね……。

「もうひとつ良いことがあった。陛下のガラスペンを見たセイン公が、自分もぜひ欲しいとおっしゃってね。皇后陛下の次は自分だと、熱心に言ってくださったよ。『神々の山嶺《さんれい》』の向こうから来る大商人との契約《けいやく》に署名する時、見せびらかしてやりたいそうだ。我が国にはこのように、美しく優《すぐ》れた物があると」

「まあ……なんと光栄なことでしょう」

　皇帝陛下、皇后陛下。三大公爵家のうちユールノヴァ、ユールセイン当主。

　高級品のブランドイメージ確立には、充分《じゅうぶん》すぎるほどの豪華《ごうか》メンバーですね！

　そして本当にセイン公が他国の商人の前でガラスペンを使って見せてくれたら、あちらの君主への献上品として注文がきたりして。都合のいい妄想《もうそう》だけど、あり得ないわけじゃないよねたぶん。

　よっしゃあこの勝負もらったー！

「お前の発案だと話したら、セイン公が会ってみたいとおっしゃった。あの方は商売や貿易に詳《くわ》しい、勉強になると思うよ。……今日の三公会議で一番の話題はお前だったから、マグナが憮然としていた」

ふふ、と笑うお兄様のご機嫌《きげん》がうるわしいです。いやそんなすごい場で話題にしていただくほどの者ではないので、ロブスターのようににょーんと腰《こし》が引けてしまいますが。でもシスコンお兄様が嬉しいならいいか。

とにかく私がやるべきことは、ガラスペン生産体制の増強。ムラーノ工房《こうぼう》を本格再開して、グラス類も生産して収益を確保したい。そのために明日、レフ君が声をかけてきてくれたムラーノ親方の弟子《でし》たちと会って、工房に戻らないかと勧誘《かんゆう》する予定。

そうそう、超《ちょう》高級ガラスペンのお値段、いくらに設定するか決めるという重大なお仕事も……っておいくらが適切なのか、見当もつきません！　うわーんハリルさん助けてー。

そして後刻《ごこく》、ハリルにガラスペンの値段を相談したエカテリーナは、ハリルがイイ笑顔《えがお》でずばりと言った金額を聞いて、しばし固まることになる。

「お嬢様《じょうさま》、驚《おどろ》いてはいけません。これくらいでなければ陛下に恥《はじ》をかかせることになりますし、総合的な費用がまかなえないことでしょう」

「そ、そうですわね。皇后陛下への贈り物ですものね」

プレゼントが安物じゃあ、皇帝陛下の面子《メンツ》に関《かか》わるもんね。

そして費用。思い出せ、前世で開発した会計システム。貸借《たいしゃく》対照表、損益計算書。

工房の購入費《こうにゅうひ》って負債《ふさい》？　それとも資本金？　ともあれ、あの金額に見合う収入を上げないとならないんだぞ自分。そして人件費、材料費、燃料費、雑費……諸々《もろもろ》のコストを上回る利益を損益計算書に記載《きさい》しなきゃいけないんだ。

　ガラスペンが宝石並みの値段でも、買い手が納得《なっとく》してくれるなら適正価格！　世界でたったひとつのセレブでラグジュアリーな筆記用具のお値段だ、びびるな自分！

　翌日。

　エカテリーナは準備を整え、ミナをともなってムラーノ工房へ向かった。そこでレフと、以前ムラーノ工房で働いていた職人四名に会うことになっている。

　工房に足を踏《ふ》み入れると、以前にはなかった熱が感じられた。ガラスペンのためにレフが炉《ろ》に火を入れたからだが、まるで工房という生き物が体温を取り戻したように思える。以前はあちこちに掛《か》けられていた白い布がすっかり取り去られ、さまざまな道具が整然と並んでいるのも、静かな活気を感じさせた。

「お嬢様、わざわざお出《い》でくださってありがとうございます」

「レフ、素晴《すば》らしいお知らせがありましてよ。それに皆様《みなさま》、お集まりいただきありがとう存じますわ。わたくし、エカテリーナ・ユールノヴァです」

　エカテリーナが微笑みかけると、ガラス職人たちは見事に固まった。

工房の隅《すみ》の応接セットへ落ち着いたが、ソファに座りきれない職人は傍《かたわ》らに立つ。レフも立っている。この中では唯一《ゆいいつ》の雇用《こよう》済み職人なのに遠慮《えんりょ》がちなのは、職人たちの中で彼が一番若いせいだろう。

ムラーノ工房は決して年功序列ではなく、実力主義だったらしいので、レフの大人しい性格ゆえと思われる。

じゃあレフ君の代わりに私が一発かましておこう。

「まずはレフ、お伝えしますわ。作っていただいたガラスペンを、昨日お兄様……ユールノヴァ公爵《こうしゃく》アレクセイが皇帝陛下に献上《けんじょう》いたしましたの。たいそうお気に召し、皇后陛下への贈り物とするため同じほど美しいものを、とご注文をいただきましたのよ」

「！」

職人たちの間に衝撃《しょうげき》が走る。作品が皇帝陛下に献上されるのは、彼らにとって最高の栄誉《えいよ》だ。しかも、皇后陛下への贈り物として皇帝陛下自ら買い上げるときては。

「さらに、陛下に献上したガラスペンをご覧になったユールセイン公爵閣下が、ご自分もぜひ購入したいと熱心に仰《おお》せになったそうですわ。ですからレフ、皇后陛下へお贈りするもの、その次にユールセイン公からのご注文のもの、二組のガラスペン作製をお願いしとうございますの」

「こ、光栄です。お嬢様のおかげです。ありがとうございます……」

レフが深々と頭を下げる。

「あなたの技術あればこそでしてよ。ガラスペンを生み出すことができるのは、今は世界でたった一人、あなたのみ。わたくしはこれからも、優《すぐ》れた職人がのびのびと作品を生み出せる環《かん》境《きょう》を作ってゆくつもりですの」

レフに笑いかけて、エカテリーナは他《ほか》の四人のガラス職人に視線を移した。

「皆様、ムラーノ工房の職人でいらした方々ですわね」

「へえ」

職人たちがそれぞれ頭を下げる。

「今は別の工房にお勤めと聞きましたけれど、ムラーノ工房にお戻りいただけませんかしら。お給金や待遇《たいぐう》につきましては、お勤めの工房よりもよい条件をお約束いたしますわ」

エカテリーナの言葉に、職人たちはまだ答えないが、表情は明るく期待を感じる。さきほどのやりとりが効いているようだ。

「お聞きの通り、新しく開発したガラスペンという製品を、これからのムラーノ工房の主力のひとつに育てていきたいと考えておりますの。ですけれど、ムラーノ工房の美しいグラスやお皿をお求めの方も、今でも多くいらっしゃいますわ。ですから、ムラーノ親方の技量を受け継《つ》いだ職人に戻っていただきたいのです。ゆくゆくは、ガラスペンの製法も身に付けていただけたらと思っております」

「……ひとつ、お尋《たず》ねしていいでしょうか」

口を開いたのは、職人たちの中でも年長らしき、痩《や》せた背の高い男だった。

「もちろん、よろしくてよ」

「ありがとうございます」

ムラーノ工房で仕込まれただけに礼儀《れいぎ》正《ただ》しい。が、尋ねた内容はなかなか厳しいものだった。

「どうしてユールノヴァ公爵家のお嬢様が、自らガラス工房の経営なんぞなさるんでしょうか。きっと何年もしないうちに、立派なところへ嫁《よめ》に行かれるんでしょう。そうしたら、この工房はどうなりますんで」

「失礼ですよ！　すみませんお嬢様！」

レフが大人しい性格をかなぐり捨てて、叫《さけ》ぶように言う。しかしエカテリーナはむしろ微笑《ほほえ》んだ。

「よろしくてよ、レフ。ごもっともなお尋ねですもの。それはわたくしにとって、むしろお話ししておきたかったことですわ」

前世の某《ぼう》ジャーナリスト氏じゃないけど、いい質問ですね！

年長の職人さん、あなたは頭がいい。前世の日本でさえ、女性はライフイベントによる変化が激しかった。ましてやこの世界では、女性は自分の人生を選べない。一般《いっぱん》常識で考えれば、これから私の立場が変わって、工房の経営から手を引く可能性は大いにある。

私はお兄様の側《そば》から離《はな》れたくないと思っているし、お兄様は私の望みを叶《かな》えてくれると思うけど、それは職人さんたちの知り得ないこと。転職してすぐまた工房が閉まったりしたら、職人さんたちはたまったもんじゃないでしょう。

「この工房の経営については、確かにわたくしが責任者ですわ。とはいえご懸念《けねん》の通り、わたくしの立場が変わる可能性はございます。ですから、工房はあくまでユールノヴァ家の所有物とし、ユールノヴァ家もまた工房に責任を持つものといたします。皆様の雇用については、ユールノヴァが皆様と契約《けいやく》を交《か》わしますので、わたくしが当家を去ることになろうとも処遇が変わることはございませんのよ。どうぞご安心くださいまし」

　さらにエカテリーナは、一枚の紙を取り出し年長の職人に手渡《てわた》した。

「こちらは雇用契約書ですわ。当家の顧問《こもん》弁護士と相談して作ったものですの。ここに約束された待遇を与《あた》えられなかった場合、契約違反《いはん》を皇国の法で咎《とが》めることができましてよ。皇都では、工房の職人はどれだけお仕事をしても決まったお給金をいただくそうですけれど、今回の契約では、基本給の他に出来高制を取り入れてみましたの。無理なくお仕事していただければ、他の工房よりよい金額になるよう計算しておりますわ。そして、頑張《がんば》った方には頑張りに報《むく》いる金額をお渡しいたします」

　サービス残業許すべからず！

「……ただし、決して無理をして働きすぎてはなりません。それだけは守ってくださいまし。他に、正当な理由なく解雇してはならない、仕事中の怪我《けが》で働けなくなった場合はお見舞《みま》い金をお支払《しはら》いする、といったことを明記しておりますの。どちらのサインもない状態ですから、いったんお持ち帰りになって、よくご覧になって。ご家族ともご相談なさって、戻《もど》るかどうかをお決めくださいまし」

他三人の職人にも配ったところ、なかなか好感触《こうかんしょく》だった。

レフはその場で雇用契約書にサイン。試作品のガラスペンで。

興味津々《きょうみしんしん》で見つめる四人の職人たちの、職人魂《だましい》が感じられてエカテリーナは微笑んだ。彼らがムラーノ工房《こうぼう》に戻ってくれますように。

思えば怒濤《どとう》の日々だった。

学園の教室、ホームルームで、先生の話を聞きながらエカテリーナはしみじみそう思っていた。

今日は終業式。一学期が終わり、明日から夏休みとなる。

入学式がつい昨日のことだったような、遠い昔だったような。

行幸とかプロジェクトなんちゃらとか、本当にいろいろあったけど。入学式の頃《ころ》は、乙女《おとめ》ゲームの皇国滅亡《めつぼう》フラグと破滅フラグを折らなきゃ！　ってその一心だったなあ。

そして皇国滅亡フラグ、つまり魔獣《まじゅう》登場のイベントはクリアして、いやフローラちゃんがクリアしてくれて。

破滅フラグは……あの頃は、ヒロインにも皇子にも近寄らない会話しない！　って思ってたんだっけ。

いやー、はっはっは。

うん、すっかりグダグダ……ほぼ毎日話してますよ。

ヒロイン、フローラちゃんとは、もはや親友ポジションと言って過言ではない。ほんと、いい友達になれたと思う。優《やさ》しくて努力家で、実はすごく頭がいいのに控《ひか》えめで、でも芯《しん》が強くて。アラサーも尊敬するくらい、いい子だよ。

さらに、皇子とまでほぼ毎日会話してる。だって向こうが声かけてくるんだもん！　一緒《いっしょ》にいるフローラちゃんのために、親密度上げないといけないし。悪役令嬢《れいじょう》はヒロインと皇子を応《おう》援《えん》しています！

皇子、お兄様に持っていくお昼を、毎度ひとつふたつ食べちゃうんだよね。ねだられると、ついあげちゃう。細身のくせによく食う奴《やつ》。

毎回美味《おい》しいって褒《ほ》めてくれるから、悪い気しなくって……お兄様はあんまり甘い物がお好みじゃないとわかってからも、皇子が喜ぶだろうしって甘いのも作っちゃったりする。いや自分が食べたいからだけどね。他にも甘党の人いるしね。

いつも思うけど、彼もいい子。考え方に深みがあると思う。でも、ものすごく頭がいいんだろうけど、表に出さないで一歩引いているような。トップになることを宿命づけられた生まれだから、ワンマンにならないよう自分を抑《おさ》えることにしているのじゃないか。こんな年頃でその自制心って、お兄様と違《ちが》う方向性ですごいよ。

そして二人とは、成績でもいいライバル関係。

先日の期末テスト、皇子が本気出してくるのは感じていたから、こちらも真剣《しんけん》に勉強しましたよ。

そして結果は！

一位、ミハイル・ユールグラン。

二位、フローラ・チェルニー。

三位、エカテリーナ・ユールノヴァ。

……三位に沈《しず》みましたー。

ま、やりきった結果ですからね。皇子とフローラちゃんを、心から祝福しましたよ。

二人とも本当に立派だと思う。皇子なんて、全科目満点だった可能性すらある。フローラちゃんと私で答え合わせして、かなりいい点取れたと思ったその上をいったんだから。

『ほっとした……嬉《うれ》しい。生まれて初めてだ、こんな気持ち』

貼《は》り出された順位を見て、苦笑いしてた皇子が印象的だったなー。こんなに必死で点取りにいったこと、なかったんだろうね。正直ちょっと悔《くや》しかったけど、彼が報われてよかったとも思う。やがて皇帝《こうてい》の位につく君の、学園生活の思い出のひとコマになるなら光栄だよ、うん。

そして私が悔しがるどころじゃないほど、お兄様が一生懸命《いっしょうけんめい》フォローしてくれました。工房の準備で忙《いそが》しかったのだから当然だ、お前のしたことは学校の勉強よりはるかに価値がある、などなど。

順位表の前で、ひしっとハグして頭なでなでしながらですから！　どんだけご褒美《ほうび》か！　むしろ三位でよかったわ！

でもそのお兄様は、公爵《こうしゃく》位を継承《けいしょう》した直後ですごく大変だったはずの時期でさえ、一位をキープしていたという……。比べるとお恥《は》ずかしい限りです。

思わず、言ってみました。

『お兄様はわたくしに甘すぎますわ。わたくし、駄目《だめ》になってしまいます』

そしたら、お兄様は私の頭をなでる手を止めて、哀《かな》しそうにおっしゃいました。

『……嫌《きら》いになったか？』

どっかん！

愛情ロケット点火一秒成層圏突破《せいそうけんとっぱ》して宇宙空間到達《とうたつ》しました地球は青かったー！

愛着一本ロケット一秒！

何言ってんだ自分！

思いっきりハグを返して、そんなはずがございませんあり得ません、と一生懸命言ってたら、皇子が頭痛をこらえる感じで額を押さえて呟《つぶや》いていた。

『……どう追いつけば』

追いつくもなにも、君が一位だってば。

ところであの時、マリーナちゃんたちうちのクラスの女子と、三年生らしい先輩《せんぱい》女子（お兄様のクラスメイト？）でやけに人口密度が高かったなあ。みんな今回頑張ったのかな。

フローラちゃんと皇子と、いい関係が作れたのは嬉しいけど、問題は破滅フラグがどうなるかわからないこと！

もう大丈夫《だいじょうぶ》じゃない？　と思うんだよ。

思うんだけど。

あんなにあるわけないと思った魔獣出現があったんだから！

突然お膳立《ぜんだ》てが整って断罪イベント発動、があり得ないと言い切れないんだよー。怖《こわ》いよー！

だから、すっかりグダグダの破滅フラグ対策だけど、これ以上皇子には近寄らない！

皇子、頼《たの》むから私には話しかけてくるなー！　さっさとフローラちゃんとうまくいってくれー！

……と心で叫《さけ》ぶだけじゃなく、二人の親密度を上げる策でも立てるべきなんだろうけど。

すまん……才能がない、らしい。恋愛《れんあい》関係、いろいろ才能ないって、前世の友達のお墨付《すみつ》きなのよ。自分ではどこがイカンのかさっぱりわからないんだけど、そこが駄目だと。

単にモテなかったんだけど、たまに変な奴にやたら食いつかれ、なんで他《ほか》をスルーしてあれにいくのかと友達に責められ……スルーしたことなんかないよ、私の何が悪かったんだよ。

今生では箱入り娘《むすめ》を通り越《こ》して幽閉《ゆうへい》の身。あんなに恋《こい》したのに報われなかったお母様を思い出すと、恋愛も男性も信じられない。お兄様だけが安心できる存在。

……って、今生の令嬢エカテリーナも、根深いブラコンなんだな。初めて自覚したわ。

でも昨日は頑張った！

自分用にレフ君にもらった試作品の透明《とうめい》ガラスペン、テスト結果が出た後にもう二本もらってきていたのを、フローラちゃんと皇子を校内の東屋《あずまや》に呼び出して、プレゼントした。これからもよきライバルとして切磋《せっさ》琢磨《たくま》しましょうね、ってことで。

フローラちゃんといつも一緒に勉強してるのに、自分だけ便利なものを使うの、気が引けてたんだよね。だから、皇子も巻き込んでトップスリーのお祝いってことにしたら、フローラちゃんも遠慮《えんりょ》せず受け取ってくれると思って。皇子も頑張《がんば》ったし、記念になれば嬉しいなと。

……いや皇子たるお方に試作品を渡《わた》すのはどうかと思ったけど、身分があれでもまだ子供なんだから。頑張った記念程度のことで、高価な完成品をあげるのはイカンと思う。

二人とも、喜んでくれた。

そういや、皇子にはお兄様仕様の大きいペンをあげたんだけど、手の大きさがお兄様と同じくらいでちょっと驚《おどろ》いた。皇子も身長はそこそこ高いほうなんだけど、これからもっと伸《の》びるのかも？　いやすでに、入学した頃より背が高くなった？
ま、それはともかく、その時に夏休みの予定について雑談したのよ。休みの後半に皇子がユールノヴァ領に来る予定だと、お兄様から聞いていたから、当然その話になった。

で。フローラちゃんに提案しました。

『お嫌《いや》でなければ、フローラ様もミハイル様とご一緒に、我が領地へお出《い》でになりませんこと？　来学期までずっとお会いできないなど、わたくし寂《さび》しくてたまりませんの』

『それは――私もエカテリーナ様にお会いできないなんて寂しいです。でも、まさか……』

うん、皇子と一緒なんて恐《おそ》れ多いよね。フローラちゃんからそんなこと、お願いできないよね。

　チラッ。

　チラッ。

『あー……フローラ、もし嫌でなければ、僕と一緒にユールノヴァ領に行ってほしい。連れがいてくれたほうが旅は楽しいから』

　よっしゃあ！

『私なんかがご一緒させていただくなんて申し訳ありませんけど、もし本当にそう思ってくださるなら』

『もちろん本当の気持ちだよ。君とは一度、ゆっくり話し合ったほうがいいような気がしていたんだ』

　よーし。よーしよし！

　皇子が領地に来るってお兄様から聞いた時には、どうしようどうしよう！　って思ったけど。ピンチはチャンス！　この機会に、皇子とフローラちゃんの距離《きょり》を一気に縮めるアシストができるはず。

　二人で旅なんて、親密度が爆上《ばくあ》がり間違いなしのイベントじゃない？

　悪役令嬢プロデュースの特別イベント！　フローラちゃん、頑張って！

　これは我《われ》ながらナイスアシストだと思う。

　ちゃんと頑張ってるぞ自分！

なお、雑談でもうひとつ驚いたこと。

ガラスペンを作ったのはお兄様への誕生日プレゼントにするためだと話して、ふと尋《たず》ねた。

『ミハイル様のお誕生日はいつ頃《ごろ》ですの？』

『四月十日だよ。とっくに過ぎた』

え。

入学式のすぐ後？　私が倒《たお》れて授業を休んでた時？

えええええ？　てことは、つまり。

『ミハイル様、十六歳でいらっしゃいますの!?』

『そうだよ、知らなかった？』

し……知らなかった。まだ十五歳だとばっかり……あの時もあの時も、十五歳なのにえらい、とか、まだ十五歳のくせに、とかすっかり思い込んで……。

いやアラサーから見れば十五歳も十六歳も大差ない、んだけど。なんだろう、なんかやたらこう……わーん、なんでそんな早く生まれてるんだよー！

あわあわしてたら、皇子がふふ、と笑った。

『誕生日を訊《き》かれたのは、初めてかもしれない。ちょっと新鮮《しんせん》だ』

う……すまん皇子。思えば君は両陛下の一粒種《ひとつぶだね》、生まれた時には皇国全土が祝賀ムードに包まれただろう。誕生日は一般《いっぱん》常識なんじゃ？　うちは親戚《しんせき》なのに知らなくてすまん。

『アレクセイももう少し、僕のことを話しておいてくれたらいいのに』

なにおうお兄様は悪くない！

『ミハイル様！　お兄様を悪くおっしゃるなら、わたくしがお相手になりましてよ！』

武術はまったく経験ないけど、魔力《まりょく》では学年トップクラスなんだからな！　かかってこいやー！

『……』

爆笑《ばくしょう》すんなー！

「お嬢様《じょうさま》、動かないでください！　あと一枚だけ、もうこれだけですから！」

「何度目のあと一枚ですの……」

力なく言いながら、それでも頼まれた通りエカテリーナはポーズを崩《くず》さずにいる。

振《ふ》り返るポーズをとっているエカテリーナを、必死の形相でスケッチしているのは大柄《おおがら》な中年の男。太陽神殿《しんでん》の夜の女王または宵闇《よいやみ》の精霊《せいれい》像の、レプリカ作製を依頼《いらい》した木工彫刻家《ちょうこくか》だった。

女神《めがみ》像をよりリアルに仕上げるため、生身の女性もモデルにしたい。公爵《こうしゃく》家のお嬢様は、女神がこの世に顕現《けんげん》したようなお姿だったと神官が申しておりました。ぜひ参考にさせていただきたい——そう熱心に頼み込んできたため、時間を取ることになったのだ。

女神像のレプリカというよりは、母の似姿として注文したものだから、母親似のエカテリーナがモデルになったほうが、より満足できるものになるだろう。ということで、アレクセイもエカテリーナも断るという選択肢《せんたくし》はない。公爵領へ帰る旅の準備を中断してまで、時間をとったのだった。

「お嬢様」

きょろきょろと公爵邸《てい》を見回しながらメイドに案内されてきた、ガラス職人のレフともう一人が、エカテリーナの姿を見つけてほっとしたように声をかけた。

が、すぐに目を丸くする。

「ごめんなさいましね、レフ。少し待ってくださる？」

「はい、もちろん。……あの」

意を決したように、レフは常に持ち歩いているらしいスケッチ帳とガラスペンを取り出した。

「僕も、スケッチさせていただいてよろしいでしょうか」

彫刻家がようやく納得《なっとく》して帰っていったので、エカテリーナは小さな談話室でレフたちと向かい合った。

ミナがお茶を淹《い》れてくれたので、まずは口をつける。立っているだけのようでも、正直疲《つか》れた。立体である彫刻のモデルは、全方位なのだ。

「お二人もどうぞ召《め》し上がって。わざわざお出でいただいて、ありがとう存じますわ」

「いえ、こんな立派なところへお呼びいただいて恐縮《きょうしゅく》です」

レフともう一人が頭を下げる。もう一人は二十代後半の男性だ。濃緑色《のうりょくしょく》の髪《かみ》に黄色の瞳《ひとみ》、知的な雰囲気《ふんいき》だがややエラの張った、頑固《がんこ》そうな容貌《ようぼう》をしている。

彼は、ムラーノ工房《こうぼう》への転職希望者だ。

先日エカテリーナが会った四人の職人たちは、全員ムラーノ工房へ戻《もど》ってくることになった。皆《みな》、エカテリーナと話をした翌日には、サインした雇用契約《こようけいやく》書を持ってやってきたそうだ。妻に相談したところ、反対どころかすぐ移れとせっつかれた者もいたらしい。

そして予想外だったのは、彼らに説明した待遇《たいぐう》を聞きつけた他《ほか》のガラス工房の職人たちから、ムラーノ工房へ移りたいという申し出が相次いだことだった。

今も衰《おとろ》えない、皇国一のガラス工房という名声。それを皇国最高の名家のひとつであり潤沢《じゅんたく》な資金を持つ、ユールノヴァ公爵家が買い上げた。新奇《しんき》な製品を開発して皇帝《こうてい》陛下への献上《けんじょう》を果たし、好条件で職人を求めているという。

皇都の工房では、基本的に雇《やと》われ職人の待遇は良くないことが多い。職人はある程度のスキルを身につけると、自分の工房を持って親方になるのが普通《ふつう》なため、徒弟《とてい》から職人になってもまだ技術を学ばせてもらっている立場、という感覚だからだ。

よって、エカテリーナが提示した条件は、雇われ職人にとって垂涎《すいぜん》だった。働けば働いただけ給金が増える。それでいて、意に反してこき使われるわけではない。怪我《けが》をした時の補償《ほしょう》もあり、その条件は、契約書に明記されて守られる。

まだ本格的に動き出したわけでなくとも、賭《か》けてみる価値はある。多くの職人に、そう思わせたのだった。

が、そこにおかしな申し出が混じっていた。

「あなたが、エゴール・トマ。レンズ職人でいらっしゃいますのね」

「はい、勤めていた工房が潰《つぶ》れてしまいまして。そんな時にこちらの話を聞きつけたので、藁《わら》にもすがる気持ちでお願いしました。畑違《はたけちが》いは承知ですが、いろいろ工夫《くふう》するのは得意です。なんとか雇っていただけませんか」

そう、彼は眼鏡のレンズを作る職人なのだ。ガラス繋《つな》がりではあるが、本人が言う通り畑違いである。

しかし、レフから手紙でその報告を受けたエカテリーナは、すぐさま返事を書いた。そのレンズ職人に会いたいと。

なぜなら、ガラスペンを事業にすると決めた時から、懸念《けねん》していたからだ。前世で、ガラスペンの全盛《ぜんせい》期がごく短かったことを。

単なる筆記具としてなら、より便利なものがいずれ出てくる。ボールペンや万年筆のようなものが。

羽根ペンしかないこの世界なら、廉価《れんか》版を開発できれば、いったんは一番メジャーな筆記具になることが可能だろう。しかしそうやってシェアが膨《ふく》らむほど、別の何かに駆逐《くちく》された時の凋落《ちょうらく》は大きい。その衝撃《しょうげき》で、工房が危《あや》うくなる可能性は充分《じゅうぶん》考えられる。

高級筆記具としての地位を確立すれば、前世よりは有利だろう。グラスなどの食器も作り続けるようにすれば、リスク分散はできるだろう。とはいえグラスは他にいくらでもある。が。前世の知識では、二十一世紀の日本においても、ガラスメーカーは成長企業《きぎょう》だった。

それは、レンズメーカーとしてだ。

光学機器、医療《いりょう》機器など、二十一世紀でもこれからも成長していくと見られていた分野で、レンズは必須《ひっす》要素。今から精密機器メーカーとしての要素も育てていけば、百年後もムラーノ工房は生き残れるかもしれない。ガラスペンが凋落しても、雇用を守れるかもしれない。

「ご足労いただいたのは、レンズを使って作っていただきたいものがあるからですの。顕微鏡《けんびきょう》はご存知かしら」

「顕微鏡……名前は知っていますが、見たことはありません」

この世界にも、顕微鏡は存在する。しかしごく原始的なもので、虫眼鏡より大きく見える、程度の拡大率しかない。一部の好事家《こうずか》や学者しか所有しておらず、一般には知られてすらいない。ユールノヴァ家はいくつか所有しているが、それは大叔父《おおおじ》アイザックの研究用として、祖父セルゲイが買い与《あた》えたものだそうだ。

ユールノヴァ家の顕微鏡のほとんどは、公爵領にいる大叔父の手元にあるそうだが、ひとつだけこの皇都邸にもあった。その使い方をトマに教え、使い方を体験させた上で、エカテリーナは欲しいものを説明した。

「こういう形で、下に鏡のある顕微鏡を作っていただきたいの。拡大したいものをこの台に置き、下の鏡は角度を変えられるようにして、反射する光を拡大したい物に当てて明るく見ることができるようにしたいのですわ」

簡単な絵を描《か》く。

この世界の顕微鏡は、前世とは形状から違っている。プレパラートを置く台はなく、拡大する対象はテーブルの上などに直接置くので、かなり見づらい。だから、前世と同じ形状にしただけで、ある程度の機能向上になる。

「そして、他にもあなたに研究していただきたいことがありますの」

ゆくゆくは作りたいのが、アクロマートレンズ。色のにじみや像中心がぼやけるのを防ぐことができる、色消しレンズと呼ばれるもの。異なる屈折率《くっせつりつ》と分散を持った凸《とつ》レンズと凹《おう》レンズを組み合わせることで、作ることができる。はず。

昔大学で、ついでのように習った、顕微鏡の歴史。そこにこういうことが書かれていた。うろ覚えだけど。

こんなのよく記憶《きおく》に引っかかっていたな、人間の記憶って謎《なぞ》。

「二種類のレンズ、ですか。……よくこんなことを思いつきますね」

レンズ職人のトマは思わずという感じで言い、無礼な発言だったと気付いて首をすくめたが――まったくごもっともというか。

すまん。私が思いついたわけじゃなくて、前世の知識ですまん。

「いかがですかしら」

「できるかどうかわかりませんが、面白《おもしろ》いと思います。俺、凝《こ》り性《しょう》なんで、いろいろ試《ため》すのが楽しみです。……それで食い扶持《ぶち》がいただけるなら、願ってもない」

　トマがにやっと笑う。なかなかふてぶてしい性格かもしれない。

「進歩さえ認められれば、お給金はお支払《しはら》いしましてよ」

　すぐには利益に繋がらないだろうけど。

　前世で大ヒットしていた、消せるボールペン。あのインクの開発には、三十年かかったらしい。しかも開発中は、ただ摩擦《まさつ》熱で色が変わる面白いインクというだけで「透明《とうめい》にして消す」という機能は想定していなかったそうだ。ものになるかどうかわからないものの開発にお金をかけることも、時には必要。

　……ユールノヴァ家の潤沢な資金があるから言えることだけどね。すいません。おんぶに抱《だ》っこでほんとにすいません。

「雇用契約書をお作りいたしますわ。内容をよく確認《かくにん》して、よろしければサインなさって」

「ありがとうございます。そうさせていただきます」

　トマ以外の転職希望者は、レフが技術を見定めて、ムラーノ工房の水準に達している人材なら雇い入れることになっている。事業を展開するのに必要な体制は整った。

「レフ、工房が始まったばかりで皇都を離《はな》れることになって、ごめんなさいましね」

「いいえ、何もかも準備していただきました。これからは商売を専門家にお任せして、皇后陛下とユールセイン公のガラスペン作りに没頭《ぼっとう》できます。僕は夢みたいに幸せです」

「あなたの技術と才能あればこそですわ。わたくしが皇都を離れても、あまりお仕事に夢中になりすぎて、健康管理をおろそかにしてはいけなくてよ」

「はい、お嬢様《じょうさま》」

深く頭を下げたレフは、エカテリーナに細長い箱を差し出した。

「あの、皇帝陛下のガラスペンを作った後、手が空いたので息抜《いきぬ》きに作ってみたものなんですが……よろしければ受け取ってください」

「まあ！」

箱を開いてみて、エカテリーナは歓声《かんせい》を上げる。青いガラスで作られた、一輪の青薔薇《あおばら》の髪《かみ》飾《かざ》りだった。

「なんて美しい……息抜きでこれほどの物を作ってしまうなんて、あなたは本当に天才ですわ。わたくし感動してよ。お代は、いかほど？」

「いえ！　本当に、ただ受け取っていただきたくて。僕からのお礼になったらと」

「嬉《うれ》しいこと。レフはとても優《やさ》しいのね」

エカテリーナが微笑《ほほえ》みかけると、レフは真っ赤になってうつむいた。

その背中を、トマが何かを察した表情でポンポンと叩《たた》く。

この二人、会って間もないはずなのに、もうこんなに仲良くなったのかー。これならムラーノ工房の職場環境《かんきょう》は良好だね！

そんな思いで、にこにこと二人を眺《なが》めるエカテリーナであった。

残念思考は常時全方位である。

「お兄様」

エカテリーナが公爵邸《こうしゃくてい》の執務《しつむ》室を訪《おとず》れると、すぐアレクセイが立ち上がって迎《むか》えてくれた。

「エカテリーナ、旅の準備で忙《いそが》しいところを呼び立ててすまない。彫刻家《ちょうこくか》の相手も疲《つか》れただろう」

「いいえお兄様、珍《めずら》しい体験でしたもの、楽しゅうございましたわ」

疲れはしたけど、本当に楽しかったですよ。全方位のスケッチ、さすがの写実性でしたので。写真のないこの世界で、自分の後ろ姿なんて今生では生まれて初めて見ましたよ。

あっしまった、お兄様も一枚描いてもらえばよかった！　そしたら肌身《はだみ》離さず持ち歩けるのに！

……でも本人が目の前にいるんだからいいか。常に公爵としての品位を失わない服装のお兄様だけど、夏になって制服は夏服になり、執務室でも上着は着用せずシャツ姿に。シャツといってもジャケットめいたデザインの、銀糸で刺繍《ししゅう》がほどこされていたりする、上質なもの。細身ながらしっかり鍛《きた》えている見事な体形が見てとれるようになって、眼福です幸せです。ありがとうございます。

「まずは、良い報告からにしよう。ハリル」

「はい、閣下」

商業流通長のハリルが、エカテリーナに笑いかけた。最近よく見る、イイ笑顔《えがお》だ。

「太陽神殿《しんでん》から、天上の青に関する大型発注を受けました。お嬢様がご提案された、天上の青の奉納《ほうのう》がきっかけです。公爵家が費用を負担して天上の青で彩《いろど》った夜の女王宮が、その美しさで評判となり訪れる参拝者が急増しているそうで、他《ほか》にも積極的に取り入れることにしたと」

「まあ嬉しい！」

狙《ねら》い通りの宣伝効果です、やったね！

「まずは顔料です。太陽神殿本宮にあらたに描く巨大壁画《きよだいへきが》に、天上の青を大胆《だいたん》に使いたいとのことでした。また、来年の夏至《げし》祭には天上の青で染めた天幕を張り巡《めぐ》らせて、来客を空の上にいるような心地《ここち》にさせたいそうです。なかなかの趣向《しゅこう》ですね」

「さすが人気の太陽神殿ですわね、人心を摑《つか》むことに長《た》けておられますこと」

先日、太陽神殿を見学させてもらった時、バチカン並みのきらびやかさだと思ったなあ。さらに飾りますか。

宗教施設《しせつ》は、人間に非日常感を感じさせるものでなければならない。神や来世や、日常とは遠いものに思いをはせる場所であるために。それは、魔力《まりよく》や魔獣《まじゅう》が存在する、こちらの世界でも同じらしい。

「お前の提案が人心を摑むのは、お前が女神《めがみ》である証《あかし》だろうな。……あまり信仰《しんこう》を集めないで、私だけの女神でいてほしいと願ってしまう。許してくれ」

と言ってお兄様が手を取って、指先に口付けしてくれました。いやーん嬉しい！

シスコンフィルターが今日も働き者ですね！

「天上の青は美しく安価な、素晴《すば》らしいものですもの。それ自体の価値がもたらした結果、というだけですわ。それに、わたくしの行いは、すべてお兄様のためでしてよ。わたくしのすべては、お兄様のものですわ」

「ありがとう。優しい子だ」

ああっ、ネオンブルーの瞳《ひとみ》の色が優しい。

お兄様がこんなに甘やかしてくれるんですから、全力で恩を返さないと追い付けやしませんよええ。

「ハリル様、先日ドレスのデザイナーと相談したのですけれど、わたくし当分、天上の青をドレスのどこかに必ず取り入れることにいたしましたの。領地でも、天上の青を広めたいと思いますわ」

デザイナーのカミラさん、私がそう言ったらむしろ喜んでいた。

『お嬢様ほど天上の青がお似合いになる方はおられません。そういう制約があると、デザイナーはむしろ燃えますわ！』

皇都の社交界でも天上の青を使ったドレスは、流行になりつつあるらしい。皇后陛下が取り入れてくださったことが、大きいのだと思う。いち早く紹介《しょうかい》したカミラさんはお洒落《しゃれ》に敏感《びんかん》な人々から一目置かれ、ハリルさんというか配下の担当者とちゃっかり手を組んで、生地《きじ》を優先的かつお得価格でまわしてもらっているようで……頼《たの》もしいというか。うん、ビジネスは

Win-Win が最上ですね。

「ありがとうございます。さきほどの仰《おお》せの通り天上の青は価値あるものですが、その価値をこれほど早く広めることができたのは、お嬢様のご才知あればこそです。……私は公爵領へご一緒《いっしょ》できませんが、期待してお待ちしています」

「そうですわね、商業流通の中心は皇都ですもの……」

入れ替《か》わり立ち替わりの執務室メンバーの中で、レギュラー的にいつも居たハリルさん。ガラスペンや工房《こうぼう》のことですっかり頼《たよ》ってしまっているから、離れるのはなんだか心細いです。

でも、少し解《わか》ってきてもいる。お仕事的に皇都が拠点《きょてん》になるのはまぎれもない事実だけど、異国の出身と一目でわかるハリルさんは、この皇国のどこでも皇都と同じように過ごせるわけではないのだろう。

ユールノヴァ公爵領は本来、皇国の中で偏見《へんけん》の強い土地柄《とちがら》というわけではないらしい。ただ今は、影響《えいきょう》が残っている。

クソババアのな！

執務室へ出入りして、聞くともなしに聞いてしまった諸々《もろもろ》からの推測だけど。

お祖父《じい》様が亡《な》くなってからの七年間、クソババアとクソ親父《おやじ》はずっとここ皇都公爵邸で暮らしていたらしい。

しかしそれまでのお祖父様ご存命中は、二人とも基本的に公爵領の本邸で暮らしていた。国政を担《にな》うお祖父様はほとんど皇都公爵邸で暮らしていたので、けむたい夫を避《さ》けて別居生活していたわけだ。

ずっと公爵領にこもっていた訳ではなく、ちょいちょい皇都にもやって来て、当時は皇太子妃《ひ》だった皇后陛下にイビリをかましたり、あれこれしていたようだけど。

それでも公爵領本邸は、長らくクソババアの本拠地だった。だから、以前解雇《かいこ》した侍女《じじょ》ノンナのような、ババアの考え方に染まった使用人がまだまだいるのだろう。

なお、お兄様は、うんと小さい頃《ころ》は公爵領本邸のババアの手元で育てられた。厳しく冷たく。その後、おそらく六、七歳くらいの頃にお祖父様のほうへ引き取られて、主に皇都で暮らしていたらしい。

そして十歳の時にお祖父様が亡くなると、仕事を押し付けられたのを逆手にとって、ノヴァクさんたち側近と共になるべくババアから離《はな》れて、公爵領本邸のほうで過ごすようになった。皇子の遊び相手だから、たびたび皇都にも呼ばれていたようだけど。

令嬢エカテリーナが、幽閉《ゆうへい》されていた別邸で邸《やしき》の前を通っていくお兄様を何度か見ているけれど、それは十歳以降に公爵領本邸で暮らしていた時期のことなのだろう。

「キンバレイ」

アレクセイが財務長を呼び、ハリルは一礼して下がった。

入れ替わりで兄妹《きょうだい》の前へやって来たキンバレイは、ごつい鞄《かばん》をたずさえている。鍵穴《かぎあな》が二つついた、まるで金庫のように堅牢《けんろう》な代物《しろもの》だ。

「エカテリーナ」

アレクセイの声はいつも通り優しかったが、エカテリーナは思わず居ずまいを正した。

「お前に話すべきか、いささか迷った。今から話すことは、お前が並みの令嬢《れいじょう》なら、知るべきではない内容だろう。だがお前には、私と共に公爵領を統治する器量がある。それをずっと示してきた。だから、聞いてくれるか」

「お兄様が話すとご判断されたのですもの。いかなることであろうとも、わたくしはお聞きするのみですわ」

「いい子だ、本当に。——キンバレイ」

「はい、閣下」

キンバレイが鍵を取り出し、鞄の錠《じょう》をひとつ開けた。

もうひとつの鍵を取り出したのはアレクセイで、受け取ったキンバレイが残る錠を開く。なんとも、ものものしい。

開いた鞄からキンバレイが取り出したのは、数枚の書類だった。

「お嬢様。こちらは公爵家の様々な会計処理を精査して判明した、横領の一覧でございます」

キンバレイが淡々《たんたん》と口にした言葉に、エカテリーナは目を見開いた。

横領！

おだやかでない！

「エカテリーナ。キンバレイは、お祖父様のご生前にも財務長を務めていた、公爵家の財務に最も精通している人材だ。しかし、お祖父様が亡くなられると、突然《とつぜん》解雇された」

……解雇したのが誰《だれ》かは、尋《たず》ねるまでもないですね。

「理不尽《りふじん》に解雇された人材は、他にもハリルなど多々あったが……キンバレイが最初で、最も不可解な処分だった。それでもキンバレイやハリルをはじめ多くの人材が、ユールノヴァに忠義を誓《ちか》い、私のもとに残ってくれた。ノヴァクがそれらの人材をまとめ、実際の領地経営を担う組織を創《つく》り上げたんだ」

おお。影《かげ》の内閣、シャドーキャビネットって感じ。あれはイギリスの野党が、いつでも政権奪取《だっしゅ》できるように組閣するものだっけ。

でもこちらはむしろ、真の内閣か。実際に領地を回していたのは、お兄様とその側近たちだったのだから。

「私が公爵位《こうしゃくい》を継承《けいしょう》してすぐ、彼らをふさわしい役職に戻《もど》した。皆《みな》が離れている間にさまざまな問題が起きていたが、特に財務の問題は大きく、いったんキンバレイにはその調査に専念してもらった。これはその結果だ」

財務長が調査に専念するほどの横領って……。

キンバレイに渡《わた》された書類に、エカテリーナは視線を落とした。

記載項目《きさいこうもく》はシンプルだ。日付と、資金の名目と、金額。

なるほど、お祖父様が亡くなった頃からだ。——って、直後かい！

しかも、金額！　なにこれ、この桁《けた》。日本円に換算《かんさん》すると……億じゃないの⁉

いや、最初だけか。次からは……それでも数千万だぞ。

と思ったらまたしても億！　続いてまた！

もう遠慮《えんりょ》がなくなってないか⁉　ほとんど毎月だし！

初年度の合計額……すでに大変なことになっているんですけど。

「あの……キンバレイ様の後任だった財務長は、今どちらに？」

「……行方《ゆくえ》不明だ」

アレクセイの答えに、エカテリーナはわずかに目を見張って、キンバレイに視線を移した。

禿頭《とくとう》に鷲鼻《わしばな》、見るからに謹厳《きんげん》なキンバレイの銀色の瞳は、何も語らない。

な、なんとなく二人とも、後任財務長の行方を知っているような気がするけれど、知らないほうがいいような気がさらに強くするから、何も訊《き》かないことにしよう……。

二年目、三年目。

さすがに一件ごとの金額は小さくなった。しかし項目が多岐《たき》にわたるようになり、年間の合計金額はあまり変わらない。

いや、一年目にあれだけ大きな金額が並んだのは、名目自体が架空《かくう》のもの、捏造《ねつぞう》した支払《しはら》いだったのかも。

さすがにやりすぎて、会計上処理しきれなくなったりして、やり方を変えたのかもしれない。

実際の支払いからバレなさそうなものを選んで、かすめとるやり方に。

（あ）

項目のひとつが目に留まり、エカテリーナは息を呑《の》んだ。

別邸《べってい》経費。

お母様と私の、生活費だ。横領されて、どこかへ消えてしまっていたんだ。

金額……ユールノヴァ公爵夫人の生活費としては、ささやかな額だけれど。それでも、このお金がちゃんと渡されていれば、あんな……食べ物にも着る物にも事欠くような暮らしをすることは、なかった。

「エカテリーナ……！」

妹の様子を不審《ふしん》に思ったアレクセイが、何を見ているかに気付く。

「すまない……すまない」

「いいえ、お兄様」

ふと思う。お兄様は、お母様と私の居場所を知っていたけれど、そこから連れ出そうとはしなかった。お祖父様亡き後、ユールノヴァ家の中で孤立《こりつ》して、寂《さび》しくて辛《つら》かったに違《ちが》いない時期だったのに。会いたいと思いながらも、邸の前を通り過ぎるだけで我慢《がまん》して。

それは、祖母の手が届くところにいるより、別邸にいたほうが安全なはずだったからに違いない。

まだ子供だったあの頃からずっと、お兄様は自分を後回しにして、お母様と私を精一杯《せいいっぱい》守ろうとしてくれていた。まさか公爵夫人の生活費が横領されるなんて、当時は夢にも思わなかっただろう。

それなのに、あんな暮らしをさせられていたと知った時、お兄様はどんな思いをしたのだろ

う。

それを知ったのは、お母様の最期《さいご》の時のはず。瀕死《ひんし》のお母様に、私たちを虐《しいた》げた共犯とも言える父親の名で呼びかけられて。父親のふりをして優《やさ》しく応《こた》えたあの時、内心では胸を裂《さ》かれるような苦しみを耐《た》えていたのじゃないだろうか。

「お兄様はお悪くございません。わたくしとお母様を守ろうとしてくださいました、昔からずっと」

「エカテリーナ……」

そんなに苦しげな顔をしないでください。あなたはまだ、あんなに子供だった。それなのに、子供でいることを許されなかった。

書類はまだ続く。

領民に支給されるはずの災害救済金や、復興資金がたくさん横領されている。広大なユールノヴァ領とはいえ、毎年地滑《じすべ》りや鉄砲水《てっぽうみず》などが起きているのは、森林乱伐《らんばつ》の影響《えいきょう》だろうか。鉱山の落盤《らくばん》事故もある。

無《む》味《み》乾燥《かんそう》な一覧表。

でも、ここに書かれているお金が横領されたことで、どれだけ多くの人の生活が破壊《はかい》されたのだろう。災害にあっても立て直せるはずだった暮らしが一体いくつ、とどめを刺《さ》されて砕《くだ》けてしまったのだろう……。

「エカテリーナ、もういい。もう見なくていい。私が悪かった、優しいお前がこれを見てどれほど心を痛めるかを、考えるべきだった。許してくれ」

「いいえ、わたくしは大丈夫《だいじょうぶ》です。お兄様と同じ重荷なら、わたくしも担《にな》いとうございます」

目に涙《なみだ》を浮《う》かべながらも一覧表を握《にぎ》りしめる妹に、アレクセイは心配そうな表情ながらうなずいた。

「わかった……ただ、一覧の災害救済金については、一部は別途《べっと》資金を工面して支給できている。三年目頃から、災害現場を視察した時、支給したはずの救済金が領民の手元に届いていないことが多すぎると気付いたから。フォルリ翁《おう》やアイザック大叔父《おおおじ》様も気付いて、皆でできるだけ対処はしていた。これほど大規模と判明したのは、爵位を継承した後のことだったが」

「そうでしたのね、さすがお兄様ですわ」

災害現場の視察……三年目なら、まだ十三歳？　そんな年齢《ねんれい》で、お兄様は危険な場所に自ら足を運んでいたのか。この貴族的なお兄様が、泥《どろ》だらけになって、自分の足で、被災《ひさい》地を歩いたのだろうか。

お兄様の爪《つめ》の垢煎《あかせん》じて飲みやがれクソ親父《おやじ》！

そして財務の権限がない状態でできるだけ対処って、さぞ大変だったに違いない。皆どんなにストレス溜《た》まっただろう。

「爵位を継承される前から、領主の責務を果たしておられましたのね。本当にご立派ですわ」

お兄様がこんなチートレベルに優秀《ゆうしゅう》な領主でなかったら、ユールノヴァ領はどうなっていたのだろう。

まあ、これだけの金額が消えてもびくともしない経済規模なんだけれども。ユールノヴァ領のGDP、たぶん単位が億では済まないもんな。でも、領民の不満が膨《ふく》らんで治安が悪化したり、いろいろなことがあり得ただろう。

七年間にわたって続いた横領の一覧は、ついに終わった。最後のページに記載《きさい》されていた累《るい》計《けい》額を見て、エカテリーナは肌《はだ》が粟立《あわだ》つのを感じる。

日本円に換算して——約三百億。

ちょっと、待って。何、これ。

こんな額、誰《だれ》が何に使った!? いや、クソババアがやらせたことなのは間違いない。でもあいつが、贅沢《ぜいたく》のために横領？ 正面きって使いまくってたぞ。それでも、この桁には届かなかったはず。

そういえば前世で、自分の会社から百億引き出した、ギャンブル依存症《いそんしょう》の社長がいた気がする。うちの親父は女遊びと賭《か》け事に明け暮れていたらしいけど、でも、こっちも浪費《ろうひ》が平気すぎて横領しそうもない。賭け事の負けとかはすべて自動的に公爵邸に請求《せいきゅう》させて、本人は支払いなんて一切《いっさい》したことがなかったらしい。

あとは……この七年間限定で、巨額《きょがく》のお金が流れていく先になりうるのは……。

巨額を消費する存在。

なんとなく思い出したけど、フランス革命。王妃《おうひ》マリー・アントワネットの贅沢でフランスの財政が傾《かたむ》いたと言われたけれど、実際には財政難の原因は、軍事費だった。金食い虫といえば軍隊。

大騎士《きし》団を有する、財政難のユールマグナ。

あの頃《ころ》、マグナのゲオルギーが頻繁《ひんぱん》に訪ねてきた、とお兄様が言っていた……。

エカテリーナは顔を上げた。

「お兄様、キンバレイ様。行方不明の財務長は、何処《どこ》からか当家に紹介《しょうかい》されてきたのでしょうか」

「紹介状などの、証拠《しょうこ》となるものはない。だが……マグナから来た者だとわかっている」

エカテリーナは思わず目を閉じる。

当たった。

ユールマグナが送り込んだ前財務長が、ユールノヴァの資金をあちらに流したんだ。ババアがそれを許した。

クソババア……常識とか善悪の観念とかがないのは知ってたけど、うちの資金を他家にバカスカ横領させるなんて、駄目《だめ》すぎるだろ！　それがおかしいことすら解《わか》らないほどイカれてたのか、てめーは!?

いや、あのババアと横領って、つながらない。とにかく自分は高貴、自分は正しいと思い込んでいる人間が、コソコソお金をかすめとる横領なんて行為《こうい》に関《かか》わるか？　金勘定《かねかんじょう》を軽蔑《けいべつ》していた自称《じしょう》『最高の貴婦人』と『横領』。どうにもイメージに合わない……。違和感《いわかん》があるけど、そこはユールマグナが言いくるめたのか……？

　しかし、証拠はないのにマグナからとわかっているとは、どういうことだろう。行方不明……いけない、考えてはいけない。

「お兄様……。公爵《こうしやく》位を継承《けいしょう》なさってからお暮らしになっていたこの皇都公爵邸《てい》は、お兄様の意にかなう体制になっておりますわね。ですけれど、これから向かう公爵領の本邸は、このような悪事を行っていた者たちの残党が、今も残っているということでしょうか」

「賢《かしこ》い子だ。そうだ、マグナの関与《かんよ》には気付いていないだろうが、不正に荷担《かたん》していた者がいる。主要な者たちは除いたが、小者は残っていることだろう。親族や、領内の小貴族たちなどにも、隙《すき》あらば私腹を肥やそうとする奸賊《かんぞく》は数多い。それを解ってもらうために、お前にこれを見てもらった。――ただ、お前の身に危害を加えるような真似《まね》はさせない。それをすればどうなるか、奴《やつ》らはすでにわきまえている」

　お兄様……うっすら微笑《ほほえ》んだお顔も素敵《すてき》ですが、室温が下がった気がしたのは、魔力《まりよく》のせいではないですね。麗《うるわ》しき氷の魔王、という雰囲気《ふんいき》です。

　そういえば、寝《ね》たきりだったお母様を無理矢理《むりやり》連れ出して、生命を縮めてしまったあの使者。あれはクソババアの手先だったに違いない。きっとあの男は、報《むく》いを受けたのだろう。

　どんな報復があったのか……前財務長の行方《ゆくえ》不明と同じく、私は知らないほうがいいんだろうな。

「お教えいただきありがとう存じますわ、お兄様。ユールノヴァの女主人として、わたくし心して本邸を監督《かんとく》いたします」

ふと頭をよぎったのは、公爵領本邸で暮らしていた頃に勝手に作られた、美しいけれど似合わないドレスの数々。

そういうことだったか、と妙《みょう》な納得《なっとく》感があった。

お兄様を恐《おそ》れて丁重《ていちょう》に扱《あつか》いながらも、真綿に針を包むように敵意をあんな形で表すのは、いかにもババアの残党という感じだ。そういえばお兄様、行幸の時に皇帝《こうてい》陛下から統治が順調なようだと褒《ほ》められて、まだまだ道半ばだと繰《く》り返していた。あれは謙遜《けんそん》ではなく、本気だったんだなあ。

もともと本邸は長らくクソババアの本拠地《ほんきょち》だったからと、残党と対決する覚悟《かくご》は決めてました。ただ、ここまでタチの悪いことまで起きていたとは、想像もできなかった。教えてもらえて、本当によかったです。

そして、ユールマグナ。

いつだっけ、同じ階級の貴族同士には絶え間ない争いがある、というようなことをお兄様が言っていた。しかし、こんな形で害を加えてくるなんて。他家の資金を横領するなんて、よくもそんなとんでもないことを。

お兄様がユールマグナを嫌《きら》っているのは、以前から感じていたけど、それも当然だと思う。

家同士の争いには、ルールも仁義もないんだろう。

とはいえ、こんな真似をしてくるということは、犯罪行為に手を染めるほど財政が逼迫《ひっぱく》しているということか。

しかしババア……本当になんでこんな真似を許した？

「エカテリーナ、もしも本邸に行くのが嫌なら、皇都に残っていてもいいんだ。郊外《こうがい》の別荘《べっそう》に行けば、暑さもしのげるだろう」

「いいえお兄様、ご一緒《いっしょ》しとうございます。わたくしお兄様のお側《そば》が一番安心ですもの」

家政方面のスキルのない私がお役に立てるかわかりませんけど、お兄様を独りにはしません。

「……ありがとう。お前がそう言ってくれるなら、私は必ずお前を守る。兄として、公爵として、我が貴婦人の一本の剣《けん》として」

ああ、言い切ってくれるお兄様が凛々《りり》しい。

よし、それなら。

公爵領本邸に討《う》ち入りじゃーー！

自分ちだけどな！　帰るんだけどな！

「エカテリーナを悲しませた」

妹が執務《しつむ》室から去ると、アレクセイは慚愧《ざんき》に堪《た》えぬように呟《つぶや》いて、執務机に拳《こぶし》を打ちつけた。

「あの子にあんなものを見せたくなどなかったものを。くそ、マグナの犬め」

「珍《めずら》しく、詮無《せんな》いことを仰《おお》せになりますな。お嬢様《じょうさま》がご存じないまま領地に入られるほうが危険と、ご判断なさったはず」

　アレクセイの傍《かたわ》らに立つノヴァクが、いかめしい表情で言う。

「ああ、あの子は賢い。解っていれば、無用な危険を避《さ》けてくれる。気付いたことは、こまめに報告もしてくれるだろう。だが、涙《なみだ》を見るのは耐《た》えがたい」

「気晴らし程度ですが、ユールマグナに少しばかり圧をかけてやりますか。前財務長が猶予《ゆうよ》させていた、あちら関連の支払《しはら》いをキンバレイ卿《きょう》が洗い出しております。その関係先へ一斉《いっせい》に払えと言ってやれば、意図は通じることでしょう」

「手始めとしては妥当《だとう》なところか。いいだろう、正当な権利の行使にすぎないが、奴らにとってはそれなりに痛手のはずだ。淡々《たんたん》と、だが確実に取り立てろ。マグナが陛下の前で文句でも言い出せば、こちらが馬鹿《ばか》にしてやれる。あとは他家や商会などにも、マグナの資金力が怪《あや》しくなったと情報を流せ」

　ネオンブルーの瞳《ひとみ》に冷たい光をたたえて、アレクセイはノヴァクと目を合わせた。

「犬めは人前に出せるまでにまだかかるか」

「そのようです。まだ当分は」

「ふん、見られぬ姿になる前に白状すればいいものを。いずれ時が来れば、素直《すなお》に証言するよう徹底《てってい》的に叩《たた》き込んでおけ。キンバレイ、マグナへの金の流れはまだ追いきれないか」

「申し訳ございません。中継したと思われる金融《きんゆう》業者が全員殺害され、建物も燃やされておりました……その先をたどる手立てが見つかっておりません」

頭を下げるキンバレイに向けたアレクセイの表情が、ふと和《やわ》らいだ。

「……わかった。以後の追跡《ついせき》は他《ほか》の者に任せる、お前は本来の業務に戻《もど》ってくれ。不向きなことまでさせてすまなかったが、お前は充分《じゅうぶん》よくやってくれた」

「御意《ぎょい》」

キンバレイは再び頭を下げる。アレクセイのねぎらいの言葉を、少し驚《おどろ》きつつ噛《か》みしめているようだった。

そして、さきほどの一覧を戻した鞄《かばん》を撫《な》でて、しみじみと言う。

「エカテリーナお嬢様はまことにお優《やさ》しく、ご聡明《そうめい》なお方でいらっしゃいますね。数字の一覧でしかないものの向こうに、領民たちの苦難を見てとっておられたようにお見受けいたしました。財務に携《たずさ》わる者でさえ、それができない者も多いのですが……深窓のご令嬢としては、驚くべき資質でありましょう。なんと申しますか、血の通った知性をお持ちでいらっしゃいます」

いや深窓のご令嬢の中身に、庶民《しょみん》で会計システムも開発したことがある、アラサー社畜《しゃちく》が混ざっているからなのだが。

アレクセイはうなずいた。

「ああ、あの子は聡《さと》く優しい。気丈《きじょう》なところもあるが、弱い者を思いやる気持ちが強い子だ。……私はせいぜい自分を大事にしなければならんな。私の身に何かあれば、あの子がユールノヴァの女公爵だが、あの優しい子には知られたくないことが多すぎる」

「閣下の御身《おんみ》に何かなんて起こらないよう、俺がお守りします。お嬢様にお約束しましたから」

執務机の上を整えながら、従僕のイヴァンが明るく言った。

「ああ、そうだった」

アレクセイが微笑《びしょう》する。

『お兄様の身に何かなど……』

先日、そう言ってほろほろと泣き出したエカテリーナ。その直前まで驚くほどの洞察《どうさつ》力で鉱山長アーロンを感嘆《かんたん》させていながら、兄の身を案じる時は幼い子供のようになる、その落差が彼女をいっそう愛らしい存在と感じさせた。

ギャップ萌《も》えというやつである。

「お嬢様は皆《みな》にお優しいですけど、閣下を一番に慕《した》っていらっしゃるところがお可愛《かわい》らしいですよね」

「イヴァン。その書類を下げるな」

じろりと従僕を睨《にら》んだノヴァクが、イヴァンが机から片付けようとしていた書類を取り上げた。

「あ、すみません。お済みになった分かと」

イヴァンはいつも通り笑顔《えがお》だが、どこかしら、ちっと舌打ちしている気配がなくもない。

そしてそれは、アレクセイも共通しているのだった。

「閣下。お嬢様の婚約《こんやく》相手の選考です、後回しになさってはなりません」

「……まだいいだろう」

「すでに出遅《でおく》れております。閣下は学園卒業後に婚約相手を検討されても、年下の令嬢から選ぶことができますので問題ございませんが、女性の場合は同世代か歳上《としうえ》が相手です。よいお相手を選んで差し上げるなら、在学中でなければなりません。お嬢様のためをお思いなら、早めに対処なさるべきです」

「あの、ですが、お嬢様ほどお美しい高貴な方なら、他と婚約していようと男は誰《だれ》でも飛びついてくるのでは。ですから、急がなくても」

口をはさんできた鉱山長のアーロンを、ノヴァクはじろりと睨む。

「そんな不実な男をお嬢様に近づけられるか」

「……すみません、ごもっともです」

アーロンはすごすごと引っ込んだ。

まだ気乗りしない様子のアレクセイに、ノヴァクは言葉を重ねる。

「さきほど閣下がおっしゃった通り、閣下に妻子がない現状では、お嬢様がユールノヴァの後《こう》継者《けいしゃ》です。お嬢様がご結婚なさっていようとも、状況《じょうきょう》によっては後継者であり続けます。下手《へた》な相手と婚約、結婚していれば、ユールノヴァをアレクサンドル公時代以上の災厄《さいやく》が襲《おそ》うことにもなりかねません。お嬢様のご婚約は、当家の重大問題です。閣下にはお解《わか》りのはず。そして、お嬢様のご才知。有力な他家に嫁《とつ》いでいただくのでは、他家にあのご才知を渡《わた》すことになりあまりに惜《お》しい。皇室か、分家。私としてはその二択《たく》と考えます」

厳しく言って、ノヴァクはふっと嘆息した。

「皇国の臣民として、できることならお嬢様には、皇室に入っていただきたいものです。やがて国民の母たる皇后になられるに、お嬢様ほどふさわしいご令嬢がおられましょうか。そして皇室に嫁いでくださったなら、これから虹石魔《こうせきま》法陣《ほうじん》の開発と実用化を進める際に、このユールノヴァを支えるこの上ない後ろ盾《だて》となってくださることでしょう」

心からの熱がこもった口調だ。が、ノヴァクは自分で首を振《ふ》った。

「ですがご本人が皇室だけは嫌《いや》と仰せになり、閣下もお認めになった以上、いたしかたございません。分家のどれかを選ぶか、見どころのある婿《むこ》をとって新たに分家を立てるか。それならお嬢様には、これからも閣下を側近くで支えていただくことができましょう」

「……そうだな」

妹を手放さないで済む選択肢《せんたくし》が出てきて、ようやくアレクセイはうなずく。

「しかし、分家にあの子を任せられるほどの者がいるか。――アンドレイが独身なら、考えなくもなかったが」

後半は、アレクセイには珍しく、揶揄《からか》うような声音《こわね》になった。アンドレイはノヴァクの息子《むすこ》である。若き日のノヴァクによく似ているそうで、目力が強い強面《こわもて》だが非常な美形、文武両道に加えて母親ゆずりの魔力も強い。が、すでに妻子がいる。

「愚息《ぐそく》は選択肢に入りません。分家が駄目《だめ》なら、新たな分家を立てて他から婿になりますな」

あっさり既存《きそん》の分家から離れたのは、ノヴァクから見てもふさわしい相手が見当たらないのだろう。

「他か」

アレクセイがちらりと目をやったのは、アーロンと商業流通長のハリル。この二人の他には、法律顧問《こもん》のダニールが、幹部の中では若手で独身のメンバーになるが、ダニールは長男であるため婿入りはまずない。

アーロンの学者風の容貌《ようぼう》が真っ赤になった。三人の中で最も可能性が高いのは彼だろう。実家のカイル家は伯爵《はくしゃく》家、富裕《ふゆう》で有力だ。五男であるから、婿入りは問題ない。それに、強力な土属性の魔力を持つ。理知的な容姿も端整《たんせい》と言える。

この年齢《ねんれい》まで独り身なのは、魔法学園卒業後に大学で鉱物学を専攻《せんこう》し、その縁《えん》で知ったアイザック・ユールノヴァ博士に傾倒《けいとう》してフィールドワークにくっついて歩くうちに、すっかり婚期を逃《のが》したためらしいから、問題を抱《かか》えているわけでもない。

ただ、年齢は三十一歳。エカテリーナの倍以上だ。

ハリルも三十三歳、そして一目でわかる他国の出身。ただし経済力ではそこらの小国にはるかに勝《まさ》る、大商会の宗主《そうしゅ》の息子。女性の目を引くエキゾチックな容姿、能力も申し分ない。分家の婿ならば、絶対にないわけではない。が、どちらにせよ、アレクセイはむすっとして顔を背《そむ》けるだけだ。二人は揃《そろ》って苦笑《くしょう》する。内心では美しい夢を見たとしても。

ノヴァクがやれやれとこめかみを揉《も》んだ。

「分家も気が進まれぬなら、他家ですな。当家と釣《つ》り合いの取れる家格で、お嬢様《じょうさま》と近い年頃《としごろ》のご令息ならば、まずユールマグナのウラジーミル様」

「馬鹿な！」

　思わずアレクセイは、執務《しつむ》机に手のひらを叩きつけた。

「二重三重にあり得ない！　三大公爵家同士の婚姻《こんいん》は推奨《すいしょう》されない不文律がある、それにマグナの女性の扱《あつか》いはひどいものだ。そんなところへエカテリーナをやるものか！」

　皇室を介《かい》して複雑な血縁関係にある三大公爵家は、婚姻を避《さ》けるべき。それは確かに不文律として守られてきた。実態は公爵家同士の結びつきが強くなりすぎないようにとの、皇室による牽制《けんせい》である。

「存じております。不文律も、女性の扱いも。十六、七年前になりますか、現在の相続法で女性の相続権を明文化した際、最後まで反対されたのが、ユールマグナでした。今のゲオルギー公に代替《だいが》わりされたばかりでしたな」

　当時の皇太子と皇太子妃《ひ》、そして宰相《さいしょう》だった祖父セルゲイを相手に回して、ゲオルギーとその一派は徹底《てってい》的に抵抗《ていこう》したのだった。

　古代アストラ帝国《ていこく》では、女性に相続権はなかった。古代の叡智《えいち》に反するべからず。それが彼の論拠《ろんきょ》だ。

「そのさなかにウラジーミル様がお生まれになり、ゲオルギー公は男が励《はげ》めば男児が生まれるものだとうそぶいておられた。よく覚えております」

　エカテリーナが聞いたら即《そく》、脳内に某格闘家《ぼうかくとうか》を召喚《しょうかん》するだろう。

「馬鹿《ばか》馬鹿しい」

「まことに」

「ウラジーミルが昔言っていた、母はアストラ語の本一冊を読むことすら許されないと。僕は女でなくてよかったと。悲しそうに」

ふと蘇《よみがえ》った思い出を、アレクセイは頭をひと振《ふ》りして追い払《はら》った。ノヴァクを見る。

「時代錯誤《さくご》のマグナは、放《ほう》っておいてもいずれ倒《たお》れる。この手で仕留めてエカテリーナに捧《ささ》げろと言うのか」

「閣下も決着をつけるお考えはありましょう。皇后が駄目なら、公爵夫人。実質的な女公爵、ユールマグナ領の女王として君臨していただくのです。閣下とお嬢様、ご兄妹《きょうだい》が共に公爵として並び立たれれば、ユールノヴァにとって歴史的勝利となるでしょう。分家ではせいぜい伯爵ですが、これならお嬢様にふさわしい地位かと」

「……ふん」

アレクセイが一瞬《いっしゅん》気を引かれたのは、母と妹に苦難を強《し》いたユールマグナに妹が君臨することが、完璧《かんぺき》な報復となるためだろう。が、すぐ首を横に振った。

「心にもないことを言い出すな。破綻《はたん》したユールマグナの救済、という体《てい》であろうと、ユールノヴァがそこまで勢力を拡大することを陛下はお許しになるまい。そもそも、地位はあの子にふさわしくとも、幸せとは縁遠い。敵だらけの危険な立場に、あの子を置くつもりなどない。それに」

「それに？」

「……ユールマグナ領は遠い」

ノヴァクは嘆息《たんそく》した。

ユールノヴァ領は、皇都から遠い。

馬車では片道二週間はかかるそうだ。つまり往復で一ヶ月。

行って帰るだけで、夏休みの大半を消費してしまう。

帰らないほうがマシですね、そんなの。

しかし幸い、もっと速い別の交通手段がある。それが船。

皇都を貫《つらぬ》いて流れる大河、セルノー河を遡行《そこう》しさらに支流をたどることで、領地までたどり着くことができる。ちなみにユールノヴァ領の木材などは、このルートを逆にたどって皇都へ運搬《うんぱん》されるそうだ。江戸時代の日本もヨーロッパもそうだったように、いや大河のほとりに文明が栄えるのがセオリーなくらい、河は物流と交通の大動脈。

それでも河を上流へさかのぼるわけだし、帆船《はんせん》だから前世のエンジン付きの船みたいに速度が出せるわけでもない。それなりに日数がかかるのが普通《ふつう》。

けれど皇国には、普通よりはるかに速い特別な船がある。

快速船ラピドゥス。

乗組員全員が水か風の魔力を持ち、船を快速航行させる専門技術のスペシャリストぞろいなのだそうだ。皇国にはこうした快速船が数隻《すうせき》存在するが、担当流域が決まっているそうで、ユールノヴァ公爵家が利用するのはいつもこのラピドゥスとのこと。

　なるほど魔力《まりょく》の有効活用にして平和利用。といっても魔力で船を快速航行させる技術は、皇国海軍でつちかわれたものらしい。

　あれだ、前世のロボット掃除機《そうじき》。あれも軍事技術の転用だったはず。優《すぐ》れた技術がまず軍事で研究されてしまうのは、世界が違《ちが》っても変わらない人間のサガなのか。

　見るからに速そうな、スマートな船体を河岸の船着場で目にしながら、まるくて平らで猫《ねこ》の乗り物なロボット掃除機を連想してしまうのは、なにか申し訳ない気がするエカテリーナであった。

「エカテリーナ、船は怖《こわ》いか？」

　快速船を見つめる妹に、エスコートするアレクセイが声をかける。勘違《かんちが》いをさせてしまった、とエカテリーナはあわてて否定した。

「いいえ、お兄様。皇都へ来る時にも乗せていただきましたけれど、酔《よ》うこともなく快適でしたわ。それにお兄様とご一緒《いっしょ》ですもの、怖いことなどございません」

「そうか。領地まで三日間この船で過ごす予定だが、体調が優れないようならすぐに言いなさい。別の移動方法を検討しよう」

「はい、お兄様。お言いつけの通りにいたしますわ」

　お兄様のネオンブルーの瞳《ひとみ》が今日も優《やさ》しい。今日もシスコンですね、ありがとうございます。

別の移動方法といっても、快速船以上の手段はないと言っていいはず。

公爵《こうしゃく》であるお兄様が領地に帰るにあたっては、ノヴァクさんやアーロンさんなどの幹部の皆《みな》さん、イヴァンやミナなどの身の回りの世話をする従者たちも、こぞって付き従うことになる。ノヴァクさんたちにも従者はいるのだし。それら全員が一緒に移動できるというのも、快速船の大きな利点だ。移動中もある程度の仕事までできてしまう。過労死フラグ回避《かいひ》的には休んでほしいけど。

安全面でも、皇国は地方へ行くと治安が乱れているところもあるけれど、乗組員の多くが海軍出身。全員が魔力を持っていることもあり、賊《ぞく》などものともしない。

それが、セルノー河をノンストップで遡行し、ユールノヴァ公爵領に至る支流まで一同を連れて行ってくれる。三交代制で二十四時間運航というのが、さすが海軍仕込み。

天候が荒《あ》れない限り、馬車なら二週間かかる旅路が、船を降りた後に公爵領本邸《ほんてい》まで移動するところまで含《ふく》めても、半分以下の五、六日になる。

さらにこれは、公爵たるお兄様が利用するにふさわしい格式と設備をそなえている。内装は軽量化のためかシンプルだけど、気品のあるデザイン。船室は貴族向けホテルに引けをとらない居心地《いごこち》の良さだし、食事もなかなか美味だったりする。

なにしろ、皇帝陛下の移動にも御座船《ござぶね》として使用される、というよりそれが本来の目的として造られた船なのだから。それをレンタル可能にしてしまう皇室のフットワークには脱帽《だつぼう》するけど、そう働きかけたのがセルゲイお祖父《じい》様だというのがなんとも。

レンタル料金はさぞお高いと思われるけど、それも惜《お》しくないほどの利点があるわけだ。二週間分の全員の交通費宿泊《しゅくはく》費を考えると、もしかすると元が取れたりして。

そんなありがたい交通手段を、私の体調ひとつでキャンセルなんてことになったら、どうしたらいいのか。

いけません、そんなもったいないことさせられません。絶対に体調を崩《くず》さないように、気を付けよう。お兄様に迷惑《めいわく》はかけられないからね、ブラコンの名にかけて！


エカテリーナの決意を乗せて、快速船ラピドゥスは出航した。

本日は晴天なり。夏の青空の下、船は快調に進む。快速船の名に恥《は》じず、大河を行き交《か》う船のどれよりも速い。

甲板《かんぱん》に立って川風に髪《かみ》をなぶられながら、エカテリーナは真っ青な空を見上げた。そういえば皇子の髪と瞳の色だ。どこまでも明るく深く、果てしなく遠すぎてなぜか悲しくなるような、夏の色彩《しきさい》。

「エカテリーナ、そこは暑いだろう。船室に入ったほうがいい」

「水面《みなも》を渡《わた》る風が涼《すず》しくて、心地好《よ》うございましてよ」

そもそも皇国の夏は、前世の記憶《きおく》にある蒸《む》し暑い日本の夏より過ごしやすい気がする。

とはいえ今生の記憶では、皇都の夏は公爵領より確かに暑い。そして甲板にいると、ミナが傍《かたわ》らで日傘《ひがさ》をさしかけてくれるのが申し訳なかったりする。

「でも、お兄様がご心配くださるなら、仰《おお》せの通りにいたしますわ」

「いい子だ」

アレクセイは微笑《ほほえ》み、妹の手を取った。

夕食までアレクセイの船室で一緒に過ごすことになった。

イヴァンがフルーツティーを淹《い》れてくれる。柑橘《かんきつ》系の果物を加えた、さわやかなお茶だ。それにアレクセイが手をかざし、氷の魔力で冷たくしてくれた。

「ありがとう存じますわ、お兄様。とても美味《おい》しゅうございます」

「お前が喜んでくれるなら、自分の魔力属性も悪くないと思えるよ」

……クソババアとクソ親父《おやじ》も氷属性だったから、複雑なのかな。

いかん、アラサー目線でつい、お兄様の頭とか撫《な》でてあげたくなるわ。

「皇都は広うございますのね。こんなに速い船でも、まだ皇都を出てはいないようですわ」

「そうだな、皇都はセルノー河に沿って膨張《ぼうちょう》を続けているから。だがこのあたりはもう、正規の皇都ではない。流入してきた流民《るみん》たちが住み着いているだけの地域だ」

アレクセイの言葉に船窓から見える家並みを見直してみる。たしかに、出航した頃《ころ》に見えていたよりはるかに小さく、みすぼらしい家々のようだ。

「……ユールノヴァ領で暮らせなくなった領民も、ここにおりますかしら」

災害にあい、もらえるはずの援助《えんじょ》を横領されて、暮らせなくなった人々が。

「いるかもしれない。その者たちは、故郷が復興したとなれば、戻《もど》ってくるだろう」

「そうですわね、きっと。彼らがふるさとへ帰れるよう、わたくしも微力《びりょく》を尽《つ》くしますわ」

別の土地で暮らしの基盤《きばん》ができたならともかく、今も苦しい生活をしていて、戻ったほうが暮らしていける見込みがあるとなったら、きっと戻ってくる。

「……お前はこれほど優しいのに」

ふっとアレクセイはため息をついた。

「世の中には、強欲《ごうよく》な人間があまりにも多い。すでにそれなりに裕福《ゆうふく》でありながら、明日の暮らしも立ちゆかない人々から、盗《ぬす》んで恥じないような者たちが」

「お兄様はずっと、そうした者たちと戦ってこられましたのね。ご立派ですわ」

十八歳になったばかりなのに、ものすごい威厳《いげん》があるのは、それだけ場数を踏《ふ》んできたからなんだ。

以前、学園長とやりとりする時のお兄様が、どう見てもちょっと言葉遣《ことばづか》いが丁寧《ていねい》な上司、って思ったことがあるけど、学園長とさえ比べ物にならない経験値の差があるってことなんだろう。

アレクセイは微笑んだ。

「公爵領へ帰れば、お前はあの地の女王だ。誰《だれ》もお前に逆らうことは許されない。望む通り、好きに振《ふ》る舞《ま》えばいい」

「お兄様、ご当主はお兄様ですわ。わたくしは妹としてお兄様にお仕えする身です」

「そうだな、私が当主だ。そして私は当主でありながら、お前に仕えるしもべなんだよ。我が最愛の女王エカテリーナ」

そう言ってアレクセイはエカテリーナの手を取り、指先に口付ける。

エカテリーナは内心きゃーきゃー叫《さけ》んでいる。しもべってお兄様！　なんですかその言葉の何かいけない感じ！

って気のせいだアホか自分！

「私もまだ学生の身だ、公爵位を継承《けいしょう》してから本格的に領地で過ごすのは、これが初めてになる。若造とあなどって軽《かろ》んじてくる者も多いだろうが、お前に無礼を働くことだけは許さない。そう誓《ちか》う」

ああなるほど。

エカテリーナはにっこりと兄に笑いかけた。

「つまり、公爵領の者たちのわたくしに対する態度で、お兄様への忠誠心を測ることができますのね。お兄様のお役に立てるなら何よりですわ。お兄様、お船で過ごす間、公爵領についてお教えくださいまし。分家の者たちや、我が家に仕える家中の者たちについて。お兄様をあなどる者など、わたくし決して許しはいたしませんわ」

私のブラコンが許しません！

などと内心で盛り上がるエカテリーナだが、アレクセイはただ微笑ましげな表情でいる。

「ありがとう、エカテリーナ。お前の気持ちはなにより嬉《うれ》しい。だが、どうかあのような者たちに関《かか》わらないでくれ。お前の優しい気質、お前の聡明《そうめい》さは、もっと他《ほか》のものへ向けるべきものなのだから」

お兄様ったら、シスコンなんだから。

……いや待てよ。これは、ガチの戦力外通告ではなかろうか。

あらためて自分を省《かえり》みると、私、貴族の権力争いで戦力になれるだろうか。

お兄様に敵対する抵抗《ていこう》勢力を許さない気持ちは本当なんだけど、そういう連中をうまくあしらえるかというと……前世で社会人やってた時も、社内の派閥《はばつ》とかまるっと無視して、ひたすら現場で仕事仕事仕事だったんだよね。出世とか興味なくて……。

もしかして、家政以上に経験値ない上、適性もなかったり？

で、でもお兄様のためなら頑張《がんば》れるもん！

「お兄様、わたくし、お兄様のお役に立ちとうございますわ。どうか役目を与《あた》えてくださいまし」

「エカテリーナ」

アレクセイは、妹の手を両手で包み込んだ。

「お前ほど私に力をくれる存在はいない。お前はただ、お前でいてくれればいいんだよ。月と星々を抱《いだ》く、優《やさ》しい夜の女王。ただそこにいてくれるだけで、お前は誰よりも私に、安らぎと喜びをくれる。お前の聡明さはよく解《わか》っている、間違《まちが》いなく力になってくれるだろう。だが……男の愚《おろ》かさと笑ってほしい。私が、お前を守りたいんだ。剣《けん》を捧《ささ》げた一人の騎士《きし》として、我が貴婦人には憂《うれ》いなく過ごしていてほしい。お前が心安らかに微笑んでいると思えば、私は幸せになれる。私の愛《いと》しいエカテリーナ……どうかお願いだ、私にその幸せをくれないか」

「お兄様……」

きゅ〜〜〜ん。

死んだ！

生命にかかわるほど心臓がキュンとしました三途《さんず》の川とお花畑が見えた！

これがキュン死ってやつか。

「お兄様がそうお望みになるのでしたら、わたくしは何事も、仰せの通りにいたしますわ」

「ありがとう、エカテリーナ。お前を守れて幸せだよ」

三日間の船旅はつつがなく終わり、世話になった船長たち乗組員に礼を述べて、エカテリーナはアレクセイと共に下船した。

ここはもう、ユールノヴァ公爵《こうしやく》領だ。だいぶ北上しただけあって、皇都より風が涼しい気がする。支流の両岸に並ぶ建物も皇都とは様子が違って、木材やレンガが外観に多用された、前世のスイスや北欧《ほくおう》に似た雰囲気《ふんいき》があった。

前世の記憶では、異国情緒《じょうちょ》を感じる風景。

でも、懐《なつ》かしい。

公爵領の別邸《べってい》で、ずっと幸せとは言えない暮らしをしていたけれど。この風や、空の色、周囲の山々の緑にさえ、身体《からだ》が深く馴染《なじ》む気がする。前世の記憶《きおく》が戻ってから初めての帰郷は、不思議な感覚があるけれど。やっぱりここは、今生のふるさとだ。

はっ！　前世と今生の感覚のズレって危険信号やん。入学式の後みたいにロックがかかって倒《たお》れないよう、気を付けよう！

「エカテリーナ、大丈夫《だいじょうぶ》か」

アレクセイにそっと手を取られて、エカテリーナは我《われ》に返った。

「大丈夫ですわ、お兄様。風の香《かお》りが懐かしくて、ついぼんやりしてしまいましたの」

「そうか」

アレクセイは優しく妹の髪《かみ》を撫でた。

「ここから領都まで、馬車で丸一日かかる。途中《とちゅう》で一泊《ぱく》してゆっくりと進むが、具合が悪ければすぐ言いなさい」

「はい、あの、お兄様……わたくしの手を握《にぎ》っていてくださいまし」

前世と今生の共通点、それはお兄様への愛！

だからお兄様にくっついて、お兄様を手伝ったりお兄様の過労死フラグを折ったりすることに集中していれば、ロックはかからないはず。

アレクセイの口元がほころんだ。

そして、妹の華奢《きゃしゃ》な手を両手で包み込む。

「二度とお前につらい思いはさせないよ。私は、お前のすべてを守る」

「お兄様……」

ああっお兄様、違うんです。幽閉《ゆうへい》のトラウマが蘇《よみがえ》ったとかじゃないんです。すみません、前世とかロックとか、めんどくさい妹ですみません。

「こうしていてくだされば、わたくし怖《こわ》いものなどございませんわ。このように非力の身ですけれど、わたくしとてお兄様が二度とお辛《つら》い思いをなさらないよう、お守りするつもりですのよ」

「ありがとう、優しい子だ」

アレクセイは笑う。

そして顔を上げ、エカテリーナの後ろに声をかけた。

「お前たちの仕事が減ったようだ、我が騎士たち」

「お嬢様《じょうさま》にはお変わりなく。その優しいお姿で、たまに勇ましいことを仰《おお》せになりますな」

渋《しぶ》い響《ひび》きの声が返る。

えっ、とエカテリーナは振り向き、目を丸くした。

「ローゼン卿《きょう》！」

鉄灰色《てつかいしょく》の髪と口髭《くちひげ》の美丈夫《びじょうふ》、ユールノヴァ騎士団長ローゼンが、整然と列をなす一団の騎士たちを従えて立っていた。

歩み寄ってきたローゼンは、アレクセイとエカテリーナの前に立つと背筋を伸《の》ばし、胸に拳《こぶし》を当てて一礼する。

彼も騎士たちも、皇室御一家《ごいっか》の行幸の時とは違い、礼装ではない平時の装備だ。礼装と違って使い込まれ、色あせ傷にまみれたそれらが、彼らを歴戦のつわものと知らしめている。

「閣下、お嬢様。ご帰還《きかん》、祝着《しゅうちゃく》に存じます」

「出迎《でむか》え大儀《たいぎ》」

アレクセイが短く応じる。

さすがお兄様。時代がかった台詞《せりふ》をさらりと言って、様になるのがすごい。

「我らがあるじ、我らが貴婦人。ユールノヴァ城まで、我ら騎士団がお守りいたします」

ローゼンの言葉と共に、騎士たちがうち揃《そろ》って胸に拳を当て、頭を下げる。統制の取れた、美しい動きだ。

騎士たちの向こうに、公爵家の紋章《もんしょう》が描《えが》かれた華麗《かれい》な馬車を先頭に、数台の馬車が連なっている。本邸からの迎えに違いない。

それらの馬車を、さらなる一団の騎士たちが取り巻いているのに気付いて、エカテリーナは驚《おどろ》いた。こちらも平装ながら、ユールノヴァ騎士団の団旗と公爵家の紋章旗を掲《かか》げている。旗手は四名。馬車列の先頭に二名、最後尾《さいこうび》に二名、団旗と紋章旗を並べて掲げるのだろう。

この、騎士の人数。

警護の適切な人数、なんて知らないけれど。自然な感覚として、単なる警護にしては多すぎる。いくらユールノヴァ領が、強力な魔獣《まじゅう》の出現が多いといってもだ。

爵位を継承したばかりの、若き公爵。領内には不穏分子《ふおん》がはびこっており、激しい反発を受けることも予想される。

それを思えば、これは騎士団によるデモンストレーションに違いない。ユールノヴァ騎士団は新公爵アレクセイを支持するという、立場の表明。まさしく、旗幟《きし》を鮮明《せんめい》にするというやつだ。

公爵領最大の軍事力である騎士団からの全面的な支持は、アレクセイの絶大な強みであろう。

なお、ユールノヴァ城とは、公爵領本邸のことだ。皇都公爵邸では区別のため公爵領本邸と呼んでいたが、領地では本邸のことをユールノヴァ城と呼ぶことが多い。四百年前の建国期には軍事拠点《きょてん》の要塞《ようさい》だったが、皇国が安定して城の周囲に領都が発展した現在は、瀟洒《しょうしゃ》な大邸宅（というかもはや宮殿《きゅうでん》）に建《た》て替《か》えられている。それでも騎士団は特に、城と呼ぶ慣習になっているのだろう。

うん、さすがお兄様。

クソ親父《おやじ》が遊んでいる間、騎士団と共に危険な魔獣掃討《そうとう》や、泥《どろ》まみれの災害救助に赴《おもむ》いたのは、まだ幼さの残るお兄様だった。これはお祖父《じい》様の遺産ではない、お兄様自身が築き上げたもの。絶対に揺《ゆ》らぐことはない絆《きずな》。

十八歳にして、領内勢力の一番重要なところを押さえているなんて、本当にすごい。

そして思えばこれは、うちの騎士団が本来あるべき通りの存在、魔獣や災害から人々を守ってくれる組織であり続けているからこそだなあ。他所《よそ》では、騎士団は見た目だけの飾《かざ》りになっていたり、領主や貴族だけを守って領民たちをむしろ虐《しいた》げる存在になっていたりする場合もあるようなのに。あらためて、ありがとうございます。

エカテリーナは、ローゼンと騎士《きし》たちに感謝を込めて微笑《ほほえ》みかけた。

「頼《たの》もしいことですわ。高潔にして精強なる我が騎士団が共にあれば、伏魔殿《ふくまでん》すら恐るるに足りぬことでございましょう。安心して我が家へ戻《もど》ることができますわね」

ローゼンの口元を笑《え》みがかすめる。言いたいことは伝わったらしい。

「領民たちも、閣下とお嬢様のお帰りを心待ちにしておりました。お姿を拝見すれば、さぞ喜ぶことでありましょう」

領民たちもお兄様を支持しているんだ。お兄様がしてきたことを知っているから当然と思うけど、きっとノヴァクさんや幹部の皆《みな》さんが、公爵の仕事を実際に担《にな》っているのはお兄様であることを、いろんな機会に領民たちに伝えるようにしてきたんだろうな。やっていることは、伝えなければ伝わらないものだから。

アレクセイが微笑んで、妹の手を引いた。

「では帰ろう、お前の城に」

「お兄様、お兄様がご当主でありご城主ですわ」

「私はお前のしもべだと言ったろう」

兄に手を引かれて馬車へ向かいながら、エカテリーナは思う。

……お兄様、やっぱりそのしもべっていう言葉、なんだかいけない感じがするので、あんまり人前で言うのはやめてください。

でもお兄様シスコンだから仕方ないか。

大勢の騎士たちに守られた馬車列は、先頭としんがりとで二人の旗手が並んで公爵《こうしゃく》家の紋章旗と騎士団の団旗を掲げているせいもあって、まるでパレードのように華《はな》やかな、目立つ一団となった。

公爵領本邸《ほんてい》ことユールノヴァ城へと続く石畳《いしだたみ》の街道《かいどう》を、馬車はたどる。古代アストラ帝国《ていこく》の頃《ころ》に整備された街道は、千年を経た今も、かつて帝国の版図だった国々で使われ続けている。

そういうところも、アストラ帝国は前世のローマ帝国とよく似ている。

街道沿いにある村々を通ると、村人たちがわざわざ家から出てきて、一行へ手を振《ふ》ったり歓《かん》声《せい》を上げたりしてきた。アレクセイへの領民たちの支持を実感して、エカテリーナは嬉《うれ》しくなる。

子供たち、特に男の子たちのお目当ては馬上の騎士たちのようで、憧《あこが》れに目をキラキラさせて見上げていた。しばらく小走りに追ってくる子もいて、確かに騎士は彼らのヒーローなのだ。

村人たちや子供たちと目が合うと、エカテリーナは微笑んで手を振った。前世の庶民《しょみん》感覚では、芸能人かよ自分、とか思っておこがましい気がするのだが。領民たちの兄への好感度を少しでも上げるためと思えば、おこがましさなどどっかに穴掘《ほ》ってぶちこんで埋《う》める。

アレクセイのほうは、そういうことは苦手だと苦笑《くしょう》するばかりで、馬車の外には目を向けない。

それならお兄様の分まで私が頑張《がんば》ります！　と、人々に愛想《あいそ》を振りまくエカテリーナであった。

……悪役令嬢の愛想に需要《じゅよう》があるか、ちょっと心配だったりするけども。

「お兄様、子供たち、愛らしゅうございますわね。あの子などあのように装備をつけて、きっと騎士のつもりなのですわ」

エカテリーナがそんな話をすれば、アレクセイも窓の外を見て、鍋《なべ》をかぶって木の枝を振り回している小さな子供の姿に微笑んだりする。

小さな子供のそばには若い母親がいて、若き公爵から微笑みかけられて（誤解）赤面していたりもする。

「お前のおかげで、とても助かるよ」

アレクセイがしみじみと言い、エカテリーナはあっさり有頂天《うちょうてん》になった。

お兄様に助かるって言われたー！

「お兄様のお役に立てるなら、わたくし本当に嬉しゅうございますわ。ですけれど、領民たちがあのように迎えてくれるのは、お兄様が今までなさってきた領政ゆえでございます。お兄様を軽《かろ》んじる者どもに、領民たちのお兄様への支持のほどを見せてやりとうございますわ」

「賢《かしこ》い子だ」

アレクセイは微笑む。

この目立つ馬車の隊列も、途中《とちゅう》に一泊《ぱく》を入れてのゆったりとしたペースも、領民たちの反応を引き出すことが目的のひとつだ。領内の小貴族たちに、騎士団と領民たちの支持がアレクセイにあることを見せつける。

アレクセイ本人より、ノヴァクとローゼンなど、老練な幹部たちが目論《もくろ》んだことであろう。何も言わずともその意図を理解し、兄が苦手な部分のフォローをしてくれるエカテリーナ。彼らはその存在も織り込んでいたはずだ。

「疲《つか》れているなら無理はしないでくれ。お前に役目など負わせるつもりはない、旅を楽しんでくれればいいんだよ」

「わたくし楽しゅうございますわ。このように領民の暮らしを見るのは、初めてですもの」

幽閉《ゆうへい》されていた別邸からは、村ひとつ見えなかった。季節ごとに色を変える、森の木々が見えるばかりで。あの森の向こうを、ようやくこの目で見ることができた。

いや、公爵領から皇都へ向かう旅でも、目にはしていたはず。だけど、心ここにあらずで、ただお兄様から目を逸《そ》らすために、窓の外へ目を向けているだけだったのだ。

前世の記憶《きおく》が戻った今回は、村人たちの家や服などが、やはりスイスや北欧《ほくおう》を思わせて楽しい。家は木造と白壁《しらかべ》が基本、服には色鮮《あざ》やかな刺繍《ししゅう》がほどこされているようで、アルプスの少女のアニメを思い出す雰囲気《ふんいき》がある。

そういえば牧畜《ぼくちく》も盛《さか》んなようで、牛や山羊《やぎ》をちょくちょく見かける。豚《ぶた》もいるし、鶏《にわとり》はそこらをうろうろしている。

騎士ごっこをする男の子が、山羊を馬の代わりにしようとよじのぼって、あっさり振り落とされたりしていた。

かわいいけど危ないからやめなさい。あと山羊がたいへん迷惑《めいわく》そうだからやめたげて。でも確実に、このへんの男子あるあるなんだろうな。

「平和で楽しげに見えますけれど、民《たみ》の暮らしはもろいものですのね。日照りや冷夏、長雨、魔獣《まじゅう》の出現など、さまざまなことで崩《くず》れてしまうのですもの……執務《しつむ》室での皆様の言葉や書類で見た文字の意味が、こうして実際に領地の人々を見ると、改めて胸に迫《せま》ってまいりますわ」

「ああ、ノヴァクもよく現地を見るべきだと言う。……お前は言われなくとも、解《わか》っているようだ」

すいません、前世の知識があるからです。システム設計でも、現場の業務を見て知ることは大事だったんで……ズルみたいなもんですいません。

アレクセイに尋《たず》ねると、この村の名前と主な産物や人口構成、およその歴史などをすらすらと教えてくれた。

そして、こんな話をそんなに楽しそうに聞く令嬢《れいじょう》はお前くらいだ、と言って笑った。

この日は早々に、宿泊する街に到着《とうちゃく》した。

泊《と》まったのは宿ではなく、このあたりを統轄《とうかつ》する小領主の屋敷《やしき》。初老の小領主は、丸顔に温かい笑みを浮《う》かべて若き公爵兄妹《きょうだい》を歓迎《かんげい》した。

かつて祖父セルゲイの側仕《そばづか》えだった人物で、アレクセイがこのあたりに泊まる必要がある時は、いつも世話になってきたそうだ。

だから安心してくつろいでいいと言われて、エカテリーナは通された大きくはないが居心地《いごこち》のいい部屋に落ち着いて、ベッドカバーの見事な刺繍に感心したり、領主の奥方が淹《い》れてくれたちょっと変わった風味のハーブティーを楽しんだりして過ごした。

そして窓の外に街の人々が集まっているのに気付くと、窓を開けて笑顔で手を振って、歓声を浴びた。

ロイヤルファミリーかよ自分。照れるわー。

皇子って、生まれた時からこんなことやってるんだなあ。大変だなあ。次に会う時、ねぎらってあげようか。

あ、でもそれはフローラちゃんにやってもらうことだよね。悪役令嬢はやったらあかん！
破滅《はめつ》フラグが立ったらどうする！

そして何度目かに窓を開け、そろそろ日暮れなのにまた人数が増えたみたい、と思いながら身を乗り出した時。

「エカテリーナ」

「お兄様！」

部屋へやってきたアレクセイに声をかけられて、エカテリーナは目を見張った。

「疲れただろう、頑張りすぎないでくれ。身体《からだ》の弱いお前に甘えるなど、してはならないことだった」

「お兄様、わたくし、本当に楽しいのですわ。皆《みな》あのように歓迎してくれるのですもの」

「そうだな。お前の美しさなら、皆が喜ぶのは当然だ」

「まあ、お兄様ったら」

今日もシスコンフィルターがフル稼働《かどう》してますね！

「お兄様こそご無理をなさらないで。こうしたことは苦手でいらっしゃるのに」

「そうだな、私は人に好かれるたちではないから。それに、作り笑いは苦手だ。思えば、うわべの愛想だけで得る好意など何の意味があるかと、反発していたのだろうな」

反発の対象は、働かないくせに外面《そとづら》が良くて世渡《よわた》り上手だったクソ親父《おやじ》ですね。当然ですとも。

「だが今日、あらためて解った——お前が側にいてくれるなら、私でも笑うことはたやすいと」

「お兄様……」

やわらかく微笑《ほほえ》んだアレクセイが妹の肩《かた》を抱《だ》くと、街の人々からこの日一番の歓声が上がった。なんというか、黄色い声だ。

しばし兄妹よりそって一緒《いっしょ》に手を振った後、アレクセイがよく通る声で語りかけた。

「皆ありがとう。今日の歓迎を嬉しく思う。もう日が暮れる、帰って食事にするがいい……我々《われわれ》もそうする」

そうして窓を閉めたのだが、最後の瞬間《しゅんかん》、領民の誰《だれ》かがひときわ大きく叫《さけ》んだ言葉が響《ひび》き渡った。

「お幸せに！」

翌日、ユールノヴァ公爵《こうしゃく》一行は予定よりも早く小領主の屋敷から出発した。

小領主の街から領都はもうかなり近い。だから出発の時間も遅《おそ》めの予定だったのだが、今朝早くから小領主の屋敷の周りに領民たちが続々と集まってきた。何事かと思ったら、公爵兄妹を一目見ようとする人々だったのだ。想定外の人数に囲まれて、馬車を進められなくなるおそれがあるため、早めの出発となったのである。

（ちょ……ちょっと、やりすぎた？）

内心でたらりと汗《あせ》をかくエカテリーナであった。まさか手を振《ふ》っただけでこんなことになるとは。

昨日はっきりと二人を新婚夫婦《しんこんふうふ》と勘違《かんちが》いした歓声を浴びていながら、手を振っただけ、と思っているあたり、恋愛《れんあい》関係の残念思考が妙《みょう》なかたちで応用されているのかもしれない。正直が必ずしも美徳ではないように、応用は必ずしも良いこととは限らない、という例なのかもしれない。

そしてアレクセイも、勘違いな歓声の意味を解っていなかったりする。あくまで新公爵となった自分と、公爵令嬢としての立場を取り戻《もど》した妹への祝意だと思っている。妙なところで似た者兄妹である。

騎士《きし》団長ローゼンは、余裕《よゆう》の笑《え》みでエカテリーナに会釈《えしゃく》した。

「お嬢様、ご心配なく。我ら騎士団、必ずやお二方をお守りいたします。それに領民たちは、閣下とお嬢様を心よりお慕《した》い申し上げております。残る旅路も、昨日と変わらず鷹揚《おうよう》に微笑みかけてくだされば、皆お嬢様のお優《やさ》しさに感激いたしましょう。どうか、領民たちの歓呼の声の中、ユールノヴァ城へ入城なさってください」

……なんだろう、ローゼンさんからなんだか開き直りのような気配が。

よくわからないけど、ノヴァクさんも出発前に似たような雰囲気だったなあ。でも、みんなが盛り上がってるのは悪いことじゃないよね。

よし、今日もお兄様のために頑張《がんば》ろう！

そんなわけで、エカテリーナは今日も微笑んで手を振っている。

意外というか、顔がひきつりそうになったりはせず、むしろ楽しかった。それは、集まってくる人々が皆、喜ばしげな笑顔を向けてくれるからだろう。笑顔に笑顔を返すのは簡単だ。

さらに、アレクセイもクールな彼なりに楽しそうにしている。エカテリーナが群衆の中から気になる人物を見付けてはアレクセイに声をかけたりして、楽しませようと努めているからだろう。

だがそういう努力より、ただ妹が楽しそうにしているから、アレクセイも楽しい気持ちになるのだった。

小領主の街を抜《ぬ》けると、いくつかの村があるほかは、もう古代アストラ帝国《ていこく》の街道《かいどう》は領都へ向かうのみ。

その村々へさしかかると、人々がすでに待ち受けていて驚《おどろ》いた。電話もメールもない世界なのに、噂《うわさ》ですっかり伝わっているらしい。クチコミの伝播力《でんぱりょく》すごい。

そして、街道の先に領都が姿を現した。

ユールノヴァ公爵領の領都は、北都とも呼ばれる。公爵領のみならず他領も含《ふく》めて、皇国の北方では最大の都だ。東京に対する札幌《さっぽろ》のような位置付けか。

皇都と比べれば規模は劣《おと》るが、この世界では有数の大都市と言える。そして、皇都と似た雰《ふん》囲気《いき》もありつつ、皇都とは異なる風情《ふぜい》の美しさがある。

この北都が、ユールノヴァ公爵家の城下町だ。

皇都もそうだが、皇国の各都市は、外壁《がいへき》などで明確に外部と隔《へだ》てられていたりはしない。建国期の戦乱時代にはそういう都市もあったようだが、ありがたいことに平和と安定が続いた現在、皇都と同様に北都も膨張《ぼうちょう》を続けている。

とはいえ、ここから都、というラインは存在している。

「ここから領都だ」

パリの凱旋門《がいせんもん》を思い出すような、とはいえあれよりは小さく古い、由緒《ゆいしょ》ありげな門の跡《あと》が横目に見えるところで、アレクセイがそう教えてくれた。

アレクセイの言葉に応じるように、騎士団の奏者が角笛を吹《ふ》き鳴らす。領主の帰還《きかん》を告げる旋律だそうだ。

それまでも街道の脇《わき》に人々が並んで一行を迎《むか》えてくれていたのだが、角笛が響き渡るや、そのへんの家々からわらわらと人が出てくる。増量。さらに増量。

わー、すごいことになってきた。

さすが、途中《とちゅう》の村とは人口が違うわー。

なおも増量中の人々は、目を輝《かがや》かせて兄妹《きょうだい》の乗る馬車を見つめ、エカテリーナが手を振ると手を振り返したり歓呼《かんこ》の声を上げたりする。日本の万歳《ばんざい》にあたる言葉で……いや面倒《めんどう》だから万歳ってことにしよう。万歳の声がたくさん聞こえてくる。

それから、お帰りなさい、と。

——そう、だった。帰ってきたんだ。

皇都で前世の記憶《きおく》を取り戻したせいか、幽閉《ゆうへい》されていた別邸《べってい》から出た後ずっと引きこもっていて領都をほとんど知らないせいか、もの珍《めずら》しい気持ちで景色を見てしまうけれど。今さらだけど、私もお兄様も、ここが本来のホームタウンなんだ。

エカテリーナは傍《かたわ》らのアレクセイと目を合わせ、微笑んだ。

「お帰りなさいまし、お兄様」

アレクセイはネオンブルーの目を見開いて、微笑みを返す。

「ただいま。——そして、お帰りエカテリーナ」

妹の手を取って、アレクセイはその手を両手で包み込んだ。

「ここがお前の都、我が女王の都だ。この地に住まう者はすべて、お前の前にひざまずくだろう。従わぬ者どもは私が取り除く、必ずだ」

「お兄様、微力《びりょく》ですけれど、わたくしも力を合わせとうございます。お兄様に従わぬ者は、わたくしが成敗してやりますわ」

「そうか、頼《たの》もしいことだ」

後半をいたずらっぽく言うと、アレクセイは笑う。

「では行こう。伏魔殿《ふくまでん》の悪魔《あくま》祓《ばら》いに」


そして、馬車の行く手に本邸ユールノヴァ城が見えてきた。

前世で見た海外旅行のパンフレットだったか、ちょっと似た建物があったような気がする。うろ覚えだけれど、スウェーデンのストックホルム宮殿だったろうか。皇城と違って多くの尖《せん》塔《とう》を備えたおとぎの城のようではないけれど、優美さと質実さを兼《か》ね備えた建築だ。

数ヶ月前まで住んでいた『自宅』を眺《なが》めて、エカテリーナはつくづく思う。

デカい！

いや、これ全部居住用じゃないけどね。県庁的な行政機能とか、総合商社の本社機能、賓客《ひんきゃく》を迎えるための迎賓館《げいひんかん》機能、それ以外にもいろいろと担《にな》っている役割があるんだけど。

それにしても、これが自分ちですよ。

ゆくゆくは世界遺産かも。

って、いつかこの世界にもユネスコが設立されるのだろうか？

一行は、騎士団長が言った通りに、領民たちの歓呼の声の中を進む。万歳の声は、天まで響《ひび》くと思われるほどだ。

ユールノヴァ城の城門は大きく開け放たれている。

その中で、さらなる騎士団の一団が、城門の両側に整列している。

奏者が再び角笛を吹き鳴らすと、騎士たちは剣《けん》を掲《かか》げ、大きく鬨《とき》の声を上げた。

領民たちの歓呼の声、騎士たちの鬨の声に迎えられて、兄妹はユールノヴァ城へ入城した。

アレクセイに手を取られてエカテリーナが馬車を降りると、ずらりと並んだ出迎えの使用人たちが一斉《いっせい》に頭を下げた。

　そこへ、

「アレクセイ様！」

　思いがけず黄色い声をかけられて、そちらを見る。

　エカテリーナには見覚えのない、どう見ても使用人ではない豪華《ごうか》な服装の、貴族の男女が居た。あまり似てはいないが、おそらく父と娘《むすめ》。

　さらにその後ろにも、父娘《おやこ》ほど豪華ではないが、貴族と思われる服装をした一団がいた。

「お帰りなさいませ、お会いしたかったですわ！」

　エカテリーナと同い年くらいと思われる令嬢《れいじょう》が、いそいそとアレクセイに歩み寄ってくる。鮮《あざ》やかな緑色の髪《かみ》に青緑色の瞳《ひとみ》、顔立ちはきつめだが、なかなかの美人と言っていいだろう。

　しかし髪型……見事なかっちり縦ロール。

　悪役令嬢かね君は。いや、人のこと言えないけど。私が真正の悪役令嬢だけど。あと顔立ちがきつめとか、全く人のこと言えないけど。

アレクセイのネオンブルーの瞳は、冷ややかに令嬢を見据《みす》えている。令嬢はそれに気付きもしないらしく、満面の笑《え》みのままエカテリーナを押し退《の》けそうな勢いだ。

そんな令嬢に見せつけるように、エカテリーナはつと兄に身を寄せた。さすがに令嬢は足を止め、不機嫌《ふきげん》にエカテリーナを睨《にら》む。——そして、アレクセイの妹と気付いたのか、あわてて笑顔になった。

そんな縦ロール嬢を、追ってきた数人の令嬢が囲む。

取り巻きか！　取り巻きだな！

縦ロール、やっぱり悪役令嬢なのか。私vs.縦ロール、真正悪役令嬢vs.ローカル悪役令嬢なのか！

「これキーラ、ぶしつけだぞ。アレクセイ様、ご無事のご帰還お喜び申し上げます。このノヴァダイン、分家筆頭として歓迎いたします」

父親が一礼する。髪の色は黄色。金髪《きんぱつ》というより黄色。瞳の色はオレンジか。こちらもなかなかの美形だが、人好きのするはずの笑顔がどこかそらぞらしい。

そして、なんだかなって感じなのが……歓迎いたします？　まるで自分をこの邸《やしき》の主人と思っているみたいな口ぶりだ。

さて、どうしてくれよう。

と思ったら、すすっとメイドのミナが寄ってきた。わざとらしいほどうやうやしく、エカテリーナに扇《おうぎ》を差し出す。

「ありがとう、いつも気が利《き》くこと」

微笑《ほほえ》んで受け取ると、エカテリーナはぱらりと扇を開き、口元を隠《かく》した。

その陰《かげ》で、アレクセイにいっそう身を寄せる。

「お兄様、こちらは？」

小声でありつつ聞こえよがしな声の大きさを心がけてみました。あと、これだけ私がくっついていれば、さすがに縦ロールもお兄様に近寄れまい！

アレクセイが可笑《おか》しそうに口の端《はし》を上げた。

「ノヴァダイン伯爵《はくしやく》家の当主イシードルとキーラ嬢だ。分家のひとつだよ」

「まあ……残念なことですわ」

扇の陰でエカテリーナはため息をつく。隠しているようで丸わかりを心がけてみました。

「ユールノヴァ家の分家ともあろう者が、本家の当主への敬称《けいしょう》も理解せず、勝手にお名前を呼ぶなどという無礼なふるまいに及《およ》ぶとは。お兄様の日頃《ひごろ》のご苦労がしのばれて、わたくし胸が痛みましてよ」

「私のことなど気に留めなくていいんだよ。ただ、公爵令嬢にしてユールノヴァの女主人たるお前に、挨拶《あいさつ》ひとつない非礼こそが許しがたい」

ここで兄妹は、揃《そろ》ってノヴァダイン父娘をじろりと見下した。みおろしたのではなく、みくだしたのである。

よっしゃ、縦ロールが睨んでる。そして取り巻きはびびってる、っていうかなぜか赤面して

る？　お兄様が美形すぎるから？

　縦ロールちゃん、ふくれっ面《つら》しておとーさんに寄っていっても無駄《むだ》だからね。私のお兄様と君のおとーさんは、いろんな観点でエベレストと大阪《おおさか》の天保山《てんぽうざん》（標高約四・五メートル）くらいの差があるからね（当社比）。

　父親、ノヴァダイン伯は、美貌《びぼう》の兄妹《きょうだい》に見下されて一瞬《いっしゅん》ひるんだようだった。が、ふっと笑って肩《かた》をすくめてみせる。

「これは……ご無礼いたしました、公爵閣下。しかしご理解ください、私はアレクサンドル公の親友として、貴方《あなた》の父親代わりの役割を精一杯《せいいっぱい》果たしたいと思っているのです」

　エカテリーナは思う。

　わー、こいつ超《ちょう》うさんくさーい。

「エカテリーナお嬢様、お初にお目にかかります。母君のご葬儀《そうぎ》の折はご挨拶もできず、申し訳ございませんでした。母君そっくりに、お美しくなられた。しかし母君はもう少し忍耐強《にんたいづよ》い、淑女《しゅくじょ》の鑑《かがみ》であられましたが」

　その言葉が、チリ、と胸に引っかかった。エカテリーナだけでなく、母をも侮《あなど》る響きが聞き取れたのだ。

　こいつ……お母様が大人しかったのをいいことに、クソババアの手先になって、お母様をいびってたんじゃないのか。

「アレクサンドル公は、友情に厚く分け隔《へだ》てのないお人柄《ひとがら》であられました。私のことを兄弟とお呼びになり、公爵邸《てい》を我が家と思ってくれとおっしゃったのです。その友愛をこれからも大切にしたいと考えております」

　ノヴァダインが印籠《いんろう》を掲げるかのように父の名前を出したが、アレクセイは切って捨てた。

「私が父と同じことをお前に許す日は、決して来ない。父の家を自分の家と思うなら、霊廟《れいびょう》へ行ってそこに住むがいい」

「なっ……」

　苛烈《かれつ》な言葉に、さすがにノヴァダインは絶句する。

　そしてこのタイミングで、現れた人々が公爵兄妹の周囲背後を守るように囲んだ。ノヴァクやアーロンなどの側近たち、ローゼンを始めとする騎士《きし》団の騎士たちだ。

「……おや、ノヴァク子爵家の」

　ノヴァダインがノヴァクに硬《かた》い声で呼びかけたのは、同じ分家としてのライバル意識からだろう。そしてノヴァダインの背後も、数名の格下と思われる貴族が固めている。

　イシードル・ノヴァダイン伯爵。実はこの名前、快速船の船上でお兄様から聞いていたんだよね。

　伯爵家ということで、分家の中では一番身分が高い。だから分家筆頭と名乗っていたわけだけど、今現在は何か役割を担《にな》っているわけではない。クソ親父《おやじ》の親友（自称）の一人で、前公爵の側近というか若い頃《ころ》からの遊び仲間。皇都と公爵領を行き来しては、皇都では親父と一緒《いっしょ》に遊びまくり、領内では親父の威《い》を借りて好き勝手していたらしい。

つまりこれは、公爵領の新旧勢力ご対面の図というわけだ。

「閣下、お嬢様。長旅お疲《つか》れでありましょう、お邸へ入られますか」

ノヴァクさん完全スルーした！　眼中にないって、ある意味、一番容赦《ようしゃ》ねえ！

だがしかし、こいつらがわが世の春を謳歌《おうか》している間も公爵領の統治を担ってきたのは、お兄様とノヴァクさんたち側近の皆《みな》さん。そりゃ、眼中に入れたところで視神経の無駄遣《むだづか》いってもんですね。

それにしてもコイツ、なんでこんなに態度がでかいんだ。キーラ嬢を公爵夫人に据えて、一発逆転を狙《ねら》ってる？　だったらむしろ、お兄様に取り入ってくるはずなのに。

お兄様の奥様になる方がどんな方だろうと、意地悪なんかしないと心に誓《ちか》っているけど。

『嫁《よめ》いびりダメ絶対！』は私の心の標語だけど。

自分ちの繁栄《はんえい》のためにお兄様を食い物にしようってんなら、アンタは駄目だ縦ロール！

ていうかお兄様、君のことはむしろ嫌《きら》いっぽいぞ。

「私は疲れてなどいないが、エカテリーナが心配だ。か弱い身でずっと領民たちに応《こた》えてくれていたのだから、早く休ませたい」

「わたくしには楽しい道中でございましたのよ。ですけれど、お兄様が休むようにとおっしゃるなら、何事も仰《おお》せの通りにいたします。ですから、お兄様もお休みになってくださいまし。皆様も」

「……優《やさ》しい子だ」

いとおしそうに微笑んで、アレクセイが妹の髪を撫《な》でる。

縦ロール令嬢《れいじょう》と取り巻きたちがざわめいたような気がしたが、なんかあったか？

「お嬢様」

騎士団長ローゼンが、エカテリーナに小さな花束を差し出した。

「騎士の一人が、領民から預かってまいりました。お嬢様に差し上げたいと、幼い姉妹《しまい》が持って来たそうです」

「まあ、嬉《うれ》しいこと！」

受け取って、エカテリーナは思わず微笑む。道端《みちばた》の花を摘《つ》んだだけの素朴《そぼく》な花束だが、それだけに幼い子供が自分たちで思いついてのプレゼントと思えて嬉しい。

が、

「まあ嫌《いや》だわ、汚《きたな》らしい」

嘲《あざけ》るような声がした。もちろんというか、縦ロール嬢ことキーラだ。

「貧民《ひんみん》ごときのみすぼらしい花など、公爵令嬢が触《ふ》れるべきではありませんのに。エカテリーナ様がお可哀想《かわいそう》」

……おい。

「キーラ様のおっしゃる通りですわ」

「受け取った騎士は何を考えているのかしら。エカテリーナ様を侮辱《ぶじょく》するつもりだったのかしらね」

「あんなものを喜ぶなんて、お可哀想ですわ。ちゃんとしたお花を差し上げる殿方《とのがた》はいらっしゃらないのかしら」

　キーラの取り巻きがここぞとばかりにクスクスする。

　聞こえよがしな声の大きさがなかなか上手だね君たち。そして、お兄様の側近の皆さんがピキッときているのに気付かない、鈍感《どんかん》力もかなりなもんだよ、うん。

　一瞬イラッときたけど、すぐ思い出した。このしょーもなさ、ソイヤトリオそっくりだわ。

　エカテリーナは片手で耳を押さえて、にっこりとローゼンに笑いかけた。

「まあ、今なにか、虫の羽音のようなものが聞こえたようですわ」

　ローゼンは一瞬目を見開き、ふっと笑う。

「いま少し風情《ふぜい》のある音であればいいものを……ですけれど仕方ありませんわね、しょせん人間ではない、虫にすぎないのですもの」

　ノヴァクやアーロンなど、アレクセイの側近たちも、一転して笑いをこらえる雰囲気《ふんいき》だ。

「ローゼン卿《きょう》、お花を受け取ってくださった騎士に、お礼をお伝えくださいまし。小さな女の子に優しくしていただけたこと、嬉しゅうございます。か弱い婦女子を守ることこそ、騎士道と存じますの」

「仰せの通りです。我《われ》らユールノヴァ騎士団、公爵家と領民を守ることが使命と心得ております」

　ローゼンは一礼し、彼に従う騎士たちも笑顔《えがお》になって、騎士団の貴婦人へこうべを垂れた。

「騎士の本分が主君と領民を守ることなら、貴婦人のあるべき姿は民《たみ》に慈愛《じあい》を注ぐことだろうな」

アレクセイが妹に微笑《ほほえ》んだ。

「お前は誰《だれ》にでも分け隔てなく優しい。美しく賢《かしこ》く慈悲深い、最高の貴婦人だよ」

あ、領地の旧勢力にシスコンフィルター初披露《ひろう》。

「わたくしはただ、お兄様に恥《は》じない妹でありたいだけですわ。領民たちが歓迎《かんげい》してくれるのも、お兄様と皆様が、優《すぐ》れた統治をなさっていればこそなのですもの」

いかん、私もブラコン披露したかったのに、これじゃ単なる事実だ。もっと精進《しょうじん》してブラコンを極《きわ》めねば！

エカテリーナは扇《おうぎ》で口元を隠《かく》し、ちらりとノヴァダイン父娘《おやこ》に目を向けた。

「あのお嬢さんは、お幾《いく》つなのかしら。きちんとしたご挨拶ができるようになったら、お話ししたいものだこと」

呟《つぶや》いて、ふっと微笑む。

本人に自覚はないが、その視線は嫣然《えんぜん》たる流し目になった。娘《むすめ》キーラは怒《おこ》って目を吊《つ》り上げたが、父イシードルは思わず頬《ほお》をゆるめている。

しかしエカテリーナはもう二人に背を向けて、兄のエスコートに手をゆだねていた。

「さあ行こう、エカテリーナ」

「はい、お兄様」

そして公爵兄妹《こうしゃくきょうだい》は、配下たちを引き連れ旧勢力一同を置き去りにして、自らの城へ堂々と入っていった。

翌朝。

かつて半年を引きこもって過ごしていた部屋、というかフロア。巨大《きょだい》なベッドが鎮座《ちんざ》する寝《しん》室《しつ》のほかに、専用の書斎《しょさい》、客間、音楽やらなにやらの趣味《しゅみ》用の部屋、衣装《いしょう》部屋などがセットになった全体が「エカテリーナの部屋」であるわけだが、久しぶりにその寝室で眠《ねむ》ったエカテリーナは、カーテンの隙間《すきま》から差し込む陽《ひ》の光に目を覚ました。

「おはようございます、お嬢様」

「おはよう、ミナ」

身を起こしたところだったエカテリーナは、ワゴンを押して入ってきたメイドのミナに微笑みかける。

「昨夜はどうでした」

「おかげでよく眠れてよ。皇都よりこちらのほうが、涼《すず》しくて快適ね」

「なら良かったです」

「ミナは疲れていなくって？」

「疲れるようなことなんか、なんにもありませんでしたから」

ミナは淡々《たんたん》と言ったが、昨日あのあと、色々あったのだ。

邸《やしき》の中へ入ったユールノヴァ兄妹《きょうだい》は、まず主立った使用人たちからの挨拶《あいさつ》を受けた。

母亡《な》き後の半年間、ほとんど言葉を発することすらなかったエカテリーナが、にこやかに挨拶に応じる姿。そんな妹に優しいまなざしを向けるアレクセイ。どちらも彼らには衝撃《しょうげき》だったようだ。

『お嬢様……たいそうお元気になられ、なによりに存じます』

本邸《ほんてい》の老執事《しつじ》、ノヴァラスが白い眉《まゆ》の下の目をうるませた。彼も分家の出身で、最初に仕えたあるじは祖父セルゲイの父、つまりエカテリーナたちの曾祖《そうそ》父《ふ》。それから四代の公爵に仕えてきた、まさにユールノヴァ城の生き字引だ。

『……心配をかけたこと、すまなく思っていてよ』

エカテリーナが目を伏《ふ》せると、アレクセイが妹の肩《かた》にそっと手を置いた。

『あれほど辛《つら》いことがあったのだから、長く立ち直れなかったのも当然だろう。すまなく思うべきは私だ』

『お辛い思いをなさったのはお兄様も同じですわ。そのようにおっしゃらないでくださいまし』

アレクセイの手にエカテリーナが自分の手を重ねる。

『……そうしておられると、まるでアレクサンドル公と奥様がそこにいらっしゃるようですわ』

思わずといった様子で呟いたのは、メイド頭《がしら》のアンナだ。こちらも長く公爵家に仕えてきた、かつては鮮《あざ》やかな緋色《ひいろ》だったであろう髪《かみ》が半ば白くなった、ふっくらした女性である。

そして、無言でエカテリーナを見つめている女性がもう一人。女性使用人を束ねる家政婦のライーサ。こちらは背の高い痩《や》せぎすの女性で、黒に近いほど濃《こ》い紫色《むらさきいろ》の髪とそれよりもう少し明るい紫の瞳《ひとみ》をしていた。

『公爵夫人に仕えると同様に、エカテリーナに仕えるよう命じる。エカテリーナが嫁《とつ》ぐか私が妻をめとるまで、この子がユールノヴァの女主人だ』

アレクセイが言い切ると、使用人一同は従順に頭を下げた。

……さて、どうなることやら。

この中の誰かは、腹に一物あるんだろうなー。

冷静に考えるエカテリーナである。

家政ってジャンル、私には知識も経験も足りないけれど、お兄様に迷惑《めいわく》をかけないために、女主人として使用人たちを掌握《しょうあく》できるよう頑張《がんば》ります！

例によって心で拳《こぶし》を握《にぎ》ったところで、ノヴァラスがアレクセイに尋《たず》ねた。

『ノヴァダイン卿ですが、蔓《つる》薔薇《ばら》の間に宿泊《しゅくはく》されています。晩餐《ばんさん》をご一緒《いっしょ》されるおつもりだったようですが、さきほどのご様子では……いかがなさいますか』

なんとノヴァダイン父娘、勝手にユールノヴァ城に泊《と》まっていたのである。本気で父アレクサンドルの頃《ころ》と同じように扱《あつか》ってもらえると思っていたらしい。

老執事に、アレクセイはきっぱりと『すぐに追い出せ』と命じた。

が、使用人たちの動きは鈍《にぶ》い。ノヴァダイン父娘、特に父イシードルは子供の頃から先代アレクサンドルの友人としてこの邸に出入りしてきたはずだ。加えて老執事以外にも使用人たちに分家筋の者がおり、複雑な関係性、あるいは利害関係があるのだろう。

ノヴァダインは、父の頃と同じようにふるまえる様子を、アレクセイに見せつけるつもりだったのかもしれない。

それを見てとると、アレクセイはひとつうなずいた。

そして、常に傍《かたわ》らに付き従う従僕、イヴァンに目を向けた。

『イヴァン、追い出せ』

『はい、閣下』

イヴァンはいつも通り明るく応じる。

『騎士《きし》団にも声をかけ、小隊を対応させるよう私が命じたと伝えろ』

『仰《おお》せの通りに』

『若君……！　い、いえ、閣下』

執事、ノヴァラスが愕然《がくぜん》とした表情で声を上げた。

『分家の、お身内のことでございます。騎士団を出すまで事を荒立《あらだ》てるのは、あまりに――』

『黙《だま》れ』

ネオンブルーの瞳に強い光をたたえて言ったアレクセイだが、自分を見上げるエカテリーナの視線に気付くと、ふと瞳が寂《さび》しげに翳《かげ》った。

『……私を恐《おそ》ろしいと思うだろうな』

『いいえ。むしろお優《やさ》しいと存じますわ』

エカテリーナがそう答えたので、使用人たちは不思議そうな顔をした。

『あの様子では、どこまでお兄様をあなどって思い上がるともしれませんもの。やがて本当に騎士団を遣《つか》わして、力ずくで分家を取り潰《つぶ》すようなことになりかねませんわ。そのような事態を防げるよう、今のうちにしっかりと教えようとなさるお兄様は、お優しい方でございます』

前世のシステム開発で、気軽にぽんぽん仕様追加とか仕様変更《へんこう》とかしてくるクライアントは、最初からガツンとかましておかないと、後から大変なことになったもんでしたよ。他社でとあるクライアントと裁判になって泥仕《どろじ》合《あい》、結局そのクライアント、敗訴《はいそ》して支《し》払《はら》いと裁判費用でかえって大打撃、なんてこともあったし。

だから、お兄様は正しいです！

『……賢い子だ。ありがとう、お前がわかってくれて嬉《うれ》しい』

アレクセイはしみじみと言う。

『ただお兄様、キーラ嬢《じょう》のことは、騎士団では差し障《さわ》りがありますわ。ミナにも頼《たの》んでくださいまし』

『そうだな。騎士たちもキーラをもてあますだろう。ミナ』

『はい、閣下』

ミナはいつも通り無表情に頭を下げた。

そして、イヴァンとミナは揃《そろ》ってスタスタ歩いて客間に向かった。


ここから先は一緒に父娘《おやこ》を排除《はいじょ》した騎士団の小隊長に聞いた話だが、イヴァンとミナはごく無造作な足取りで客間に到着《とうちゃく》すると、ノックもせずに父娘それぞれの部屋へ入り、勝手に鞄《かばん》をひっぱり出して、着替《きが》えやら何やらをぽいぽい放《ほう》り込んでさっさと荷物をまとめたそうだ。驚《おどろ》いて怒鳴《どな》り散らす招かれざる客たちを、完全に無視して。

まとめた荷物は、騎士団の騎士たちが有無《うむ》を言わせず運んでいった。取り返そうと掴《つか》みかかってきたノヴァダインの従僕を、騎士の一人が掴まえてヒョイと肩に担《かつ》ぎ、これも荷物のように邸の外へ運んだそうだ。

そしてノヴァダイン本人は、両腕《りょううで》を取られて連行されそうになったのを振《ふ》り払い、憤然《ふんぜん》と歩いて出ていった。

一番手こずったのが娘《むすめ》のキーラ。さすがに令嬢を肩に担ぐわけにはいかず、激怒する彼女を前に騎士たちは困惑するばかりだった。

が、ミナはそんな彼女の真正面に歩み寄ると、至近距離《きょり》で無表情に令嬢を見つめた。

そして、がっと彼女を抱擁《ほうよう》すると、そのまま抱《だ》き上げた。

さすがに絶句というか、何が起きたかわからない様子のキーラをミナはスタスタ運び、ノヴァダイン家の馬車に押し込んだ。

鮮やかな手並みだったそうだ。

そんな出来事などなかったような顔で、ミナはエカテリーナのためにお茶を淹《い》れている。

「……お嬢様、少なくとも当分の間は、あたしが淹れたお茶しか飲まないようにしてください」

「あら、なぜ？」

エカテリーナが首を傾《かし》げると、ミナはふんと鼻を鳴らした。

「お嬢様のお茶だってのに、誰《だれ》かがこっそり、湿気《しけ》った茶葉と取り替えてました」

「まあ」

思わずエカテリーナは笑い出す。

「きっとその誰かは、お兄様には怖《こわ》くてできないから、わたくしで憂《う》さ晴らしがしたいのね」

「そんな真似《まね》、あたしがさせません」

「そうね、ありがとうミナ」

せこい嫌《いや》がらせだけど、笑っていられるのは、ミナが守ってくれると信じられるおかげだもんね。

「ミナはすごいのね。わたくしが安心して眠《ねむ》れるのも、美味《おい》しいお茶が飲めるのも、ミナのおかげね」

エカテリーナが微笑《ほほえ》むと、いつも無表情なミナが珍《めずら》しく、唇《くちびる》の端《はし》を上げて笑《え》みを作った。

望めば朝食は部屋でとることもできるが、エカテリーナは食堂へ赴《おもむ》いた。きっとアレクセイが居ると思ったからだ。

だって普段《ふだん》、学園ではお互《たが》い寮生活《りょうせいかつ》だから、朝から顔を合わせることってないし。その分、週末に皇都公爵邸《こうしゃくてい》へ泊まった翌朝は、朝食は必ず一緒だった。だから、お兄様もそのつもりのはず！

皇都から公爵領までの旅の間、食事だけでなくずっと一緒だったのだが……。

それとこれは別腹、とかエカテリーナは思っている。何が別腹なのかさっぱりだが、ブラコンに理屈《りくつ》はないらしい。

後ろに従うミナと共に、長い廊下《ろうか》を足取り軽く進むエカテリーナは、ふと聞こえた音に窓の外を見た。

そして、目を丸くした。

引きこもっていた頃にはほとんど来たことがなかった食堂は、きらびやかな装飾《そうしょく》がほどこされ壁《かべ》には絵画が飾《かざ》られ、長大なテーブルにずらりと椅子《いす》が並ぶ、貴族の邸宅にありそうな食堂のイメージそのままだった。

「おはよう、エカテリーナ」

「おはようございます、お兄様」

少し遅《おく》れて現れたアレクセイと、長いテーブルの一番上座で、向かい合って朝食をとる。

アレクセイの水色の髪《かみ》が、珍しく少し乱れているのにエカテリーナは目を留めた。こういうのも素敵《すてき》！　って、そうだけどそうじゃなくて。

「朝の鍛錬《たんれん》をしておいででしたのね」

「ああ。騎士たちと手合わせをして、思いのほか時間を取ってしまった」

「廊下の窓からお姿が見えましたの。でも、周りをお守りしていたのは、騎士たちではありませんでしたわ」

いたずらっぽくエカテリーナが言うと、アレクセイは微笑んだ。

「近くで見てみたいか？」

「はい！」

「そうか、では、彼らをお前に引き合わせよう。クルイモフの魔獣馬《まじゅうば》ほどではないが、ユールノヴァの猟犬《りょうけん》も知る人には知られた存在だ」

そうしてエカテリーナは、アレクセイに案内してもらってユールノヴァ城の犬舎を訪《おとず》れた。

犬たちは今は檻《おり》から出され、運動場らしきちょっとした広さの区画で思い思いに寝《ね》そべったり戯《たわむ》れあったりしていたが、二人に気付くと一斉《いっせい》に顔を向けてくる。

——きょ、巨大《きょだい》モフー！

でっかい毛玉が十数頭も、ハフハフしながらこちらを見ていた。

しかも、見た目が猟犬どころか、サーベルタイガーみたいなすんごい牙《きば》のある狼《おおかみ》！　いや狼

ってこんなフッサフサなたてがみあったっけ？　よもやライオンと狼が混ざったの⁉

「ある種の魔獣と、この地方に固有の犬を交配させて生まれた魔犬《まけん》だ。これがユールノヴァの猟犬だよ。普通の狩《か》りだけでなく、魔獣掃討《そうとう》でも活躍《かつやく》する。どんな魔獣にもひるまず立ち向かう、皇国最高の猟犬たちだ」

「なんて大きいのでしょう！」

「後足で立ち上がれば、私を見下ろすほどだ」

お兄様の身長はたぶん百九十センチ近い。この犬たち、立ち上がると二メートルくらいあるのじゃないか。

すごい迫力《はくりょく》！　それに、カッコいい！　そしてモッフモフ！

「犬たちに触《ふ》れてもよろしいかしら」

「知らない人間には警戒《けいかい》するが……イーゴリ」

「へえ、若君……いえ、閣下」

うっそりと現れたのは、年齢不詳《ねんれいふしょう》の男。短躯《たんく》だが肩幅《かたはば》が広く、筋肉が盛り上がるような屈強な身体《からだ》つきをしている。特徴《とくちょう》的なのは顔立ちで、禿頭《とくとう》に隻眼《せきがん》、片目に眼帯をつけていた。魁偉《かいい》な、恐ろしげな容貌《ようぼう》だ。

似てる……前世の、なんかのキャラに。

見た瞬間《しゅんかん》、エカテリーナは思う。

名前も知らないんだけど、あれだ、ボクシング漫画《まんが》の金字塔《きんじとう》的作品で、なんか『打つべし！』とか言ったらしいおじさん！

……ってすいませんイーゴリさん、勝手にボクシングおじさんにしてすいません。

「エカテリーナ、イーゴリは犬たちの飼育係だ。ユールノヴァの猟犬を扱《あつか》える、唯一《ゆいいつ》の人材と言っていい」

「まあ、あれほど大きな犬たちを扱うとは、たいそう有能ですのね。イーゴリ、わたくしはエカテリーナです。よろしくお願いしますわ」

「へ、へえ。どうも、その、お目汚《めよご》しで……」

にこやかにエカテリーナが言うと、イーゴリはなぜかひどく驚いた様子で、何度も頭を下げた。

ごめん、有名キャラとかぶったせいで、必要以上に笑っててごめん。

「イーゴリ、犬たちを呼べ。ゆっくりと近付かせろ」

「へえ」

アレクセイの命令にうなずくと、イーゴリは小さく口笛を吹《ふ》いた。短く繰《く》り返す。

とたん、猟犬たちがむくりと身を起こした。

五、六頭が、悠然《ゆうぜん》たる足取りで歩み寄ってくる。

デカいわーあらためて超《ちょう》デカいわー！

ゴールデンレトリバーも比べ物にならない、散歩しているのを見かけてシロクマかと思ったグレートピレニーズよりでかい。そして目の輝《かがや》き！　強そうで、そして賢《かしこ》そう。

「お嬢様《じょうさま》……怖くはごぜえませんか」

イーゴリが心配そうに訊《き》いてきたので、エカテリーナは首を横に振《ふ》った。

「あまりに立派で、どきどきしていてよ。でも危険ならば、お兄様がわたくしに近付けるはずがないのですもの」

「その通りだ、いつもお前は賢い。――イーゴリ、エカテリーナなら大丈夫《だいじょうぶ》だ。こう見えてこの子は、たった一人で魔獣に立ち向かったこともあるほど芯《しん》が強い。そこらの令嬢とはわけが違《ちが》うぞ」

抑《おさ》えきれず自慢《じまん》気に言うアレクセイの言葉に、イーゴリは隻眼を見開いた。

「このお嬢様がですかい……こんなにお上品でいらっしゃいやすのに。ですが確かに、あっしのことも犬のことも、怖がらないでくださる。さすが閣下の妹君で」

いや、あの魔獣は怖かったですよ。

でも思えば、あれがあったから、あの魔獣と比べたらこの犬たちは意思疎《そ》通《つう》ができそうだから大丈夫、と思えるのかも。

近付いてきた猟犬たちは、アレクセイのほうにすり寄っている。ちゃんとアレクセイをあるじと解《わか》っているようで、足元にお座りして尻尾《しっぽ》を振ったり、彼の手に頭をこすりつけて撫《な》でてもらおうとしたり。巨大さや見た目の精悍《せいかん》さのわりに、行動は普通の犬と変わらないようだ。

そして、初対面のエカテリーナにも興味津々《きょうみしんしん》で、ふんふんと匂《にお》いを嗅《か》ぎにきていた。

後足で立ち上がらなくても、普通にしていて私の肩あたりに顔がありますよ。首のあたりでふんふんされるとくすぐったい。間近の顔が犬にあるまじき大きさですよ。たてがみとかモッフモフあああ触《さわ》りたい！

「わたくしが触れても怒《おこ》らないかしら」

「この犬たちは、強い魔力を持つ者に敬意を払《はら》う。魔力を示してごらん」

魔力を示す？

少し考えて、エカテリーナは足元の土に魔力を流し込んだ。ごく少量。イメージして、制御《せいぎょ》、発動。

サワッ、と微《かす》かな音と共に、同心円状の模様が地面に刻まれた。かなり広範囲《こうはんい》に。

「繊細《せんさい》で正確な魔力制御だ。腕《うで》を上げた」

わーいお兄様に褒《ほ》められたー！

そして、わかりやすく猟犬たちの態度が変わった。エカテリーナの首筋をふんふんしていた犬が目を見開き、したっと伏《ふ》せる。周囲をうろうろしていた犬も、アレクセイにかまってもらおうとしていた犬も、一斉にエカテリーナに注目して、伏せたりお座りしたり。恭順《きょうじゅん》の意を示しているようだ。

そして、離《はな》れて寝転んでいた別の犬が、おもむろに身を起こして歩み寄って来た。他《ほか》の犬たちよりやや大きく、毛並みが美しい。猟犬たちは基本的に灰色っぽい体色をしているが、その犬はほぼ白で、毛先が金色がかっていた。

「来たか、レジナ」

アレクセイが手を差し出すと、レジナと呼ばれた犬はその手に顔をすり寄せた。それから、金色の目でエカテリーナを見つめる。

「エカテリーナ、この犬はレジナという。ユールノヴァの猟犬たちを束ねるリーダー、女王だ」

「まあ！」

雌《めす》がリーダー犬なんだ。でもそういえば、前世で狼の研究が進んだら、雌がリーダーをやっている群れもちょいちょいあるとわかったとか、ネットのニュースで見たような。戦闘《せんとう》力より頭脳というか、コミュ力がポイントっぽいと。

「レジナ、わたくしはエカテリーナ。あなたに会えて嬉《うれ》しくてよ」

微笑《ほほえ》みかけると、レジナはずらりと並んだ牙を見せて、笑った気がした。

そして、ぬおっと後足で立ち上がると、ぼふんと上半身を預けてきた。

きゃーっ！

たまらん！　とレジナを抱《だ》きしめると、ふっかふかのたてがみにエカテリーナの顔が埋《う》まった。

モッフモフー！　ふっかふかー！　あったかいー！　獣《けもの》くさーい！　嬉しー！

女の子同士でハグ状態だぜ！

ぷはっ、とたてがみから顔を上げると、レジナが澄《す》んだ目でエカテリーナを見下ろしている。

「わたくしを歓迎《かんげい》してくれるの？」

尋《たず》ねると、レジナは長い鼻づらでエカテリーナの頬《ほお》にすりすりした。

きゃー！

エカテリーナは歓喜の笑顔《えがお》でアレクセイを見上げる。

「お兄様、わたくし、公爵領《こうしゃく》で初めての女友達ができましたわ！」

「そうだな、レジナならお前にふさわしい。お前と会うまでは、私にとって世界で一番賢く優《やさ》しい女性はレジナだったものだ」

……さらっとおっしゃいましたが、人間の女性とはなんかいろいろあったんだろうな。クソババアの存在も大きいだろうし。お兄様、ちょっと女性が苦手というか、女嫌《ぎら》いの気がありますよね。

アレクセイはレジナの頭を撫でた。

「レジナ、私の妹を守ってくれ。エカテリーナは私の妹であり、私の生命《いのち》だ。誰《だれ》にも、髪《かみ》一筋さえ損《そこ》なわせないよう、守ってくれ。お前なら解るだろう」

レジナは金色の瞳《ひとみ》でアレクセイを見つめた後、解ったというように、グルルと唸《うな》った。

せっかくだから少し庭を散策しようか、とアレクセイが言ったので、エカテリーナは嬉々《きき》としてぜひ——と言いかけてためらった。

「嬉しゅうございますけれど、お兄様、お忙《いそが》しいのでは」

「大丈夫だ。お前のおかげで、余裕《よゆう》があるからね」

「わたくし、何かお役に立てておりまして？」

「もちろんだ」

妹の手を取って、アレクセイはそっと握《にぎ》った。

「お前の美しい姿を見れば、力が湧《わ》いてくる。お前の優しい言葉を聞くと、心に余裕が生まれる。私は神を信仰《しんこう》したことはないが、何かを崇拝《すうはい》することは喜びなのだと、お前と接して解るようになった」

「まあ……お兄様ったら」

今日も朝からシスコンですね！


歩き出した兄妹《きょうだい》に、猟犬《りょうけん》たちのリーダー、レジナが付き従ってきた。

アレクセイの言葉を完全に理解したらしく、エカテリーナの傍《かたわ》らに寄り添《そ》って離れない。猟犬の飼育係イーゴリもレジナへの信頼《しんらい》は深いようで、行きたいそぶりを見せた彼女の頭をわしわしと撫でて、お嬢様をしっかりお守りするんだぞ、と言って送り出した。

嬉しそうにレジナのふかふかの毛並みを撫でる妹に、アレクセイは目を細める。

「動物が好きなら、馬たちを見るか？　花のほうが良ければ、花園《はなぞの》に案内しよう」

「馬も好きですわ。美しい生き物ですもの」

お兄様とご一緒《いっしょ》できるなら、なんでも楽しいです。

でも、馬が好きなのは本当なので、たくさんの馬が見られるのは楽しい。そういえば、体力をつけるために乗馬をしたいと思っていたんだった。……あれから忙しくなる一方で、全然できてないけど……。

でも毎日けっこう歩いているから、ちょっと体力ついてきたかも。だって皇都もこちらも、住んでいるところがやたら広いから。前世よりずっと歩いてますよ。エレベーターとかないから、階段の昇《のぼ》り降りも多いしね。


ユールノヴァ城の厩舎《きゅうしゃ》は大きく、たくさんの馬たちがいた。公爵家の馬だけでなく、滞在《たいざい》している騎士《きし》たちの馬も預かっているらしい。面倒《めんどう》を見る馬丁たちもかなりの人数がいるようだ。

アレクセイは公爵家の馬たちをよく知っていた。名前だけでなく、性格や特徴《とくちょう》、血統まで。

「お兄様は馬がお好きですのね」

「ああ、馬術は好きなほうだ」

……遠くへ駆《か》け去ってしまいたい、なんて思うことがあるのかな。

無理もない、どころか、そういうことを思って当然の、重すぎる責任を負っている境遇《きょうぐう》だもの。

どの馬も皆《みな》うるんだ大きな目と長いまつ毛がチャームポイントで、大きいのに可愛《かわい》い生き物だ。けれど、比べてみると公爵家の馬たちはやはり、均整のとれた美しい姿をしているように思う。

この世界では馬は交通手段でもあるので、この馬房《ばぼう》は前世でたとえれば巨大《きょだい》なガレージ。公爵家の馬たちは、イタリアの跳《は》ね馬がエンブレムなアレとかの、スーパーカークラスな超《ちょう》高級車。騎士の馬たちは、超まではいかないけど高級車、人気の国産スポーツカークラスというところだろうか。

そして、旅の途中《とちゅう》にときおり見かけたずんぐり丈夫《じょうぶ》そうな農耕馬は、軽トラと。

なお公爵領の馬には、鉄の地金のような非常に重いものの荷馬車を引くために生み出された、巨大な品種もいるそうだ。エカテリーナが思い浮《う》かべたのは、北海道のばんえい競馬の馬（体重がサラブレッドの倍。巨大）だが、おそらくそういう感じだろう。

ただ、馬は高価な動物であって、前世の車のように一般庶民《いっぱんしょみん》もたいてい持っている、なんてものではない。

騎士が領民たちの憧《あこが》れの的なのは、そんな高価な馬に乗った姿が良いのかもしれない。特にユールノヴァ領の騎士団は、平民出身であろうと入団試験で素質を認められ、騎士団のあるじである公爵に剣《けん》を捧《ささ》げれば、騎士の身分になることができる。同時に、馬を飼い馬丁を雇《やと》うことができるだけの収入が与《あた》えられるのだ。

爵位のように子孫へ継承《けいしょう》させられるものではないが、平民より上の身分となり、生活も格段に良くなる。それはもう、夢そのものだろう。

馬丁が持ってきてくれた人参《にんじん》を馬にあげたりして、楽しく過ごしたエカテリーナだが、ふと馬房の窓から見える小さな建物に気付いた。単独の廏舎にも見えるが造りが立派すぎるようで、しかし人間が住むためのものには見えない。

「お兄様、あれはなんですの？」

「あれは……」

エカテリーナが示したものを見て、アレクセイは珍《めず》しく口ごもる。エカテリーナは急いで言った。

「ただ目についただけですの。話しにくいものでしたら、うかがいませんわ」

「いや、この機会に話しておこう。おいで」

アレクセイのエスコートで、さきほどの小さな建物へ来てみると、それはやはり廐舎だった。中に仕切りはないので一頭だけを飼うためのもののようだが、広くて立派で、かなり頑丈《がんじょう》そうだ。ただ、長らく使われていないようで、がらんとして埃《ほこり》っぽい。

そして、馬がいない代わりのように、一枚の絵が飾《かざ》られていた。

描《えが》かれているのは馬とそれに騎乗している人物。乗り手は、祖父セルゲイだ。

馬は、灰色というか馬の毛色でいえば芦毛《あしげ》で、長身の祖父がそう見えないほど大きくて見事な体格をしていた。その額には、銀色の角が生えている。さらに、口からのぞく牙《きば》。

クルイモフの魔獣馬《まじゅうば》！

「お祖父《じい》様と、愛馬ゼフィロスだ。この廐舎はゼフィロスのために建てられた。皇都の公爵邸《てい》にも同じような廐舎があったんだよ」

「まあ！　お祖父様の愛馬はクルイモフの魔獣馬でしたのね！」

さすがお祖父様！

公爵家の馬たちがスーパーカーなら、魔獣馬を所有するのはプライベートジェットを持つような感じ？　プライベートジェットって確かお値段、数十億だったような。

「クルイモフ家は皇帝《こうてい》陛下の御馬《おうま》係だ。魔獣馬は本来、すべて皇室に献上《けんじょう》される。どれほどの対価を積もうとも、金銭であがなえるものではないんだ。だが、クルイモフの当主には特権が認められている。当主がふさわしいと判断した相手にならば、魔獣馬を贈与《ぞうよ》することが許される。お祖父様は、クルイモフの先代当主からゼフィロスを贈《おく》られたそうだ」

「そうでしたの……」

すみません、即座《そくざ》に金額換算《かんさん》してしまってすみません。

お金では買えない存在とすると、Ｆ１とかかな。あれは市場価格なんて存在しないけど、先進技術のかたまりで、すごい価値があると思うから。あえて言うなら、開発費は数百億円だったような……ああっまた金額換算してしまった。

Ｆ１はさておき、そういえばこの世界では、馬は交通手段である以外にも、軍馬として兵器のような面もあるか。魔獣馬は軍事機密と考えると、そりゃ売り買いさせられるものではない。けれど、国にとって有益な人物に与えるなら……下手《へた》なＳＰを付ける以上の護身力アップになるだろう。うん、アリだ。

もしそういうことなら、すごいなクルイモフ家！　ある意味では三大公爵家以上に皇室と信頼関係があるぞ！　兄妹漫才《まんざい》でいつも和《なご》ませてくれるニコライさんとマリーナちゃんだけど、実はすごい家の子たちだった！

レジナが床《ゆか》の匂《にお》いをふんふんと嗅《か》ぐ。かつては藁《わら》が敷《し》き詰《つ》められていたであろう床は、今は板張りがむき出しになっている。探していた匂いを見つけたように、レジナはごろりと床に寝《ね》そべった。

「ゼフィロスは気難しい性格だったが、レジナとは仲が良かった。魔獣の血を受けた猟犬は、普通《ふつう》の犬よりはるかに寿命《じゅみょう》が長い。レジナは私より少し年上で、お祖父様のご生前からいずれ猟犬たちのリーダーになると見られていたほど、その頃《ころ》から賢《かしこ》く優《やさ》しかった」

「まあ、レジナはお姉様ですのね」

お兄様より少し年上……二十歳《はたち》くらい？　賢く優しい二十歳の美人お姉様か。そしてモフモフか。

まだ小さかった頃のお兄様が、自分より大きいレジナに甘えたりしたのかしら。モフモフに包まれる小さなお兄様……あああ大変！　超《ちょう》萌えるー！

「寿命が長いのは魔獣馬も同じで、個体によって差があるが、人間と同じくらい生きるそうだ。だから、贈られた魔獣馬は生涯《しょうがい》の愛馬となる。ゼフィロスとお祖父様は、若い頃からの親友のような関係だった。目線ひとつで、なにもかも通じ合うような……。レジナのように、ゼフィロスも賢かった。そして強かった。お祖父様が魔獣掃討《そうとう》に出た時、標的の魔獣がお祖父様に襲《おそ》いかかってくると、ゼフィロスが咬《か》み殺したそうだ」

……あの牙は見せかけじゃないんですね。

そういえば、前世の平家物語だったかな、伝説的名馬として生喰《いけずき》という軍馬が出てきたはず。生き物を喰《く》らうほど猛々《たけだけ》しい馬だから、そう名付けられたとか。馬にそれは無理だろー、と思ったけど、魔獣馬なら無理じゃない。本当に、魔獣馬は最高の軍馬なんだ。

「ゼフィロスは子供が嫌《きら》いだったから、私はあまり近寄らせてもらえなかったんだ。けれど、お祖父様と一緒《いっしょ》なら、しぶしぶ乗せてくれることもあった。鞍《くら》から手を伸《の》ばして撫《な》でようとすると、睨《にら》まれたが。お祖父様は笑っておられて、楽しいひとときだった。威厳《いげん》があって、公爵《こうしゃく》邸のあらゆる生き物がゼフィロスに敬意を払《はら》っていたよ。少なくとも私は、そう感じていた」

お兄様の声に、憧れがこもっている気がする。

ガラス工房をポンと買ってくれるお兄様だもの、物質的には、欲しいものはなんでも手に入る。だからこそ、何かを欲しいと思うことはめったにないだろう。

そんなお兄様でさえ、望んでも得られない特別な存在。それがクルイモフの魔獣馬。

「お兄様ほどの方でしたら、きっといつか魔獣馬を贈っていただけますわ」

ニコライさんは友達だし、皇子の友人で皇帝陛下からも目をかけられているお兄様だもの。いずれお祖父様のように国政を担《にな》う立場になって、魔獣馬を贈ってもらえるに違《ちが》いない。

だがアレクセイは、エカテリーナの言葉に首を振《ふ》った。

「私が魔獣馬を贈られることはない。ユールノヴァはクルイモフに対して罪を犯《おか》したから」

「罪……とおっしゃいまして？」

「そうだ」

アレクセイの声音《こわね》が、重く沈《しず》んだ。

「お祖父様が亡《な》くなられた後、ゼフィロスは目に見えて気力を無くし、何も口にしなくなった。

皇都公爵邸の馬房《ばぼう》に籠《こ》もったきり、誰《だれ》に触《ふ》れられることも拒《こば》んで」

「それは……」

「ああ、お祖父様が逝《ゆ》かれたところへ逝くつもりだったのだと思う。私は自然にそう思った。彼には、そういう心があった。クルイモフの魔獣馬は主人と強い絆《きずな》を結ぶ、知る人には知られた話だ。その心を尊重し、静かに見守るべきだった。だから、皆《みな》そうしていた。魔獣馬の生命力は強い、食を絶っても生き続ける……しかし、一ヶ月も経《た》つとさすがに弱り、馬房の壁《かべ》に寄りかかって、最期《さいご》を待つばかりになっていた。その時になって、痴《し》れ者が彼の馬房に乱入し、死にかけていたゼフィロスを無理矢理《むりやり》引きずり出した」

「そのようなこと、一体誰が！」

エカテリーナは思わず声を上げる。

殉死《じゅんし》を賛美すべきじゃないかもしれないけど、前世日本人の美意識なのか、いやこの世界の感覚でもだけど、ゼフィロスの至誠に敬意と美を感じてしまう。それを無理矢理引きずり出すって、誰がそんな真似《まね》を！

「あの男……いや、お父様の取り巻きたちだ。彼らは魔獣馬の性質など、何も理解していなかった。ただ公爵家の財産だと思っていて、名馬ならば次の当主が引き継《つ》ぐべきだと、お父様の前に連れ出そうとしたようだ。昼間から酔《よ》っていた」

……クソ野郎《やろう》ども。

お兄様、実は内心でクソ親父《おやじ》のことを『あの男』って呼んでいたんですね。……すみません、妹のほうが下品ですみません。

「どれほど弱っていようと、ゼフィロスは歴戦のつわものだった。痴れ者どもに蹴《け》りをくれて、骨をへし折った。それで……奴《やつ》らは剣《けん》を持ち出した」

　エカテリーナは目を閉じた。

　アレクセイは妹の髪《かみ》を撫でる。その後を語ることは、しなかった。

「その痴れ者どもは……ふさわしい罰《ばつ》を受けましたの？」

「謹慎《きんしん》程度だ。お父様が庇《かば》った。たかが獣《けもの》だ、彼らは身を守ったのだと」

……なんとなく、ノヴァダインはその一味な気がする。

　そんな風に、何をしても咎《とが》められないできたから、あのデカい態度なんじゃないだろうか。そして、お兄様との間に修復不可能なほどの溝《みぞ》があるからこそ、媚《こ》びるのは諦《あきら》めて、開き直っているのかもしれない。

「魔獣馬は本来、皇帝陛下のものだ。贈られる栄誉《えいよ》に浴した家なら、敬意をもって扱《あつか》わなければならない。この件はユールノヴァの家名を汚《けが》した。だが馬に関心がない上、自分は皇室の一員であって魔獣馬に敬意を払う必要などないと思っていたお祖母《ばあ》様は、お父様のための新たな魔獣馬を差し出せとクルイモフ伯《はく》に命じるよう、当時の皇帝陛下に願ったそうだ」

……うわあ、殴《なぐ》りてえ。ゼフィロスを死なせてごめんなさいと謝るべきところで、新しい馬をよこすようクルイモフ伯に命令して、と先帝陛下に頼《たの》んだあ？　先帝陛下が弟だからって、ほんっとにやりたい放題だったんだなオイ。人を殴ったことなんてないけど、クソババアだけはタコ殴りできる気がする。

「だから私がクルイモフ家に出向き、お父様の名代として謝罪した」

「は？」

思わずエカテリーナは素《す》で言ってしまった。

当時、お兄様は十歳ですよね？　お兄様自身は何にも悪くないどころか、憧《あこが》れのゼフィロスがそんなことになって、誰より怒《いか》り、辛《つら》い思いをしていましたよね？

「お父様は謝罪しようとしなかったからね。代理人では、かえって礼を失する。せめて、嫡子《ちゃくし》である私の謝罪が必要だった、ユールノヴァの家名のために。だから私が赴《おもむ》き、クルイモフ伯に謝罪を伝え、約束した。今後、ユールノヴァはクルイモフの魔獣馬《まじゅうば》を求めることはないと。お父様も、私もだ」

お兄様……憧れを手にする希望を、自ら断《た》ち切ったんですか。

ぐわー！　ババアも親父も殴りてえ！　てかもうダンテ『神曲』のユダみたいに、地獄《じごく》の最下層で魔王にくっちゃくっちゃ噛《か》まれてしまえ！

「お祖母様は……お兄様をお叱《しか》りになったのでは」

「だが、すぐにそれどころではなくなった。陛下が譲位《じょうい》をお決めになったからね」

ああ……なるほど。

ババアも焦《あせ》ったかな。今の陛下はきっとその頃から、ババアの口出しなんか受け付けない姿勢を見せていらしただろうから。自分の言うことを聞く弟が皇帝でいるほうが、ババアにとっては有利。

「先帝《せんてい》陛下は、お祖父《じい》様を頼《たよ》りにしていらした。お祖父様と狩猟《しゅりょう》を楽しまれることがあって、ゼフィロスのこともご存知だったそうだ」

「そうでしたの……」

　前からそろそろと思っていたのかもしれないけど、ゼフィロスのこと、それを恥《は》じもしない姉の態度、姉を抑《おさ》えられない自分への失望、そういうものが最後の一押しになったのかも。

「私が会ったのは今のクルイモフ伯、ニコライとマリーナ嬢《じょう》の父君だ。政治や社交界に関《かか》わることはほとんどないが、陛下のご信頼《しんらい》は厚いと聞く。ゼフィロスの件は人の口に上ることはほぼなく、穏便《おんびん》に納められた。マリーナ嬢は、おそらく知らないと思う。ニコライは知っているだろうが、学園で同級になって二年以上の間、この件に触れたことも匂わせたことさえない。信頼できる、良い人物だ」

「ええ。ニコライ様は、お兄様の良き友人でいらっしゃいますわ」

　エカテリーナが言うと、アレクセイはそうか、と呟《つぶや》いて照れたように目を伏《ふ》せた。それから微笑《ほほえ》む。

「クルイモフ家の兄妹《きょうだい》には、今まで通り接しなさい。お前の言う通り、良き友人だ。とはいえ、我々《われわれ》の側ではわきまえておくべきだと思うから、話しておくことにした」

「はい、お兄様。お話しくださってありがとう存じますわ」

　今まで通り、といっても次にあの兄妹に会ったら、なんとも言えない気持ちで見つめてしまう気がする。

けれどきっと、ニコライさんは少しも揺《ゆ》らぐことなく、いつもの笑顔《えがお》を見せてくれるに違いない。それしか浮《う》かばない。

ふと思う。あの兄妹の父親ならば、陛下の信頼厚い人物ならば、わずか十歳のお兄様が親父の名代として現れた時、クルイモフ伯はどう思ったろう。

きっと幼いながらも堂々とふるまい、ゼフィロスを悼《いた》み、筋の通った言葉で父親の非礼を詫《わ》びたに違いない。そんなお兄様を、どう見ただろう。

融通《ゆうずう》がきかないほど、生真面目《きまじめ》なお兄様。魔獣馬を求めないという約束を、固く守るつもりでいるけれど、あちらはどう思っているかな。十八歳とはとても思えないほど切れ者のお兄様だけど、自分のことはわかっていないところがあるよね。

もしかすると……お祖父様とゼフィロスに申し訳なくて、何もできなかった自分を自分で罰している、のかな。無意識だろうけれど……。

いつもお兄様は、自分を幸せにしようとしない。責任を果たすことばっかりで。

エカテリーナは兄の手を取って、そっと握《にぎ》る。

「……悲しい気持ちにさせてしまったかな」

「いいえ。ただ、その頃《ころ》のお兄様はきっと、悲しいお気持ちでしたでしょう。そのお気持ちを、わたくしも分かち合いたく思いましたの」

「お前は本当に優《やさ》しい」

アレクセイは妹の手を握り返した。

と。兄妹の手の上に、ぽふ、と大きな頭が乗る。笑って、アレクセイはレジナの頭を撫《な》でた。

「レジナも優しい。昔は、私と気持ちを分かち合ってくれるのはレジナだったものだ」

その言葉にかえって、孤独《こどく》な子供の姿が浮かび上がるようだ。

エカテリーナは兄を見上げて、微笑んだ。

「そうでしたの。レジナは素敵なお姉様ですのね」

「私は幸せ者だな。賢《かしこ》く優しい美女が二人も、私を気遣《きづか》ってくれる」

「お兄様は、誰より素敵な殿方《とのがた》ですもの。ねえ、レジナ」

レジナが二人を見上げて、ふさふさした尻尾《しっぽ》を振《ふ》った。

「お兄様……週末の祝宴《しゅくえん》には、その痴れ者どもも現れまして？」

「おそらく。私の公爵位継承《こうしゃくいけいしょう》祝いでもあるし、お前を公爵令嬢として広く知らしめるために、領内の主立った者はほとんど招待している」

「どうか、わたくしをお側《そば》から離《はな》さないでくださいまし。そのような者どもがお兄様に近付こうとしましたら、わたくしが追い払《はら》ってやりますわ」

お兄様はそんな奴らなんか、自分で蹴散《けち》らすことができると解《わか》っているけど。多少とも不快な思いはするはず。

そんなこと、ブラコン悪役令嬢が許しません！

「そうか。頼もしいことだ」

そう言ったものの、アレクセイはこらえかねたように破顔した。

「あのような者ども、お前が気にかけることはないんだよ。その美しい目と優しい心は、もっとふさわしいものに向けてくれればいい。お前は世界をより美しく、喜ばしいものにできる存在なんだ。お前ほど広く高い視野で物事を見ることができる者は、本当にまれなのだから。お前は賢い子だが、自分のことはわかっていないところがあるようだな」

……ん？

あれ？

お兄様、それは私がさっきお兄様について思ったことです！

でも内容的に、お兄様のシスコンに私のブラコンが負けてないか？　なんか悔《くや》しい！

シスコンブラコンで張り合ってていいのか、よくわからないけど！


ユールノヴァ公爵が爵位を継承した際には、公爵領と皇都でそれぞれ祝宴が開かれる。

皇室と同様、三大公爵家も、公爵が存命のうちに爵位を譲《ゆず》り渡《わた》すのが通例だ。その場合には祝宴はすみやかに行われる。

先代の逝去《せいきょ》に伴《ともな》う継承であった場合、当然まずは葬儀《そうぎ》を行い、ある程度の期間を置いてから、新たな公爵を祝う宴《うたげ》を開く。

アレクセイの公爵位継承を祝う宴は、皇都ではすでに行われていた。

しかし公爵領での祝宴は、異例の期間延期されてきている。アレクセイが学生の身であり、あまり公爵領へ戻《もど》ることができなかったのが理由だが、つまりは彼が望まなかったためだ。皇都での祝宴で充分《じゅうぶん》と。

だが一転して、今回盛大《せいだい》な宴が催《もよお》されることになった。それは、名目は公爵位継承の祝いとしつつ、生まれてから一度も公爵領の人々の前に現れることなく生きてきた妹エカテリーナを、ユールノヴァ公爵令嬢として広く知らしめるため。

つまりこの祝宴は、アレクセイがエカテリーナのために開くもの。そう言って過言ではなかった。

「お嬢様」

部屋へやって来たメイド頭《がしら》のアンナが、一礼して話しかけようとしたところで、ぎくりと言葉を切った。

書机で書き物をしているエカテリーナの、足元に寝《ね》そべっていたレジナがむくりと身を起こす。剣《けん》のような牙《きば》を持つ巨大《きょだい》な猟犬《りょうけん》に、光る目で見据《みす》えられ、緋色《ひいろ》の髪《かみ》に白髪《しらが》の交じるベテランのアンナが、ふっくらした身体《からだ》を震《ふる》わせるほど怯《おび》えていた。

「レジナは怖《こわ》くなくてよ、アンナ」

エカテリーナは微笑み、レジナの頭を撫でる。目を細めて、レジナはふたたび横たわった。

「お、お嬢様。猟犬は、お邸《やしき》の中には入れない決まりでございます」

「お兄様がお許しになったの。お祖父様も、領地にお戻りになった時には、お気に入りだったリーダー犬をお側に置いていらしたとおっしゃったわ」

「それは……」

ベテランだけに祖父の時代を覚えているアンナは、反論できず口ごもる。うつむいてぼそぼそと、ですが魔獣《まじゅう》が混じったものを、と呟いたようだった。

「それより、わたくしに用ではなくて？」

「は、はい」

はっと顔を上げて、すぐさま呼吸を整えたあたりは、やはり経験値だろうか。

「お嬢様、祝宴でお召《め》しになる衣装《いしょう》はどれになさいますか」

「皇都で準備したものよ。それがどうかして？」

紫《むらさき》がかった青い目を見開いてエカテリーナが尋《たず》ねると、アンナは戸惑《とまど》った表情になった。

「それは、わたくしども、お嬢様のお支度《したく》をいたしますので。どのようなお衣装かは、知っておきませんと。それにこの北都にも流行はございます、お衣装を拝見して、ご忠告を差し上げられればと」

「ああ、そう思っていたのね。心配はいらなくてよ、わたくしのドレスは皇都で一番人気のデザイナーに仕立てさせたの。北都の流行に合わなくとも、仕方がないわ」

ふふ、と微笑《ほほえ》んでから、エカテリーナは表情をあらためた。

「なにより、アンナから忠告をもらっても、何か変えるつもりはなくってよ。今回のドレスは、ユールノヴァ領の新たな特産品にするため、お兄様方が開発した生地《きじ》を使っているの。それに、同じデザイナーのドレスで皇室御一家《ごいっか》をおもてなしした時、皇后陛下にお褒《ほ》めを賜《たまわ》り、その生地をお買い上げいただいたのですもの。あなたの言葉で変えるわけには、いかないの。解るわね？」

「っ、は、はい……申し訳ございません、お嬢様《じょうさま》。差し出がましいことを申しました」

エカテリーナの口調はごく優しかったが、一語一語が明晰《めいせき》だ。アンナは恐縮《きょうしゅく》しきった様子で頭を下げた。皇室御一家、皇后陛下と並べられては、他《ほか》に反応のしようは、ないに違《ちが》いなかった。

「支度は、ミナが心得てくれていてよ。当日、ミナの指図に従って手伝ってくれればいいわ」

「さようでございますか」

エカテリーナの後ろに控《ひか》えているミナを、アンナはちらりと見やる。

「そのことでもご相談が。ユールノヴァ公爵令嬢のお付きメイドが一人だけでは、当家の格式にそぐわないかと。以前お嬢様のお世話をしていた者たちを、お付きに戻しますがよろしいでしょうか」

「まあ、ちょうど良かったこと」

エカテリーナはにこやかに言った。

「わたくしも、その話をしたいと思っていたの。魔法学園の寮《りょう》に連れていけるメイドが一人だけであることは、知っているでしょう。だからわたくし、ミナ一人の世話にすっかり慣れてしまったの。慣れない者の世話では、落ち着かないわ。学園を卒業するまでは、わたくし付きのメイドはミナ一人で良くてよ。他のメイドはミナに手伝いが必要な時に、ミナの指示を聞くこととしておいてちょうだい」

「お嬢様……」

アンナは眉《まゆ》をひそめたが、エカテリーナは気付かぬ風だ。

「卒業までの、ほんの二年半だけのことですもの。お兄様と、執事《しつじ》のノヴァラスにも話しておくわ、あなたの手抜《てぬ》かりと誤解されたりしないように」

「……恐《おそ》れ入ります」

ここまで言われては逆らえず、アンナは頭を下げるしかなかった。

「お嬢様、お変わりになられました」

「そうかしら」

思わず漏《も》れたような呟《つぶや》きに、エカテリーナはおっとりと、白鳥のように白く細い首を傾《かし》げてみせる。

「自分では、よくわからないわ」


よう言うわー！

アンナが下がった後の自室で、ミナが渡してくれたティーカップを優雅《ゆうが》に傾《かたむ》けながら、エカテリーナは内心でセルフつっこみにいそしんでいる。

そら変わったわ！　別人格混じったわ！　最初のうち何度もぶっ倒《たお》れたほど変化したっての

に、しれっとよう言うわ自分！

　前にここにいたエカテリーナは、着せ替《か》え人形みたいに黙《だま》って出された服を着せられて、そのまま一日中じっと部屋に閉じこもっていたもんね。勝手が違って、アンナはさぞ面食《めんく》らったことだろう。

　ま、今の私もあんまり出歩いてませんけどね。お兄様に頼《たの》まれたので。万が一にもノヴァダインたち旧勢力に手出しをされないよう、当面の間は自衛してほしい、って。ということで、ユールノヴァ城からは一歩も出ていないし、この部屋から出ることもあんまりない。

　だから、アンナも私を以前の通りに扱《あつか》えると思ったんだろう。

「格好良かったです、お嬢様」

　傍《かたわ》らに控えるミナが淡々《たんたん》と言ったので、エカテリーナは大きな目を見張った。

「わたくし、格好良くて？」

「メイド頭をものともしませんでしたから。きりっとしてらっしゃいました」

「まあ、嬉《うれ》しいこと」

　うふふ、とエカテリーナは笑う。

　戦闘《せんとう》メイドのミナに、格好良いって言われちゃったぜ。照れるわー。

「あたしかレジナが、必ずこの部屋にいるようにしたほうがいいですね」

「……ドレスを駄目《だめ》にしたり、するかしら」

　悪役令嬢定番の嫌《いや》がらせだもんね。

あれ？　悪役令嬢は私だぞ。

「あの女は小利口なんで、そういう、解雇《かいこ》の理由になるほど大きなことはしそうにないです。でも、誰《だれ》かを焚《た》き付けて、やらせるかもしれません。用心するに越したことはないです」

「そうね、本当に」

エカテリーナは小さくため息をつく。細かい嫌がらせって、何が楽しいんだろ。

……まあ、聖人面《づら》してそんなことを思える身じゃないけどさ。前世で、私をクライアントとの交渉《こうしょう》の矢面《やおもて》に立たせておいて後ろから撃《う》ちまくった上司に、公言していた不倫《ふりん》が奥さんにバレてがっつり慰謝料《いしゃりょう》取られて離婚《りこん》されるように全力で呪《のろ》いをかけた覚えとか、それなりにありますよ、うん。呪いが嫌がらせに入るのかわからないけど、なんか効いたらしいからねえ。詳《しょう》細《さい》は知りませんが、短期間で頬《ほお》がこけてましたよ。

正直ちょっと、溜飲《りゅういん》が下がったんだよね。嫌がらせして、相手がちょっとでも嫌な思いをすれば嬉しい心理、理解できないとは言えません。

とはいえ、自分で奥さんに密告しようとかはまったく思わないな。そんなことに時間と労力を使っても、虚《むな》しいだけやろ。それで相手がダメージを受けた場合、嬉しいより嫌な気分にしかなりそうにない。

だから、解《わか》る気もするけどやっぱりわからん！

ややこしいわ自分！

「お嬢様のものに手出しなんか、絶対させません」

な、なんかミナの淡々とした口調に、底力がこもっているような。

そういえば皇都で祝宴《しゅくえん》のことを聞いた時、新しいドレスを作りますかと訊《き》かれて、行幸の時のドレスでいいと言ったあと。ふと思い出して、公爵《こうしゃく》領でたくさんドレスを作ってもらったけど、あまり似合わなかったの、と軽く言ったら……ミナもだけどグラハムさんやあっちのメイド頭《がしら》、皇都公爵邸《てい》主要メンバーの目の色が変わったんでびびりました。

そこから即座《そくざ》にドレスデザイナーのカミラさんが呼ばれ、新しいドレスを皇都で作って持っていくことに。前に作ったドレスでいいという私の意見は、丁重《ていちょう》に流されました。

みんな、それが危険信号だってわかってたのね。

「お嬢様、アンナは邪魔《じゃま》ですか」

あ……久しぶりにうちの美人メイドにサイコ入ってる件。

でも仕方ないんだよね、ミナは戦闘メイドなんだから。だからこそアンナの微妙《びみょう》な敵意もすぐに見抜いて、忠告してくれた。

いろいろ省略というか伏《ふ》せてたけど、どうやらアンナはクソ親父《おやじ》となんかあったらしい。それで、外見はそっくりで中身が全然違うお兄様には複雑な感情を持っているらしい。このへんは従僕のイヴァンから聞いたそうだ。そして、親父の妻たるお母様にそっくりで、お兄様に大事にされる私にはイラッときている。らしい。このへんはミナの見立て。

やれやれ、なんで私がイラッとされにゃならんのか。あんな細かい嫌がらせをよく思い付くなー。

なんてのんびり構えていられるのも、百パーセント信用できて頼《たよ》りになるミナがいてくれるおかげだよ。うん。

「お兄様に害がないのなら、メイド頭としてはきちんとお仕事をしているのですもの、しばらく放《ほう》っておくわ。わたくしが学園を卒業するまでに、次の人材を探しておけばよいこと。ミナがいてくれればアンナなど、邪魔ですらなくってよ。いつもありがとう」

　エカテリーナが言うと、ミナからサイコの気配が消えて、無表情な口元にほんのりと笑《え》みが浮《う》かんだ。

「お嬢様、祝宴の準備についてお話ししてもよろしいでしょうか」

　エカテリーナの部屋へやってきてそう言ったのは、女性使用人を束ねる家政婦のライーサだった。

「もちろん、良くてよ」

　エカテリーナがそう答えると、ライーサは抱《かか》えてきた帳簿《ちょうぼ》類をどさりとテーブルに下ろし、エカテリーナの向かいに座った。エカテリーナの足元から見上げる巨大《きょだい》な猟犬《りょうけん》、レジナに目もくれず、取り出した眼鏡をかける。

　眼鏡の銀ブチがきらりと光った。

　あ、ガチだこれ。

そう思ったのは正しかった。

招待客の人数や主な顔ぶれ。

提供する料理や飲み物の種類と量。

そのための食器のグレード、種類、準備手順。特に銀器。事前に磨《みが》き込む要員と時間の工面。

もてなしの趣向《しゅこう》とその段取り。

祝宴のために開放する部屋はどこからどこまでで、それ以外の区画をどう警備するか。

馬車は何台くらい来る予定で、どこで待機させるか。

招待客のお付きの者たちをどこで待機させるか。

使用人たちの配置、臨時《りんじ》雇《やと》いの者たちの手配とそれらの配置。

そして、それぞれにかかる費用。適正であることの説明を添《そ》えて。

もはやマラソン！　軽くランナーズハイ！　よっしゃーもいっちょこーい！

こういう性格だから前世で過労死したのかもしれない。

「ライーサ、待ってちょうだい。お客様のお付きの者たちは、これだけの時間を待機するのに、食べ物や飲み物の提供を八年前に止めたままなのね」

「はい、アレクサンドル公に代替わりされた時から、無駄《むだ》な費用をかけないようにと」

……これも、横領された費用のひとつなんだろうな。財務の帳簿上は、提供したことになっていたんだろう。

「これは、元に戻《もど》したいわ。今からでも手配ができるなら、お祖父《じい》様の頃《ころ》のように、食べ物や飲み物を出してちょうだい」

「はい、お嬢様《じょうさま》。そのように手配いたします」

そう応《こた》えたライーサの口元に、満足気な笑みがかすめたようだ。

「あなたはわたくしにそう言わせたかったから、わざわざここに、八年前から提供していないと書いたのね」

エカテリーナは微笑《ほほえ》んだ。

と、そこへ、紅茶のカップが差し出される。

「お嬢様、ちょっと休んでください。根を詰《つ》めすぎです」

「ありがとう、ミナ」

受け取って一口飲んで、ずいぶん喉《のど》が渇《かわ》いていたことに気付いて驚《おどろ》いた。ミナがぬるめに淹《い》れてくれたお茶を、ありがたく飲み干す。

「どうぞ」

「……ありがとう」

ミナがライーサにもカップを差し出した。いつも通りの無表情だ。ライーサは少し驚いた様子で受け取った。

レジナは少し離《はな》れたところに移動して、長々と寝《ね》そべっている。ぐっすり眠《ねむ》っているようだった。

「こちらでは、家政婦のお仕事は範囲《はんい》が広いのね。皇都邸では、このようなことは執事《しつじ》のお仕事だったわ」

「ノヴァラスさんも高齢《こうれい》ですので、だんだんと肩代《かたが》わりをしております。皇都邸の執事は、こういう裏方のことをお嬢様にお話ししているのですか」

「女主人の役目ですもの。それにわたくし、裏方のことも嫌《きら》いではなくってよ。華《はな》やかなパーティーの裏でどれだけの人がどのように動いているのか、趣向のひとつひとつにどういう準備が必要なのか、知ることが楽しいの」

　前世で歴女だった身として、西洋史に出てきた王侯《おうこう》貴族のパーティーの裏側を知ることができた気がして、なんか楽しい。こういう部門ってほんと、あまり記録が残っていなくてわからない分野だったから。

　そういえば、日本史だけど、とあるお武家さんちの家計簿を見つけた学者の先生が、それについて書いた本の序章で大興奮したって書いてたなあ。めったにない、超《ちょう》貴重！　よく見つけた自分！　みたいに。のちに映画化された時、主演の俳優さんに『序章がえんえん自慢《じまん》話』とかってバッサリ言われてたけど。でも、興奮するだけのものなんだろうね。

　ふ、とライーサが微笑んだ。

「グラハムさんの手紙にあったことは本当でした。お嬢様は、どことなくセルゲイ公に似ていらっしゃる」

　その言葉に、エカテリーナは目を見開く。

　皇都邸の執事グラハムと、公爵領本邸の家政婦ライーサが、手紙のやり取りをすることはあり得るかもしれない。業務連絡《れんらく》的な意味で。しかしそこに、エカテリーナが祖父に似ていると書くことはないだろう。

　つまり、二人は個人的に連絡を取り合うほど親しいのか。

「ライーサは、グラハムと交流があるのかしら」

「グラハムさんがセルゲイ公の従僕だった頃から、存じております。それに私の経歴は、グラハムさんと似たところがありますので。グラハムさんは、自分の経歴をお嬢様に話したそうですね。旅芸人だったことを」

「……ええ」

「私は、洗濯《せんたく》女でした。地下室で働く下働きだったのです」

　ライーサがユールノヴァ城で働くようになったのは、わずか八歳の時だった。住んでいた村が魔獣《まじゅう》に襲《おそ》われ、両親が殺されたためだ。冬の寒さが厳しい公爵領でも、ひときわ激しい吹雪《ふぶき》が続いた年だった。普通《ふつう》なら、親戚《しんせき》の家にでも引き取られるか、施設《しせつ》に行くことになっただろう。だが、同じ村に住む親戚にはその余裕《よゆう》はなく、施設にさえ空きがなかった。

　そんな年だったからこそ、施設からあぶれた子供の行き先を作るため、領都の富裕な家々に、子供が住み込みで働く口を用意することが求められた。領主たるユールノヴァ公爵家も、当然ながら率先《そっせん》して子供を引き取った。幸運にもライーサは、たまたまそれに選ばれたのだ。

幼い身で働かなくてはならなくなったライーサだが、当時から、自分が幸運であることはわかっていた。その幸運を失えば、飢《う》えて凍《こご》えて死ぬしかないことも。

だから、小さな身体《からだ》で精一杯《せいいっぱい》働いた。

洗濯は重労働だ。けれど、ユールノヴァ城で洗濯女として働くのは、辛《つら》いことではなかった。

城には床暖房《ゆかだんぼう》の仕組みがあり、床下に張り巡《めぐ》らされた配管を巡る温風が、広大な公爵邸《こうしゃくてい》全体を暖める。温風は城の地下数ヶ所の炉《ろ》で焚《た》かれる火で生み出され、洗濯室は同じく城の地下にある。乾燥《かんそう》室も地下で、温風を活用して洗濯物を乾《かわ》かす仕組みになっているのだ。

だから、冬でも寒い思いをすることはない。暖房のための火を使って大量の湯も沸《わ》かすため、城には公爵御一家《ごいっか》のための大浴場だけでなく、使用人たちのための浴室がある。毎日広い浴槽《よくそう》で入浴できるだけでなく、その残り湯を洗濯に使えるので、冷たい水で手がかじかむこともないのだ。

当時のライーサは知る由《よし》もなかったが、床暖房の仕組みは古代アストラ帝国《ていこく》の頃から存在し、ユールノヴァ公爵家五代目ヴァシーリーが他国から招聘《しょうへい》した著名な発明家が発展させたもの。北都では主流の暖房方法で、なかでもユールノヴァ城のそれは、皇国最高峰《さいこうほう》の設備であった。

なんてすごい所なんだろう。

初めてユールノヴァ城の洗濯室に足を踏《ふ》み入れた時の感動を、ライーサは一生忘れないだろう。冬のさなかに、汗《あせ》ばむような熱気がたちのぼっていた。生まれ育った小さな村の小さな家、冬の朝には家の中で汲《く》んでおいた水が凍《こお》ってしまう家々と比べれば、別の世界のようだった。

働き始めて、たくさんの服を洗った。冬が終わり春になる頃には、利発で器用だったライーサは、公爵家の方々の服も少し扱《あつか》わせてもらえるようになった。繊細《せんさい》な絹のシャツなどを洗うには、非力な子供はむしろうってつけだったので。

　そうして、毎日のように首を傾《かし》げることになった。御一家の中に一人だけ、ひどく服を汚《よご》してくる方がいたのだ。

　アイザック・ユールノヴァ様。当時十八歳。皇都の魔法学園を卒業して戻ってきたばかりの御曹司《おんぞうし》の服は、なぜだかいつも、泥《どろ》んこ遊びをする幼児のように泥だらけだった。

　アイザック様は、ユールノヴァ城では少し軽《かろ》んじられていた。昔から変わった子供だったそうで、なんの変哲《へんてつ》もない石を毎日たくさん拾ってきては、お部屋に積み上げたりしたのだそうだ。読み書きができるようになったのも、ずいぶん遅《おそ》かったらしい。それで、洗濯室の下働きにさえ、立派なお兄様と違《ちが》ってあの方は、ちょっとおかしいからねと馬鹿《ばか》にされていた。

　ライーサは憤慨《ふんがい》した。

　公爵様は大恩人だ。そのご子息を馬鹿にするなんてひどい。読み書きなんて、下働きの者たちはほとんどできやしないのに、ちゃんとそれができるようになった方を、なんの権利があってそんな風に言えるんだろう。

　そして、八歳の子供は決心した。

よし、アイザック様に、服を汚さないようにお願いしよう。みんなに馬鹿にされないように。大人になって振《ふ》り返れば、なんて愚《おろ》かなと思う。洗濯女の居場所は地下だ。比べれば、庶子《しょし》とはいえ公爵家の一員であるアイザック様は、天上界のお方だ。話しかけることはおろか、姿を見せることさえ、してはならない。

それを、田舎《いなか》育ちの子供は知らなかった。

そしてたまたま、見付けてしまった。庭を歩く、立派な服装の二人の男性。顔も知らなかったけれど、服でわかった。一人はアイザック様だと。

迷いもせずに駆《か》け寄って、頭を下げて、お願いした。服を汚さないでください。絹は力を入れて洗っちゃいけないから、なかなか汚れが落とせないんです。教わった洗い方を、一生懸命《いっしょうけんめい》説明して。

洗濯女が公爵家のご子息にそんな真似《まね》をすれば、全身が腫《は》れ上がるほど殴《なぐ》られて放《ほう》り出されても仕方ない。そんな当たり前のことを、まるで知らずに。

ライーサの言葉を黙《だま》って聞いたアイザックは、しょんぼりと肩《かた》を落としてため息をついた。

『ごめん、僕は駄目《だめ》な奴《やつ》だ。珍《めずら》しい鉱物が地中から呼びかけてくると、掘《ほ》って取らずにいられなくなるんだ。でも、君みたいに小さな女の子に迷惑《めいわく》をかけていたなんて、知らなかった。これからは、汚してもいい服を着ている時だけにする』

ここでもライーサは幸運だった。アイザック様は確かにおかしな方だったけれど、奇妙《きみょう》な言動が多くて貴族らしいふるまいがまるで出来ない方だったけれど、子供のように無垢《むく》で優《やさ》しい方だったのだ。

そしてもう一人の紳士《しんし》、とても背が高くてとても立派な雰囲気《ふんいき》のお方は、アイザック様の背中をぽんと叩《たた》くと、ライーサに微笑《ほほえ》みかけた。

『弟が迷惑をかけてすまない。だけど、君はすごいな。アイザックに服を汚してはいけない理由を納得《なっとく》させたのは、君が初めてだ。まだ小さいのに、説明が上手だね。賢《かしこ》い子だ。今いくつかな。名前は？』

それが、セルゲイ公がライーサに、初めてかけてくれた言葉だった。

「お祖父《じい》様はほんとうに素敵《すてき》な方ね。大叔父《おおおじ》様も」

エカテリーナは微笑む。

さすがお祖父様。皇都でお兄様と行ったレストランの支配人、ムーアさんが教えてくれたっけ、お祖父様は人材を育てることがお好きだったって。ライーサさんもお祖父様の育成枠《わく》でしたか！

趣味《しゅみ》・人材育成。ほんとに有意義ですお祖父様。

「セルゲイ公はその頃《ころ》まだ嫡子《ちゃくし》の身で、ご領主ではありませんでした。ですが、あの頃はもう、領地を統治しておられたのはあの方でした。領都の富裕な家に子供を引き取らせたのは、セルゲイ公だったのです。私の恩人でした」

「まあ……さすがお祖父様ね」

アイザック大叔父様が十八歳だったなら、五歳違いのセルゲイお祖父様はこの時、二十三歳かな。前世だったら大学を卒業して社会人一年目か二年目、まだ初々《ういうい》しい頃の年齢《ねんれい》だよ。

それでこの有能領主っぷり。ほんとにさすがですお祖父様。

ところでお祖父様が二十三歳の時に八歳だったライーサさん、今はたぶん五十歳？　とてもそうは見えない！　多分、若い頃は大人っぽく見えて、ずっと外見年齢が変わらないタイプと見た。

「でも、ライーサも偉《えら》くてよ。まだ幼いのに、並みの大人より分別があったのね。皆《みな》と一緒《いっしょ》に大叔父様を馬鹿にしたりせず、説明してさしあげるなんて」

「恐《おそ》れ入ります。ですが、私はただの子供でした。色々なことがわかっていなかったのです」

君は説明が上手だ。私は洗濯についてよく知らないから、また会えたら、いろいろ教えてくれないか。

そうセルゲイ様が言ってくれたので、八歳のライーサは有頂天《うちょうてん》になった。

次に会えた時、たくさん教えてさしあげたい。すっかり浮《う》かれてそう思って、それまで以上に張り切って働いた。まだ任せてもらえない公爵夫人の服の洗い方を尋《たず》ねたりした。女性の服は飾《かざ》りが多くて難しいのだ。

そして、暇《ひま》があれば庭をうろうろした。セルゲイ様に会えたらいいな、と願って。

家族を亡《な》くし、馴染《なじ》みのない環境《かんきょう》に一人で暮らす子供の心を、その願いがどんなにあたためてくれたことだろう。

でも。願いの通りセルゲイ様が庭に現れた時、駆け寄りかけてライーサはためらった。社交辞令という言葉はまだ知らなかったけれど、大人は時々、相手をその時限り喜ばせるために、心にもないことを言う時があると知っていたので。こんな立派な方が、子供から洗濯《せんたく》の話を聞きたいなんて、本当なわけがあるだろうか？

ライーサの考えは、真《ま》っ当《とう》でもっともだ。けれどセルゲイ様はライーサの姿を見つけると、笑《え》顔《がお》で手を振った。

『ライーサ、会えて嬉《うれ》しいよ。少し時間はあるかい？』

そしてセルゲイ様は、本当に洗濯の話を聞いてくれた。洗濯室の設備に感動した話も、下働きたちの噂話《うわさばなし》や人間関係も。ただ聞くだけでなく、疑問点をあげて、こういうことを知りたいからわかったらまた教えてくれないか、とさえ言ってくれた。ライーサはますます張り切って、人に尋ねたり、周囲の話に聞き耳を立てたりして、せっせとセルゲイ様の疑問に答えた。何度も庭で会って、話をした。話題は洗濯室の外、いろいろな下働きの部署に広がっていった。

そこで話を切って、現在のライーサは微笑む。

「お嬢様《じょうさま》、それがどういうことだったか、お解《わか》りになりますか」

エカテリーナとしては、苦笑《くしょう》するしかない。

「お祖父様は……ライーサを、ご自分の眼《め》になさっていたのね」

厳しい表現をすれば、スパイにしていたとも言える。当時、なんらかの不審《ふしん》な点でもあったのだろう。本来なら下働きと直接言葉を交《か》わすわけにはいかないセルゲイにとって、ライーサは、なんの打算も人間関係のしがらみもない利発な子供の視線は、得がたい情報源だっただろう。

若干《じゃっかん》モニョるわー。お祖父様、純粋《じゅんすい》な子供をナチュラルに利用したんですね……生まれながらに人を使う立場だったもんなあ。しかし二十三歳で、さらっとそういう真似ができちゃいますか。

ライーサは少し意外そうに目を見張り、ふふ、と微笑んだ。

「子供の気持ちを慮《おもんぱか》ってくださいますか。お優しい……。あのアレクセイ閣下があれほどお嬢様を大切になさるのは、これだからですね。話に聞いた通り、まことにご聡明《そうめい》でいらっしゃいます。セルゲイ公がなさったことは、公爵《こうしゃく》になられる方であれば自然なこと。私など、お役に立てたことを喜ぶばかりです。そしてやはり、セルゲイ公に似ておられます。あの方も、幼かった私に、あり得ないほど良くしてくださいました」

『ライーサは、読み書きを習いたいのか』

『はい！　私がお手紙をかけたら、もっとお役に立てると思うんです。……でも、私なんかには贅沢《ぜいたく》ですよね』

セルゲイの横で、ライーサはうつむく。見下ろす手は、あかぎれだらけだ。それでも、食べ物と寝床《ねどこ》がある自分は、幸運。

ユールノヴァ城へ来て数ヶ月が経《た》っていた。この環境にも仕事にも慣れ、セルゲイとの交流は内緒《ないしょ》だけれど誇《ほこ》らしく、自分は幸せ者だと今でも思っている。思っているけれど、やっぱり少しずつ、今のままで終わりたくはないという望みが芽生えてきたのだった。

『君は賢い子だ。それに一途《いちず》で、いつも一生懸命だ。私は君と話すと楽しいよ』

そう言ったセルゲイは、次に会った時、驚《おどろ》くようなことを言った。

『ライーサ。城を出て、私の知り合いの家の子供にならないか』

代々ユールノヴァ騎士《きし》団の騎士を輩出《はいしゅつ》してきた家があるが、二人の息子《むすこ》がどちらも騎士になりながら、まだ結婚《けっこん》もしないまま殉職《じゅんしょく》してしまった。気落ちした両親はこのまま家を絶やしてしまうつもりだったが、やはり寂《さび》しく、女の子なら引き取って育ててみたいと思うようになったそうだ。男の子ならどうしても騎士にふさわしいように育ててしまうだろうけれど、女の子なら、婿《むこ》を取ればいつまでも側《そば》にいてくれるだろうと。

『でも、私では無理です。がっかりされます』

代々騎士の家なら、自分などが引き取ってもらえるはずがない。貧しい田舎の村からきた子供でなくても、釣《つ》り合う身分の養子をいくらでも選べるだろう。

けれど、セルゲイは微笑んだ。

『それがね、彼らは、君がいいそうだ。それに、私は君に、あの家の子になってほしいんだ。

そして勉強して、いろいろなことを身につけたら、また、違《ちが》う立場でこの城に来て働いてほしい。君がいてくれると、私も心強いから』

「それで、養女になりました」

「……ライーサは、お祖父様をたいそう慕《した》っていたのね」

あっさり『なりました』って。

八歳のライーサが言っていたこと、めっちゃ真っ当なんですけど。ユールノヴァ公爵領では騎士の身分は一代限りだけど、父親が騎士で、息子を鍛《きた》えて育て、実質的に代々騎士という家系は存在する。別に優遇《ゆうぐう》されるわけではなく、ちゃんと入団試験に受かって騎士になるんだけれど、騎士になるべく育てられれば、はっきり言って有利。

そういう家は名家とされ、貴族に次ぐ扱《あつか》いを受けるから、下働きが代々騎士の家の養女に望まれるって、ちょっとあり得ない。詐欺《さぎ》を疑うレベル。

なのにお祖父様にそうしてほしいって言われたら、はい、って応じちゃったのか。

「私が養女に望まれたのには、理由がありました。セルゲイ公が仕組んだようなものでしたが。……お嬢様、その理由、お解りになりますか」

「お祖父様が仕組んだような、理由？」

えー、なんだろ。

ライーサはお祖父《じい》様のお気に入り、と思われていたから？　たびたび庭で話をしていたなら、内緒といっても人に見られてはいただろう。公爵家の嫡子《ちゃくし》が下働きと何度も会うなんて、おかしなことだ。

ライーサがもっと歳上《としうえ》だったら、身分違いの恋人《こいびと》とか噂されそうだけど、八歳ではそれはあり得ないから……。

あ。

「お祖父様は……ライーサを、『歳の離《はな》れた妹のように』可愛《かわい》がっていらしたのかしら」

「お解りですか。セルゲイ公は、私が父君の落とし胤《だね》である可能性があると、匂《にお》わせておられたのです。もちろんそんな可能性は皆無《かいむ》ですが、身分違いの者と接するべきではないと口出しされた時に、便利な言い訳だったのでしょう」

お祖父様。そりゃ嘘《うそ》も方便ですが。曾祖父《ひいおじい》様、えらいとばっちり！

あ、でもアイザック大叔父《おおおじ》様は庶子《しょし》なわけで、曾祖父様には側室がいたのか。他《ほか》にもそれなりに、そういう覚えがないわけじゃなかったと……。

「セルゲイ公から私を養女にという話をされた時、身分違いを承知でこのようなことを言い出されるからには、出生の秘密でもあるのではないか、と養父母も考えたそうです。まさかと思いつつ、その可能性がある子をこのままにはしておけない、と引き取ることを申し出たのでした。私はその誤解を知った時には驚いて、養父母にははっきり否定しましたが、そのまま養女にしてくれました。私の性格が、亡くなった息子たちに似ていると言って」

お祖父様……亡《な》くなった騎士たちのこと、よく知っていらしたんですね。彼らは、まだ結婚もしていなかったなら、かなり若かったことだろう。お祖父様と年齢《ねんれい》が近かったのかも。父親も騎士なら、そちらの性格も把握《はあく》していて、だから息子たちに似ているライーサを、その養父母と会わせさえすれば、なんとかなると踏《ふ》んでいたと。

最初から全部仕組んでいたわけではないだろうけど……策士！

「読み書きをはじめ教育を受け、行儀《ぎょうぎ》作法を学んで、十四歳の時にあらためてユールノヴァ城へ出仕しました。メイドとしてです。セルゲイ公はもう、公爵位を継《つ》いでおられました。その時には、私が先代の落とし胤らしいという話は、公然の秘密になっていました。私はそれを、肯定《こうてい》も否定もしないように気を付けました。セルゲイ公が、私を守るためにそうしてくださったのですから」

ああ……ババア対策ですねわかります。

薔薇《ばら》園で働いていた庭師を、下々のものが高貴な私の視界に入るなど許されない、とほざいて追い出したことがあるらしいから。元下働きのメイドが視界に入ったら、何を言いだすかわかったもんじゃない。そういう扱いをさせないため。

ライーサと出会った二十三歳の時点で、もうアレと結婚していたはずなんだよね。お祖父様……おいたわしや。なんの因果で、あんなのと結婚せにゃならんかったのか。あまりに対照的な夫婦《ふうふ》だよな。

「セルゲイ公は公爵のお仕事に加えて、お国の仕事にも関《かか》わって、忙《いそが》しくおなりでした。皇都と公爵領を行ったり来たりで。アイザック様も、学問のために皇国中を調査して回っておられたので、私はメイドなのにお盆《ぼん》を持つよりも、あちこちへ手紙を書いて、お二人のためのいろいろな手配をするのが主な仕事でした」

メイドというより秘書ですね。

当時から眼鏡だったのかな、知的な美人秘書。萌《も》えるわー。

「それにセルゲイ公からは、この時もいろいろ変わった頼《たの》み事をされて……めまぐるしい、楽しい日々でした。でも、十八歳の時に結婚して、子供を育てるためにお城を下がりました」

セレブな仲人《なこうど》趣味《しゅみ》のお祖父様のことだから、見込んだ男にさりげなくライーサを紹介《しょうかい》したのかな。

十五歳年上のお祖父様、十歳年上のアイザック大叔父様。憧《あこが》れたりしなかったのかな……でも非公式の妹ってことになっていたし、どうにもならなかった、かな。

「その後もたびたび、何かの折にはお手伝いに上がっておりましたが、養父母を看取《みと》った後に、また出仕しないかとお声をかけていただきました。十年ほど前のことです。お城にいらっしゃるのは大奥様とアレクサンドル様で、私は目立たぬよう、当時の家政婦のもとで仕事を手伝いながら、お城の様子をお知らせしておりました。そうするうちに、セルゲイ公が身罷《みまか》られ」

ふっとライーサの声が途切《とぎ》れた。が、すぐに続ける。

「アレクサンドル公の代になって、他家から紹介されて来たという者に家政婦がすげ替《か》えられ、じきに私は出入りできなくなりました」

他家から紹介……。

そうか、親父《おやじ》の時代、ライーサさんは排除《はいじょ》されていたのか。

「ですが、つい五ヶ月ほど前、その家政婦がいなくなったとかで、君が家政婦をやらないかと執事《しつじ》のノヴァラスさんから声をかけていただきました」

ああっ前財務長以外にも行方《ゆくえ》不明者が！

やっぱり、前の家政婦はマグナから送り込まれて、不正行為《こうい》を主導していたんだ。主立った者は除いたとお兄様が言っていた、その一人。

そういえば家政婦という立場は、食料や物品の管理が役目のひとつ。横領をごまかすには、ここを押さえる必要があったんだろう。ヴィクトリア時代のイギリスだったかな、家政婦が食料庫や貴重品を収蔵する部屋の鍵《かぎ》を預かる役目を担《にな》っていて、その鍵束が権威《けんい》の象徴《しょうちょう》だったと聞いたことが。

「ですから私は、家政婦としては新米なのです。今回の祝宴《しゅくえん》は、初めての大きなお仕事です」

「その割には、手慣れているように思ってよ」

「セルゲイ公の頃《ころ》も、家政婦が高齢でしたから、だんだん肩代《かたが》わりしておりました」

なら本当は、ライーサさんが次の家政婦になるはずだった。排除されたのも無理はない。

「心強いこと。わたくしこそ、新米の女主人なのですもの」

目を見交《みか》わして、エカテリーナとライーサは微笑《ほほえ》む。
が、ライーサは目を伏《ふ》せた。

「……母君とお嬢様《じょうさま》のお役に立てなかったこと、申し訳なく思っております」

エカテリーナは首を横に振《ふ》った。

「ライーサが悪いのではないわ」

子育てや養父母の看取りが終わって復帰したのが十年前なら、私とお母様はもう別邸《べってい》で暮らしていた。ライーサさんに何かできたはずがない。

「お祖父様は、お兄様に大勢の素晴《すば》らしい人材を遺《のこ》してくださったの。でもわたくしにも、ライーサを遺してくださっていたのね。わたくし、お祖父様とは一度もお会いできなかったのだけれど、ライーサを通してお祖父様とつながることができたようで、嬉《うれ》しく思うわ」

「……やはりお嬢様は、セルゲイ公によく似ていらっしゃいます。あの方のように、素敵な言葉をくださる。私が人生で聞いたすべての言葉の中で、三番目に嬉しかった言葉はセルゲイ公がくださったものです」

その言葉が何なのか、わかる気がする。

『ライーサ、会えて嬉しいよ。少し時間はあるかい？』

「まあ、三番目なのね。一番と二番を訊《き》いても良くて？」

いたずらっぽくエカテリーナが言うと、ライーサは微笑んだ。

「一番目は、息子《むすこ》が初めて喋《しゃべ》った言葉です。『かあたま』と」

「ああ！　それは、お祖父様も敵《かな》わないわね。二番目は何かしら」

「二番目は……」

言いかけて、ライーサは急に咳払《せきばら》いする。

「秘密です」

そう言うライーサの頬《ほお》が、ほんのりと赤い。

えーと、多分だけど。

彼女の家庭は夫婦円満ですね。

第四章　祝宴

その朝、エカテリーナはレジナを抱《だ》きしめて、ねんごろに礼を言った。

「ありがとう、レジナ。あなたのおかげでとても助かってよ」

レジナはふさふさの尻尾《しっぽ》をばふばふと振り、大きな頭をぐりぐり押し付けてくる。

フッカフカのたてがみがたまらん！　アニマルセラピーや、癒《いや》されるわ～。

でも今日はもう、離れなければ。

「あなたの群れに戻《もど》って、しばらくゆっくり休んでね」

鼻づらを撫《な》でて言うと、レジナはずらりと並んだ牙《きば》を見せて、笑うような表情になった。

「ライーサ、レジナを犬舎まで連れて行ってちょうだい」

「はい、お任せください」

ライーサがうなずく。長らくこのユールノヴァ城に関わってきたライーサは、巨大《きょだい》な猟犬《りょうけん》にも臆《おく》することはないようだ。祖父にもお気に入りのリーダー犬がいたそうだし、慣れているのだろう。

ライーサがエカテリーナの部屋に来たのは、貴重品を保管する金庫から出したものを届けるためだった。それは、彼女の傍《かたわ》らのテーブルに置かれた平たい箱の中で、燦然《さんぜん》たる輝《かがや》きを放っている。

サファイアとダイヤモンドがちりばめられた、イヤリングとネックレス。

ネックレスの中心となるペンダントトップ、長方形のサファイアの大きさときたら。長さ五センチ、幅《はば》三センチはありそうだ。さらに、首の周りを取り巻くネックレス部分は、直径二センチくらいのサファイアをいくつも繋《つな》いでいる。それらはすべて小粒《こつぶ》なダイヤモンドに囲まれ、きらめく黄金の鎖《くさり》でつなぎ合わされているのだった。

ユールノヴァ公爵《こうしゃく》家の家宝のひとつだそうで……皇都公爵邸にも代々伝わるサファイアのイヤリングと髪飾《かみかざ》りがあったし、あらためて四百年続く公爵家すげえ。

前世だったら、こんなの持ってそうなの、イギリス王室しか思いつきませんわ。お値段いくらなのか、想像もつきません。億単位の金額に違《ちが》いないとしか。

そんなものを身につけるかと思うと……ひええー！

「今日は朝から忙しいのでしょう。時間を取らせてしまって、申し訳ないことね」

「いえ、これは私の仕事ですから。宝飾品《ほうしょくひん》を管理し、ユールノヴァの女主人たるお方にお届けするのは、家政婦の役目です」

そう言ってライーサは、部屋の奥に目をやった。

そこには、トルソーに着せたドレスが置かれている。衣装《いしょう》部屋から、ついに取り出す日となった。

なので、レジナとは離《はな》れなければならないわけだ。ドレスにごっそり、モフ毛が付いてしまうので。

「美しいドレスですね。お嬢様に、さぞお似合いになることでしょう」

「ありがとう。わたくし、正式なパーティーに出席するのは初めてなの。お兄様に恥《はじ》をかかせないよう、気を引き締《し》めなければ」

そう、今夜はもう祝宴。ユールノヴァ公爵アレクセイの爵位継承《けいしょう》祝い。それ以上に、彼が最愛の妹エカテリーナを公爵領に初めて披露《ひろう》するべく盛大《せいだい》に開催《かいさい》する、宴《うたげ》の日。

貴族令嬢なら、通常は魔《ま》法《ほう》学園に入学する前に、社交界デビューを済ませているものらしい。でも私は、幽閉《ゆうへい》のち引きこもりの身。パーティーの出席者はほとんどが初対面。

前世ではもちろん、正式なパーティーなんて縁《えん》もゆかりもなかった。

今さらですが、軽くびびってます。皇室御《ご》一家《いっか》の行幸をおもてなしするのとは、また違う感じ。とにかく、腹をくくるしかないんだけど。

ライーサは微笑んだ。

「初めてなればこそ、失敗もあって当然と、おおらかな気持ちで臨《のぞ》めばよろしいかと。多少侮《あなど》られるくらい、かえってこれからやりやすくなることもございます」

「励《はげ》ましてくれるのね、嬉しいわ。そうね、わたくし今夜はただ、お兄様の隣《となり》で皆様《みなさま》とご挨拶《あいさつ》することだけ考えればよいのね」

そう、お兄様の隣。

ここがミソだよね。うん、もうとにかく、精一杯《せいいっぱい》きれいになろう。それだけ考えよう。

正式なパーティーで、主役であるお兄様のパートナーを務めるんだから！　気合い入れんでどうする！　あまりにお宝すぎて腰《こし》が引けるけど、家宝だって遠慮《えんりょ》なく使っちゃいますよ。もう、参加者の皆様のことは考えないようにしよう。すいません。だって私はブラコンだ！お兄様にきれいと思ってもらう方向で、頑張《がんば》るぞー！

主に頑張ってもらうのはミナなんだけどさ。ドレスの着付けもヘアアレンジもできる戦闘《せんとう》メイド……ミナのスキルの多さには、脱帽《だつぼう》です。

祝宴《しゅくえん》は夕刻から始まる。

今の季節、夏の陽《ひ》はなおも明るく、ようやくたそがれの気配を漂《ただよ》わせ始めたばかりだ。

北都の中心にあるユールノヴァ城では、使用人たちが宴の準備に余念がない。厨房《ちゅうぼう》では料理人たちがすべてのかまどに火を入れてせっせと料理に励み、庭では庭師たちが早々と灯火《とうか》をともして廻《まわ》っている。料理を供するテーブルに磨《みが》き上げた銀器や皿を並べる者、ワインセラーからワインを運び出す者。みな時間を気にして、忙《いそが》しげだ。

その時刻になって、ユールノヴァ公爵アレクセイは妹を伴《ともな》うために、エカテリーナの部屋を訪《おとず》れた。

部屋の扉《とびら》がノックされた。

「お嬢様《じょうさま》、お支度《したく》はお済みですか」

聞こえてきたのは、従僕のイヴァンの声だ。メイドのミナがすぐに扉へ歩み寄って、さっと開いた。

「支度ならお済みです。どうぞ」

イヴァンは一歩脇《わき》へ控《ひか》え、アレクセイの長身が部屋へ歩み入ってくる。

そして、驚《おどろ》いたように足を止めた。

ネオンブルーの目を見張り、無言で見つめる兄に、エカテリーナが微笑《ほほえ》みかける。

「お兄様、お迎《むか》えありがとう存じますわ」

まさに一輪の花であった。

今回のドレスはマーメイドライン。ほっそりとしていながら、要所にほどこされたフリルが華《はな》やかさを加えている。色彩《しきさい》は基本は宵闇《よいやみ》色の天上の青だが、明から暗へと暮れゆく空さながらのグラデーションにより、いっそう美しい。

細身のスカートは膝《ひざ》のあたりから広がって、その足元へ向けて青が濃《こ》くなってゆくグラデーション。膝下の広がり全体が、花弁のように見える形状だ。

それ以上に華やかなのが上半身のデザインで、ウエストの細さを強調しつつ、上へ向けて青が濃くなってゆく。さらに、襟《えり》は大小のフリルを重ねて、今しも花開こうとする薔薇《ばら》の花弁を思わせる。胸元《むなもと》の切れ込みが細いけれど深く、豊かな胸の谷間が見えるかと思いきや、豪奢《ごうしゃ》なサファイアのネックレスがきらめく。それでも、フリルの花芯《かしん》からのぞくエカテリーナの白い首と白い鎖骨《さこつ》が、品位を保ちつつ蠱惑《こわく》的だ。耳元を飾《かざ》るイヤリングの、まばゆいほどの輝き。

袖《そで》も宵闇色ながら、透《す》ける生地《きじ》。その生地を透かしてエカテリーナの肌《はだ》の白さが、むしろ見る者の心に強調される、絶妙《ぜつみよう》な透け加減。

豊かな藍色《あいいろ》の髪は複雑な形に結《ゆ》い上げられて、こちらも薔薇を思わせる。さらにその髪に、本物の青薔薇が飾られている。よくよく見ればそれはガラス細工の髪飾りなのだが、あまりに真に迫《せま》った造形ゆえに、高価な宝石にもまさって人目を引いた。この青薔薇が、エカテリーナの衣装を薔薇のイメージでまとめあげ、彼女を生ける一輪の花と見せている。

なんとか支度が間に合いました！　ていうかミナが間に合わせてくれました。朝から今までかかりましたわ。

行幸の時はドレスがシンプルだったせいか、ここまで大変じゃなかったのに。あと、なんといっても髪型ですよー。結ってもらうの、めっちゃ時間かかるんだこれ。デザイナーのカミラさんが、髪型はこう！　って断固として指定するもんだから……さすがのミナも一人じゃできなくて、手伝いのメイドを二人も呼びましたわ。

女の支度は時間がかかるって、事実だったんですね。前世の私は女じゃなかったのかもしれない。いつも支度なんて十分、頑張ってせいぜい十五分でしたよ。

でも何時間もかけておめかししてよかった。だって今日のお兄様、いつも以上に素敵《すてき》です！

普段《ふだん》は白を基調とした服装が多いのだけど、今日は公爵領の領主の正装で、黒を基調としたシックな衣装。これがまたよく似合って……。お兄様ほどイケメンでスタイルが良ければ何を着ても素敵ですけど、今日のお姿はちょっと凄《すご》みを感じるほどですよ。

「エカテリーナ」

アレクセイが両手を差し出したので、エカテリーナは兄に歩み寄り、両手をその手にあずけた。

「私の青薔薇」

うやうやしく、アレクセイは妹の指先に口付けする。

「なんという美しさだ。多くの人々が青薔薇を生み出そうとして、成し得ていないのも無理はない。これほど美しいなら、花開いた瞬間《しゅんかん》に天界の花園《はなぞの》へ昇《のぼ》ってしまうのだろうから。幻《まぼろし》の青薔薇が、私に歩み寄ってこの手に触《ふ》れてくれるとは。胸が震《ふる》える心地《ここち》がする。私のエカテリーナ。私の女神《めがみ》」

ほとんど敬虔《けいけん》な仕草で、アレクセイはそっとエカテリーナの頬《ほお》に触れた。切なげに見つめる。

「ひとつだけ願う。どうかその姿で、陽のあるうちに外へは出ないでほしい。陛下が仰《おお》せになった通り、太陽がお前に恋《こ》い焦《こ》がれて、奪《うば》いに来てしまうだろうから。神々でさえ、この青薔薇を求めずにはいられないに違いない」

「まあ……お兄様ったら」

今日もさすがのシスコンですね！

そして今日も美辞麗句《びじれいく》スキルがすげえ。金メダルです！　国民栄誉賞《えいよしょう》でもなんでも差し上げたい。私しか住んでいないブラコン国のですが。

「わたくし、天に昇るなど嫌《いや》ですわ。この地上で、お兄様にこうして、手を取っていただきとうございます。わたくしはお兄様のお側《そば》が、一番幸せですもの」

「ありがとう——幸せだ、とても」

アレクセイは微笑んだ。

「宴などいつも憂鬱《ゆううつ》なだけだが、今は楽しみになってきた。お前の美しさに、皆も感嘆《かんたん》するだろう。その様子を早く見たいくらいだよ」


ユールノヴァ城から、宴の始まりを告げる花火が打ち上げられた。

城の周りに広がる領都の人々が、ふと手を止めて花火を見上げる。空はまだ明るく、花火は音と煙《けむり》だけのものだったが、わあっと歓声《かんせい》が上がった。

「お祝いが始まったんだね」

「ああ、盛大にな」

城を見やって、そんな会話が交《か》わされる。ほくほく顔の商人は、宴に食材などを納入した者だろう。

「新しい公爵《こうしゃく》様は、若いのによくわかってらっしゃるぜ。真面目《まじめ》にやってる商会をひいきにして、地元に金を落としてくださる。セルゲイ公の頃《ころ》みたいだ」

「良かったよ。セルゲイ公がお亡《な》くなりになったとたん、どこの誰《だれ》だかわからないよそ者がお城の仕事を全部さらっていっちまって、これからどうなることかと思ったからねえ」

しみじみとした言葉は、領都の商人たちの多くが思うことだ。大規模な横領の余波とは、彼らは知る由《よし》もなかったが。

「公爵様は、これからずっとこっちにいらっしゃるのかね。美人の奥様を連れてきたそうだし」

これも領都のもっぱらの噂《うわさ》だ。

「いや、ありゃ妹君だそうだ。れっきとしたユールノヴァのお姫様《ひめさま》だが、ずっとどこかに閉じ込められてたらしい。可哀想《かわいそう》だってんで、公爵様がそりゃあ大事にしてなさるそうだぜ」

その言葉に、首を傾《かし》げる者も多い。

「ええ？　仲のいいご夫婦《ふうふ》だって聞いたよ」

「いやご兄妹《きょうだい》だって。城の使用人から直接聞いたんだ。間違《まちが》いない」

「でも実際お二人を見た人が、お似合いのご夫婦だったたって言ってたよ」

「いや違うって」

こんな会話が多く聞かれる夜になった。


ユールノヴァ城の大広間。

巨大《きょだい》なシャンデリアが二つ、すでに明かりを灯《とも》されて、きらびやかな装飾《そうしょく》や壁《かべ》の巨大な絵画を照らし出している。

そして中央にもうひとつ、光る石である虹石《こうせき》の中でも光の強いものを選《え》りすぐって作られたシャンデリアが、人々を照らしていた。五代目公爵ヴァシーリーが招聘《しょうへい》した発明家が作り上げた、ユールノヴァ家が誇《ほこ》る、自ら輝《かがや》く灯火。皇城にすら、これほど大きく明るいものはない。

すでに招待客は多くが城に集《つど》い、美々しく装《よそお》った貴顕淑女《きけんしゅくじょ》たちが笑いさざめいていた。その間をぬって飲み物を配る給仕《きゅうじ》たちが行き交い、贅《ぜい》を凝《こ》らした料理が美しく盛り付けされて供されている。

しかし、宴《うたげ》は正式にはまだ始まっていない。主役である公爵アレクセイと、パートナーである妹エカテリーナが現れていないからだ。

大広間の一角で楽器を抱《かか》えて待機している、楽師たち。彼らが音楽を奏《かな》で始めると共に、公爵が現れるのがユールノヴァ家の夜宴の作法だ。

その楽師たちが、執事《しつじ》の合図を受けて、楽器を構えた。流れ出した音楽に、招待客たちがはっと息を呑《の》む。

そして、大広間と上階をつなぐ大階段へ目をやった。

まさにその時、ユールノヴァ公爵の正装たる黒衣に威儀《いぎ》を正した公爵と、窓の外に広がる宵空そのもののようなドレスに身を包んだ貴婦人が階上に現れる。見目麗《みめうるわ》しい二人の姿に、人々は歓声を上げた。

大広間を埋《う》め尽《つ》くす人々が一斉《いっせい》に上げた歓声に、エカテリーナは思わず兄の右腕《みぎうで》に重ねた手に力を込めた。

わーびっくりした！

知らなかった、これだけの人が一斉に声を出すと、どおん！　って感じの衝撃波《しょうげきは》になるんだ。

そしてこの大階段。ハリウッドの古典名作映画で風と共に去っちゃうやつか、少女歌劇団のフィナーレか。ここを、大注目されながら降りていくって……メンタルの試練。

「エカテリーナ、大丈夫《だいじょうぶ》か」

アレクセイが、エカテリーナの手を左手で包みこむように握《にぎ》る。

「はい、お兄様。少し驚《おどろ》いただけですの」

「無理はしなくていいんだ。具合が悪くなったなら、すぐに言いなさい」

あ、病弱設定がまだ生きてた。私はナチュラルに忘れてましたごめんなさい。

「どんなに大勢のお客様がいようと、わたくしは大丈夫ですわ。お兄様が側にいてくださるのですもの、安心しておりましてよ」

「……そうか」

妹の言葉に、アレクセイはネオンブルーの瞳《ひとみ》を和《なご》ませた。

「あそこにいるのは皆《みな》、領内の民《たみ》だ。お前の臣下たちだよ。気遣《きづか》いなどせず、女王として振《ふ》る舞《ま》えばいい」

「お兄様ったら。ご領主はお兄様ですわ、わたくしもお兄様の臣下でございます」

「私はお前のしもべだよ、私の女王」

しまった、言わせてしまったぜ。

まあでも、隣《となり》にいるのがお兄様なんだから、注目の中で大階段を降りていくのもびびることはないんだった。私のお兄様は、ハリウッドスターより少女歌劇団のトップスターより素敵《すてき》だからね！

親密そうに寄り添《そ》って大階段を降りてくる兄妹の姿に、人々はため息や感嘆の声をもらしていた。

彼らの多くは、公爵家の嫡男《ちゃくなん》アレクセイ・ユールノヴァを昔から知っている。とはいえユールノヴァ城でこのような宴が開かれるのは、前公爵アレクサンドルの爵位継承《けいしょう》以来のこと。立て続いた父、祖母、母の葬儀《そうぎ》では、アレクセイは高位貴族の応対に忙《いそが》しく、姿を見た者は少ない。アレクセイが社交を好まなかったこともあり、彼らの記憶《きおく》では、大人顔負けの聡明《そうめい》さであれど、まだ子供という認識《にんしき》だった。

それが今や彼は、十八歳という年齢《ねんれい》以上に落ち着いた、凛々《りり》しい美丈夫《びじょうふ》に成長している。すらりとした長身にまとった、黒を基調とした公爵の正装は、ここに集ったすべての人々の上に君臨する存在である証《あかし》。階下の人々を睥睨《へいげい》する冷たい表情が、若造と侮《あなど》ることを許さない威厳をかもしだしていた。

けれど傍《かたわ》らの妹を見る時には、無表情が一変して優《やさ》しく和むのだ。

その変わりようが、アレクセイをよく知っている者ほど意外なようで、唖然《あぜん》としている青年や顔を赤らめて見とれている令嬢《れいじょう》たちが、多々見受けられた。

逆にエカテリーナは、誰にも知られていない。ほとんどの者が、初めてその姿を目にする。長年にわたり幽閉《ゆうへい》され、世間を知らない令嬢。社交界にデビューもしておらず、教育さえまともに受けていない。そうした情報から、貴族令嬢らしいふるまいも知らない少女を想像していた者も多かった。

しかし現れたエカテリーナは、北都の貴族女性たちの誰よりも洗練されたドレスを身にまとい、たたずまいは気品に満ちている。細身のドレスは露出《ろしゅつ》を最低限におさえた品位あるデザインだが、女性らしい曲線に富んだ体形を明らかにしてもいて、なんとも蠱惑《こわく》的。ドレスのデザインがユールノヴァ公爵家の象徴《しょうちょう》である青薔薇《あおばら》をイメージしているのは明らかで、四百年の歴史を受け継《つ》ぐ正統なる嫡流であることを、皆に宣言しているかのようだ。

十五歳という年齢よりはるかに大人びた、気丈さのうかがえる美貌《びぼう》は、兄アレクセイと並んで見劣《みおと》りしないどころか、相乗効果で近寄りがたい風格さえ感じさせた。

この美女は、初めて社交界に登場したばかり。まだ誰のものでもない。最高の名誉《めいよ》と財力を誇る、ユールノヴァの姫君。

エカテリーナと近い年頃《としごろ》の若者たちが、胸を高鳴らせているのは無理もないことだろう。

誰からともなく、拍手《はくしゅ》が湧《わ》き起こる。

それは瞬《またた》く間に広がり、大広間全体からの万雷《ばんらい》の拍手となって兄妹を迎《むか》えた。

——さあ、始まった。

人々に微笑《ほほえ》みかけながら、エカテリーナは視界の隅《すみ》で、大階段から少し離《はな》れたところにかたまっている一団をとらえている。彼らは拍手には加わらず、兄妹に敵意のこもった視線を向けている。

そこに、ノヴァダイン伯爵《はくしゃく》と娘《むすめ》キーラが交じっていた。

キーラ嬢、今日もしっかり、縦ロール。

あ、なんか川柳《せんりゅう》っぽい。

うっかり笑ってしまったエカテリーナである。

それを余裕《よゆう》の笑《え》みと見て、キーラは怒《いか》りに眉《まゆ》を吊《つ》り上げたが、エカテリーナの視線はすでに他《ほか》へ移っていた。

アレクセイの最側近ノヴァク、鉱山長アーロン、森林農業長フォルリら、学園の執務《しつむ》室でお馴染《なじ》みの幹部たち。彼らが、笑顔でアレクセイとエカテリーナを待っている。

皆さんがいる。なにより、お兄様が隣にいてくれる。

縦ロールちゃんと親父《おやじ》の腰巾着《こしぎんちゃく》。あんたたちなんか、怖《こわ》くない。

爵位継承の祝宴《しゅくえん》においては、公爵は大階段の踊《おど》り場で足を止め、祝いに集まった人々に感謝の言葉を述べるのが慣例だ。

むろんアレクセイも足を止め、大広間に群れ集う人々を見渡《みわた》した。背筋の伸《の》びた長身がいっそう大きく見え、自ら光を放つようなネオンブルーの視線に、人々は気圧《けお》されたように静まってゆく。

楽団も音楽を止め、しんと沈黙《ちんもく》が落ちた。

「まずは皆、今日この日に、集まってくれたことに感謝する」

響《ひび》きの良い、よく通る声が、大広間に広がる。

「私、アレクセイ・ユールノヴァは、ユールノヴァ公爵位を継承した。若輩《じゃくはい》の身ではあるが、このユールノヴァ領の安定と発展のため、身命を賭《と》して取り組み、闘《たたか》ってゆくつもりだ」

会場の一部の者共を見据《みす》えて、一瞬《いっしゅん》、瞳の光がいっそう強くなった。

だがすぐに、冷静な、冷徹《れいてつ》な色に戻《もど》る。

「……皆も私と共に、励《はげ》んでくれることを期待する。

そして、皆に紹介《しょうかい》する。私と共に、ユールノヴァを受け継いでくれる者を」

傍らへ目を向けた、アレクセイの表情が一変した。優しく微笑んで、エカテリーナの手を取る。

「我が妹、エカテリーナ・ユールノヴァ。長らく母と共に静養していたため、皆の前に出るのはこれが初めてになる」

アレクセイがエカテリーナの手を掲《かか》げた。

エカテリーナが微笑むと、わあっ、と大広間から歓声《かんせい》が上がる。

「聡明なこの妹は、これから私の支えとなり、ユールノヴァの統治を助けてくれるだろう。ユールノヴァに連なる者すべて、エカテリーナにふさわしい敬意を払《はら》うように」

アレクセイの言葉に、御意《ぎょい》！　という声が一斉《いっせい》に上がり、大広間は再び拍手に包まれた。

――さすがお兄様。

簡潔にして的確、そしてシスコンなお言葉です。

この感じ、魔《ま》法《ほう》学園の入学式を思い出すなあ。あの時も、視線ひとつで全校生徒を静まりかえらせていたし。

あの時は私は聞く側だったけど、こうして隣に立って皆さんの反応を見ると、あらためてお兄様はすごいと思います。この広々とした大広間を埋めるほどの人数を前にして、まったく臆《おく》することがない。それどころか、皆のほうが、お兄様の気迫《きはく》に圧《お》されてますよ。

そして、お兄様と同じ場所に立ってみて、初めて知った。こうして群衆と向き合っていると、人々の感情がなんとなく伝わってくるものだということ。たくさんの顔に浮《う》かぶ表情はみな笑顔でも、お兄様の言葉に応じてひりつくような緊張《きんちょう》がこちらまでまつわりついてきたり、それぞれの期待や欲望みたいなものが立ちのぼるように感じたり、するものだということ。

お兄様は、公爵を継ぐ者として生まれた。

いずれこの場所に立つことを運命付けられ、そうあるべく生きてきた。

私は、ここに立つことがこれほど孤独《こどく》なことだと、少しもわかっていなかった。

私という妹が現れたことで、お兄様は一人ではなくなったんだ。こうして手を取り合って立つ者がいる、それがお兄様にとってとても大きなことなのだと、やっとわかった気がする。

あらためて、約束しますよ。

私はお兄様の手を離しません。

まだまだ前世でアラサー社畜《しゃちく》だった記憶は根強くて、こんな所で何やってんだ自分、と思う気持ちも消えないんですけど。

お兄様はその若さですでに立派な統治者で、私がどれくらい役に立てるかわかりませんけど。

お兄様を支えるために精一杯《せいいっぱい》力を尽《つ》くします。

だって私はブラコンですから！

エカテリーナは兄の手を握《にぎ》る。

アレクセイは妹を見て微笑み、その手を握り返して囁《ささや》いた。

「練習の成果を見せる時が来たよ、エカテリーナ」

きゃーっ！

誓《ちか》ったそばからなんですが、めっちゃ逃《に》げたい。

この人数からの注目を浴びながら、二人でこの祝宴のファーストダンスを踊らなければならないという！　一番身分の高い者が最初に踊るなんてルール、誰《だれ》が決めたんだ出てこいやー！

という内心をおくびにも出さず、エカテリーナは微笑んだ。

「お兄様と踊ることができて、嬉《うれ》しゅうございますわ」

北都最高の楽師たちが奏《かな》でる円舞《えんぶ》曲が、聞く者の心を浮き立たせるように、軽《かろ》やかに流れている。

大広間の中央で、公爵兄妹《きょうだい》が優雅《ゆうが》に踊っている。まるで二人から音楽が流れ出てくるかのように、演奏と調和した動きの美しさ。

寄り添《そ》い、目を見交《みか》わしてはひらりと旋回《せんかい》する麗《うるわ》しい二人に、人々、特に若者たちは、惚《ほ》れ惚《ぼ》れと見とれていた。

黒衣が白皙《はくせき》の美貌をいっそう引き立てるアレクセイの長身は、舞踏《ぶとう》場で実に映《は》える。氷の薔薇とも呼ばれる冷徹な彼が、日頃の無表情をどこへ忘れたか、微《かす》かながら笑みさえたたえて、優《やさ》しく妹をリードしている。

その兄のリードに身を任せて、たおやかに踊るエカテリーナは、ふっくらした唇《くちびる》に楽しげな笑みを絶やさない。細身のドレスも動きをさまたげることはなく、彼女が身をひるがえすたび、青薔薇の花弁のようなドレスの裾《すそ》がひらりと揺《ゆ》れる。

慎《つつし》み深いデザインのドレスだから、そんな時もわずかに足首がのぞくかどうかだが、それでも彼女の蠱惑《こわく》的な曲線美とあいまって、会場の若い男たちはどきりと鼓動《こどう》を速くせずにはいられない。

目の肥えた者であれば、エカテリーナの足さばきに不慣れさを見てとっただろう。しかし、これが彼女の初めてのダンスだと知っていれば、むしろ初々《ういうい》しさが好ましい。

氷の薔薇と青薔薇の兄妹。

ユールノヴァの美しき二輪の薔薇《ばら》に、宴《うたげ》の客たちはすっかり魅了《みりょう》されていた。

――ワルツとかのソシアルダンスって、ハイソなイメージだけど。

前世の記憶《きおく》では、あちらの中世から近世にかけて、こういう男女が密着するようなダンスは不《ふ》謹慎《きんしん》とされて、禁止されていたはずなんだよね。実は。

貴族が正式な場で踊るのは、男女ペアであっても抱《だ》き合うことはないダンスだったらしい。

えーとなんだっけ、あれだ、『亡《な》き王女のためのパヴァーヌ』というクラシック曲、そのパヴァーヌは当時の貴族が愛好したダンスの一種。男女の接触《せっしょく》は、せいぜい手を握るくらいだったそうな。

ところが十九世紀に入ってウィーンでワルツが大流行して、そこから急激に広まって、こういう密着する系がハイソなイメージに成り上がったと。

あらためて考えると確かに不謹慎だよね。お互《たが》いの身体《からだ》に腕《うで》を回して、密着するんだからさ。

しかしこの世界、というか皇国では、前世よりずっと早くから、男女がペアで抱き合って踊るダンスが主流だったそうだ。

なぜかというと、魔法学園で生徒たちが習うから！

そもそもは皇国を建国したピョートル大帝《たいてい》らの一族が、伝統的にそういうダンスを祭りなどで踊っていたという、由緒《ゆいしょ》あるものらしいよ。でも授業に取り入れて、年頃《としごろ》の男女を積極的に密着させる意味。

やっぱり魔法学園は合コン会場！　ダンスは王様ゲーム的な？

強い魔力を持った男女を結びつけて、皇国の魔力持ち人口を保ち増やそうという、国家の罠《わな》・学園コン会場だよ。

でも、国家の罠だろうとなんだろうと、私は幸せですよ！

きらびやかな大広間で、めいっぱい綺麗《きれい》に着飾《きかざ》って、私の好みにどストライクな素敵《すてき》なお兄様と、ハイソなダンスを踊《おど》るって。

なんという乙女《おとめ》の夢の集大成！　前世の私はこういうシチュエーションを夢見るタイプじゃなかったけど、それでもやっぱり、舞《ま》い上がっちゃうよ。

なんて幸せ！　生まれ変わって良かった！

お兄様も楽しそうだもん、それが一番嬉しい。

神様、って多神教のこの世界、なんの神様の采配《さいはい》だったかわからないけど、とにかく神様ありがとう！

なんてことを頭の隅《すみ》で考えているエカテリーナだが。

とてもそうは思えないほど、優雅に音楽にのって踊っているのだった。

「上手だよ、エカテリーナ」

アレクセイが優しい笑顔《えがお》で囁《ささや》く。

「お兄様がたくさんお稽古《けいこ》してくださったおかげですわ」

微笑《ほほえ》んで、エカテリーナは答えた。

謙遜《けんそん》ではなく、間違《まちが》いない事実である。なにしろアレクセイは、ユールノヴァ城へ入城してからほぼ毎日、忙《いそが》しい業務の合間をぬってエカテリーナのダンス練習に付き合ってくれたのだから。

そしてその練習中は、さまざまなことを互いに伝え合う、コミュニケーションの時間にもなっていた。ライーサのことをアレクセイに伝えたのも、彼女と話した翌日の練習でだ。

ダンスの練習には、楽師も必須《ひっす》。音楽なしでも踊れないことはないが、ユールノヴァ公爵《こうしゃく》家たるもの、お抱《かか》えの楽師がおり、公爵と公妹のためならいつでも演奏する。

その音楽にまぎれて、誰かに聞かれる心配なく会話することができるのだ。

……権力者って大変だよね、とエカテリーナはしみじみ思ったものだ。

アレクセイは当然、ダンスは完璧《かんぺき》に身につけている。ダンスは男性が女性をリードするものだから、アレクセイが巧《たく》みに導いてくれれば、付け焼き刃《ば》のエカテリーナでも美しく踊ることができる。

とはいえエカテリーナのたゆまぬ努力と勘《かん》の良さ、生まれついての所作の美しさがあればこそ、人々が見惚《みと》れるほどのダンスができているのだった。

そして彼女が幼い頃、母アナスタシアが遊びの延長のように教えてくれたダンスの基礎《きそ》。それを身体が覚えていたことも、大きかった。母がお手本として見せてくれたダンスのステップが蝶《ちょう》のように美しくて、幼いエカテリーナはいっしょうけんめい真似《まね》をした。母は、とても可愛《かわい》いと褒《ほ》めてくれた。

その記憶をアレクセイに話した時、彼はしばし無言でエカテリーナを抱きしめていた。

円舞曲が終わる。

最後に兄妹は互いに一礼した。この大広間には、いやこのユールノヴァ領には、二人が頭を下げるべき相手は、他《ほか》にはいないのだった。

その二人に周囲の人々は歓声《かんせい》を上げ、再び拍手喝采《はくしゅかっさい》した。

公爵兄妹が舞踏フロアから引き上げるのと入れ替《か》わりに、手を取り合った男女が何組もフロアへ進み出て、楽師たちが新たな曲を奏で始めた。

しかし踊り始める者はさほど多くはなく、それよりもアレクセイとエカテリーナの周囲に、我先《われさき》に人々が詰《つ》めかける。

ユールノヴァ公爵への顔つなぎとして挨拶《あいさつ》しようとする者たち、そして――エカテリーナにダンスを申し込みたい青年たち、アレクセイにダンスを申し込んでほしい令嬢《れいじょう》たち、二人のいずれかに息子《むすこ》か娘《むすめ》を紹介《しょうかい》したい親たち。

だが彼らは、二人に直接話しかけてはこない。ただ熱意を漂《ただよ》わせて二人を見つめ、声をかけてもらおうと無言のアピールに励《はげ》むばかりだ。

――基本的に、自分より身分が高い者へこちらから話しかけてはいけない。向こうから声をかけてもらうのを待つべし。

というマナーを初めて知った時には、内心『ベルサイユか！』と渾身《こんしん》でつっこみ入れたもんでしたが。

この状況《じょうきょう》になって解《わか》る。なるほど必要！　この集団が我先に話しかけてきたら、大混乱だよ。身の危険を感じるレベル。

あくまでマナーであって規則ではないし、親しい相手なら問題なかったり、その時々でいろいろだったりはするのだけど。この状況では、私たちに勝手に話しかけたりしたら、その瞬間《しゅんかん》にその人物の社交界での評判はダダ下がりしてしまうだろう。

こういうマナーって、ちゃんと意味があって形作られてきたんだなあ。前世で、少女歌劇団の出待ち入り待ちには鉄の規律があるって聞いたことがあったけど、なるほど大事なことでした。

まあ、高位の貴族はこのマナーを、単純なマウンティングなどではなく、自分が望む体制を築くために活用するのだけれど。

「ノヴァク」

アレクセイが呼び、公爵兄妹を取り巻いていた人々はすぐさま反応して、ユールノヴァ公爵の側近ノヴァク子爵のために道を開いた。

妻をエスコートして現れたノヴァクは、アレクセイに一礼する。

「改めまして、祝着《しゅうちゃく》に存じます、閣下」

「お前に言われては今さらだな」

アレクセイはふっと笑った。爵位を継《つ》いでからも毎日のように側《そば》近くにいた、側近中の側近だから、その言葉は全くもっともと言えよう。

そしてこの言葉は、ノヴァクがいかにユールノヴァ公爵に近しい存在かを、人々に知らしめるものでもある。アレクセイが学生の身であるため、ノヴァクも皇都の魔法《まほう》学園で執務《しつむ》しているから、未《いま》だ領内の人々からの注目は薄《うす》かったが、これからはノヴァクの周囲にも人が群がり、公爵への取り次ぎを頼《たの》むようになるだろう。やがては彼自身が影響《えいきょう》力を持ち、公爵領の統治にいっそう貢献《こうけん》できるようになる。ユールノヴァ領の勢力図は、着実に塗《ぬ》り替えられている。

父アレクサンドルが公爵であった頃には、この立場にあったのが、ノヴァダイン伯爵《はくしゃく》だったのだろう。そこから生じるうまみを、あの男は存分に味わってきたに違いない。

どこで、どんな思いで、新たな権力者に群がる人々を見ているのか。

取り巻く人々に隠《かく》れて、その姿など見えはしないが。

このまま引き下がる人物ではないことは、確かだった。

周囲の羨望《せんぼう》をよそに、アレクセイとエカテリーナは、ノヴァク一家としばし歓談した。

子爵家の嫡男《ちゃくなん》アンドレイは三十歳そこそこ、目力の強い黒髪《くろかみ》の美男で、若き日の父親によく似ているらしい。子爵領の経営は今はほぼ彼が担《にな》っており、いずれは父親と共にアレクセイの側近として仕えることだろう。魔法学園への入学基準を満たす魔力の持ち主で、在学当時の思い出を懐《なつ》かしげに話した。

そしてノヴァクの妻、子爵夫人は、名をアデリーナという。エカテリーナとは初対面ではない。実は、公爵領に来てから毎日のように会っていた。

「お嬢様、さきほどのダンスはお見事でございましたね」

アデリーナ夫人が、温かい笑顔でエカテリーナに言う。

「夫人のご指導のおかげですわ。ありがとう存じます」

そう、アデリーナは公爵領でのエカテリーナの、ダンス教師を務めてくれているのである。渋《しぶ》い強面《こわもて》のノヴァクとは対照的に、柔《やわ》らかな笑顔が印象的な女性だ。淡《あわ》い藤色《ふじいろ》の髪に藤色の瞳《ひとみ》、美人というタイプではないが、人好きのする雰囲気《ふんいき》がある。ダンスは若い頃から得意だったそうで、子爵家の一人娘だった頃《ころ》にボリス・クルツという名前だったノヴァクを見初《みそ》めたのも、舞踏《ぶとう》会で祖父セルゲイに勧《すす》められて踊った時のリードが好ましかったのがきっかけだとか。

もっともアデリーナ本人がレッスンの合間に聞かせてくれた昔話によれば、当時は周囲から、美男子の顔につられた馬鹿《ばか》娘、など散々なことを言われたらしい。何故《なぜ》なら、ボリス・ノヴァクは魔力をほとんど持っていないからだ。

彼の生まれは、貴族の庶子《しょし》の息子というほぼ平民の身分であり、財力もなかった。それでもノヴァクは、明晰《めいせき》な頭脳と独学ながら広い学識に加え、武芸もまずまずの腕前《うでまえ》と、優《すぐ》れた点を多々持っていた。

むしろ彼は、魔力がないからこそ自分の努力で身を立てようと、貧しい暮らしの中でも勉学に励み武芸にも打ち込んだのだ。皇都育ちの彼にとって、平時には使い道のない魔力など重視する貴族が愚《おろ》かにしか見えず、関《かか》わるのはこちらからお断りだと思っていたようだ。だからノヴァク自身が、アデリーナから関心を寄せられてもはなから相手にせず、最初はずいぶん邪険《じゃけん》な態度を取ったらしい。

それでもノヴァクをロックオンして追ったアデリーナは、見かけによらずハンター気質なのかもしれない。

とはいえ祖父セルゲイがノヴァクを高く評価していなかったら、そしてセレブな仲人趣味《なこうどしゅみ》でなかったら、アデリーナも諦《あきら》めざるを得なかっただろう。アデリーナは今でも、祖父に深く感謝しているそうだ。

そして今や、ノヴァクはユールノヴァ公爵家当主の一の側近。ノヴァク子爵家に名誉《めいよ》を添《そ》える存在となった。

「夫人には、兄妹《きょうだい》そろって世話をかける」

アレクセイの口調が丁重《ていちょう》なのは、ノヴァクが側近としての務めに忙《いそが》しく、子爵領の業務も家庭のことも、夫人に丸投げしている状態なのを解っているためだ。

「もったいないお言葉でございます。本家をお支えするのは分家の務め、夫がお役に立っておりますなら、わたくしはただ嬉《うれ》しく思うばかりでございます」

実際にアデリーナは、本家を支えることこそ分家の果たすべき役目、家のことはお気になさらず。と夫を送り出し、自分が子爵領を経営しながら一男一女を立派に育て上げた、良妻賢母《りょうさいけんぼ》の鑑《かがみ》のような女性なのだった。

若き日のハンター気質は何処《どこ》へやら、というか、実はその気質あればこそなのかもしれない。

そもそも夫人は家付き娘で、ノヴァクは入り婿《むこ》だ。それでも夫に立場の弱さなど感じさせることなく、子供たちにも父親は立派な仕事をしているのだと教えこんで、尊敬させて育てたというから偉《えら》い。

結果として、今やノヴァクは妻に頭が上がらないらしい。婿の遠慮《えんりょ》とかではなく、妻への感謝と、苦労をかけている罪悪感ゆえだ。そのうえ、アレクセイさえ夫人に配慮する。ある意味では女性として最も賢明な生き方、と言えるかもしれない。

なんというか……言うなればひとつの、女の花道？　日々の忍耐《にんたい》と努力の賜物《たまもの》なのだろうなあ、と思うと尊敬しかありませんよ。

前世の自分には絶対無理だった、女の生き様だけど。今生ではいつか、見習うことになるかもしれない。なんせこの世界では私は適齢期《てきれいき》。学園卒業と同時に、どこかへ嫁《よめ》に行くことになるかもしれないんだよね……。

どこへ行くかは、お兄様が決めること。皇室は嫌《いや》と言った以上、それ以外はどこだろうと、言われた通りにしなければ。

できればどこへも行きたくないけど。ずっとお兄様の側に居たいけどね。

ノヴァク夫妻に続いて、他の側近たちも挨拶にやってくる。

その中で、学者のような風貌《ふうぼう》になぜか悲壮《ひそう》な表情をたたえていたのが、若き鉱山長アーロン・カイルであった。

「閣下、お嬢様、力が足りず申し訳ございません……っ」

いきなり頭を下げたアーロンに、アレクセイとエカテリーナはけげんな顔だ。

「どうした、アーロン」

アレクセイが尋《たず》ねると、くっ、とアーロンは顔を背《そむ》ける。

「アイザック博士が……大叔父《おおおじ》様が、おいでになりませんでした」

「……」

相変わらず大叔父様ラブすぎですね、アーロンさん……。

鉱物マニアが高じて、学生時代に知り合った鉱物学者アイザック大叔父様の押しかけ助手をやっていたのが縁《えん》で、セルゲイお祖父《じい》様にスカウトされた人材だったというから、初志貫徹《かんてつ》ではあるかもしれませんが。

「博士は、決して悪気はない方なんです。閣下のことも大切に思っていらっしゃいますし、お嬢様《じょうさま》にお会いするのも、本当に楽しみにしていらしたんです。ただ、学術的に興味を引かれることがあると、他《ほか》のことが考えられなくなるだけで。それは決して——」

「アーロン、気にするな。大叔父様がどういう方かは解っている」

必死にフォローするアーロンに、ふ、とアレクセイは口の端《はし》に笑《え》みを浮《う》かべて言う。エカテリーナは、クスクス笑ってしまいそうなのを精一杯《せいいっぱい》こらえていた。

アーロンの焦《あせ》りようも無理はない面はあって、予定ではアイザック大叔父は、アレクセイとエカテリーナが公爵領へ帰還《きかん》するのを、このユールノヴァ城で待っているはずだったのだ。しかし入城してみると、アイザック大叔父は不在どころか、何処にいるのかわからない、行方《ゆくえ》不明状態だったという。

　血相を変えたアーロンが捜《さが》し回って、なぜか領内の鉱山にこもっていることがわかり、使者を送って『早くお帰りください！』と伝えたのだが……見事にスルーされたらしい。

「アイザック大叔父様は、本当に素晴《すば》らしい学者でいらっしゃいますのね。世界の神秘に迫《せま》るほどの方ですもの、宴《うたげ》の予定のような小さなことに、心が向かなくとも仕方ございませんわ。むしろ、大叔父様の研究がはかどるのは、人類にとって喜ばしいことと存じましてよ」

　ライーサさんから聞いた昔のエピソードでも、日常のことには気が回らないタイプみたいだったもんね。大叔父様に会うの、楽しみだったから残念ですけど。

　そういえば前世で、iPS細胞《さいぼう》でノーベル賞を受賞した教授の講演を聞けそうな機会があって、すごく行きたかったことがあったなあ。まあ、内容を知りたいっていうよりは、世界を変えるかもしれないすごい発明をしたすごい人を、生で見てみたい言葉を聞いてみたいっていう、ミーハー根性《こんじょう》だったけど。そして社畜《しゃちく》はその日もやっぱり、仕事で駄目《だめ》だったけど……。

　今生では、世界を変えるほどすごい人が、親戚《しんせき》にいるんだもの。これからいくらでも会う機会があると思うと、すごく贅沢《ぜいたく》な環境《かんきょう》だと思う。

「ありがとうございます。お嬢様は本当によくお解《わか》りです」

　ほっとした様子で、アーロンは笑顔になった。

「博士の口癖《くちぐせ》は『僕はなんにも知らないから』なんです。最高の頭脳をお持ちなのに、本当に謙虚《けんきょ》で、子供のように無垢《むく》な方なんですよ」

「まあ……」

前世の偉人《いじん》、ニュートンの名言にちょっと似ている。私は海辺で小石を拾って遊んでいる子供のようなもの、海のように広がる真理には触《ふ》れることもできていない……。そんなようなニュアンスのことを言っていたはず。そういえば名前が同じアイザックだった。

でもニュートンって、けっこうアレな性格してたらしいけども。

「お嬢様は博士と、きっと話が合うに違《ちが》いありません。早くお会いになっていただきたいものです」

「わたくしもお会いしとうございますわ。大叔父様がお戻《もど》りにならないようなら、わたくしのほうからお訪ねしたいくらい」

「ああ！　そうしてくださるなら、鉱山まで僕がお供いたします」

嬉しそうな顔をしたアーロンだが、アレクセイと目が合うと、びくっとして小さくなった。

領地で最も身分の高いアレクセイとエカテリーナだが、爵位継承《しゃくいけいしょう》の祝宴《しゅくえん》という公的な場では、招待客に声をかけたり挨拶《あいさつ》を受けたりの順序は、側近や領地の重鎮《じゅうちん》など、それなりの序列に添わねばならない。

声をかけてもらおうと二人を囲む人々も、おおよそは次が誰《だれ》かが解っていて、さっと通り道をあけたりする。むしろアレクセイの代における領内の勢力図を把握《はあく》するために、ここに陣取《じんど》っている者もいるのだろう。

そんな、周囲を取り巻く人々がざわついていた。

「お下がりなさい、ここはおまえのような者が立ち入ってよい場所ではないわ！」

カン高い声が響《ひび》き渡《わた》って、エカテリーナは思わずそちらへ目を向ける。

叫《さけ》んでいたのは知らない女性だ。だがその鮮《あざ》やかな緑色の髪《かみ》に、どこか見覚えがあるような。

というか、アップにまとめた髪を、後ろで縦ロールにして垂らしている……。

「アレクサンドラ様がここにおられたなら、おまえなど鞭《むち》で打って放《ほう》り出されることでしょう。侍《じ》女《じょ》としてアレクサンドラ様の一番近くにお仕えしたこのわたくしが、いやしい者が出入りしてユールノヴァ城の品位をおとしめることなど許しません！」

うわあ。

そうかー、クソババアの侍女だったんかー。そしてどう見てもアレの母親で、つまりアレの妻、ノヴァダイン伯爵《はくしゃく》夫人かー。

クソババアの侍女って、こんなんばっかりだったんやろか……。嫌な職場だなー。いやそもそも、主人がアレってところで終わってるか。

げんなりしているエカテリーナだが、傍目《はため》にはどう見えたのか、アレクセイは妹を守るようにその細い肩《かた》に手を回し、騒《さわ》ぎのほうへ静かに声をかけた。

「フォルリ翁《おう》」

騒いでいる伯爵夫人を黙殺《もくさつ》して、アレクセイの側近の一人、森林農業長バルタザール・フォルリが進み出る。

ここに集《つど》った上流階級の人々、白い顔と手入れのゆきとどいた手を持つ者たちとはかけ離《はな》れた、日焼けした肌《はだ》にがっしりとした荒《あ》れた手。深い皺《しわ》の刻まれたその顔はしかし、威厳《いげん》に満ちている。老齢《ろうれい》に達しても背筋の伸《の》びたその姿には、古武士のように威風堂々たる風格があった。

そしてその手に手を重ねる、長身の女性。

フォルリと同じく老齢だが、若き日の美貌を充分《じゅうぶん》に感じさせる凛然《りんぜん》たるたたずまい。肌の色は夫と同じほど日に焼けて褐色《かっしょく》に近く、細身の身体《からだ》は引き締《し》まって力強い印象がある。長い白《はく》髪《はつ》は飾《かざ》りを挿《さ》しただけで結《ゆ》ってはおらず、風変わりな衣装《いしょう》はとても色鮮やかで、形はゆったりとしたエンパイア風……というよりモロッコ付近の民族衣装カフタンドレスのような、エキゾチックな雰囲気《ふんいき》だ。

この女性が、フォルリさんの奥さん。森の民《たみ》の長《おさ》！

森の民とは、公爵領の森に暮らす少数民族。定住せず森の中を移り住み、他の人々とあまり交流しないそうで、いろいろな伝説に彩《いろど》られている。そのせいで、恐《おそ》れられたり、差別の対象になったりすることもあるようだ。由緒《ゆいしょ》正しい侯爵《こうしゃく》家の三男だったフォルリは、彼女と結婚《けっこん》したため、実家から縁を切られたらしい。

……だから、縦ロール夫人がギャーギャー騒いでるのか。皇国の身分秩序《ちつじょ》の外側にいる存在だから。

「若……いえ、閣下、お嬢様。祝着至極《しゅうちゃくしごく》に存じまする」

　フォルリが妻とともに一礼し、アレクセイは微笑《びしょう》した。

「若君でいい。お祖父様の親友だったお前なら許そう」

「今宵《こよい》は閣下とお呼びいたしまする。それに近頃《ちかごろ》、いっそう頼《たの》もしくなられたように思いますゆえ、もう若君とお呼びすべきではないのかもしれませぬ」

　フォルリの言葉は思いがけないものだったようで、アレクセイはネオンブルーの目を見開く。

ふっと笑うと、穏《おだ》やかに言った。

「以前はフォルリ翁では仕方がないと思っていたが、もう呼ばないと言われると何か寂《さび》しい気がしてくる。おかしなものだ」

　フォルリの皺深い顔がほころぶ。

「その、余裕《よゆう》でございます。張りつめておられたものが和《やわ》らいで、お強くなられた」

「……自分ではわからないが。そう見えるなら、女神《めがみ》の加護を得たおかげだろうな」

そう言って、アレクセイは傍《かたわ》らの妹を見て微笑んだ。

目を見開きながらも、エカテリーナは兄に微笑みを返す。

なんか領地で臣下の皆《みな》さんにシスコンを披露《ひろう》させてしまって、内心申し訳ないですが。お兄様のシスコンを、フォルリさんがなんか素敵に解釈《かいしゃく》してくれたみたいで恐縮《きょうしゅく》なんですが。

　でも、張りつめたものが和らいだって、そう感じてもらえているのは嬉《うれ》しいです。本当にお兄様の助けになれるには、私はまだまだなんですけど。気持ちの余裕に役立てているとしたら、とっても嬉しい。

「お嬢様、我が妻女アウローラをご紹介《しょうかい》いたしまする」

フォルリの言葉に、エカテリーナは顔を輝《かがや》かせる。わーい、お話ししてみたかったです！

「お会いできて嬉しゅうございますわ」

だがエカテリーナがそれを言い終わる前に、声がかかった。

「どうかお待ちを！」

人波をかきわけるようにして現れたのは、あの縦ロール夫人だ。

——誰がちょっと待ったコールをやれと言った。アンタはどこの紅鯨《べにくじら》さんだ。

前世アラサーにしては、発想が古いエカテリーナであった。

そんなエカテリーナの内心など夢にも知らず、縦ロール夫人はアレクセイに、さすがに見事な跪礼《きれい》をとる。

「閣下、分家筆頭ノヴァダイン家の者として、生命を賭《か》けて諫言《かんげん》いたします！　どうか、ユールノヴァ公爵家四百年の歴史を、自ら汚《けが》すようなことはおやめください。その女は、まともな家に住むことすら知らず、山中を這《は》いずって暮らす蛮族《ばんぞく》の者でございます。皇国の秩序にまつろわぬ、無法者ではありませんか！」

その言葉にうなずく者も、確かにいた。

「ここには多くの、由緒正しい臣下一同が集っております。皆を差し置いて、そのような身分いやしき者とお言葉を交《か》わすようなことは、あってはなりません！　たとえこの身にお叱《しか》りを受けようとも、主君の名誉《めいよ》をお守りすることが、アレクサンドラ様から直々に貴族の矜持《きょうじ》を教えていただいた、わたくしの責務。どうかお聞き届けくださいませ！」

悲壮《ひそう》な雰囲気をただよわせて、ノヴァダイン伯爵夫人は深く頭《こうべ》を垂れる。

エカテリーナがちらりと見上げたアレクセイの瞳《ひとみ》は、氷河さながらに凍《い》てついて夫人を見据《みす》えていた。

おい縦ロール夫人。社交がお好きでないお兄様が、せっかくさっきまでフォルリさんと楽しそうに話していたのに。ぶち壊《こわ》しにしおって許さん！

あんたが言うことは、この世界のひとつの論理ではあるだろう。この場にいる上流階級の人々には、内心同意している人間もそれなりにいるんだろう。前世の歴史上のエピソードでも、こういう考えがしばしばまかり通っていた。

けどな、秩序がどうたら言うわりに、お兄様がお話ししているところへ突撃《とつげき》かましてくるって、自分がこの世界の論理に照らして無作法すぎる真似《まね》をしてるだろうが。なんでアンタら一家は揃《そろ》いも揃って、自分は何をしても許されると思い込んでるんだ。

そんなわけで、エカテリーナは兄の袖《そで》をそっと引き、囁《ささや》いた。聞こえよがしな声の大きさを心がけて。

「お兄様……あの者はお祖母《ばあ》様の侍女だったとやら申しておりましたけれど、お祖母様は使用人ごときがこのような無礼なふるまいに及《およ》ぶことを、お許しになるような方でしたのかしら」

ふ、とアレクセイの唇《くちびる》に笑《え》みが宿った。

「許すことなどあり得ない。そういう方だったと、ここにいる誰もが知っているだろう」

周囲ではさざなみのように、同意のうなずきが広がっていく。

「やはりそうですのね。それしきのこともわきまえず、お祖母様から何を学んだつもりでいるのでしょう。分家筆頭などと名乗ってこのありさま、わたくしお客様にお恥《は》ずかしくて、胸が苦しゅうございますわ」

眉《まゆ》をひそめたエカテリーナが、豪奢《ごうしゃ》なサファイアのネックレスで飾られた豊かな胸元《むなもと》をおさえると、アレクセイはさっと顔色を変えた。

なお、エカテリーナを見つめていた男子一同はついその胸元へ視線を集中させてしまって、あわてて目をそらしていた。

「エカテリーナ、可哀想《かわいそう》に……。お前を苦しめるとは、なんという不届き者だ。今すぐこの手で、斬《き》って捨ててくれよう」

……えっとお兄様、冗談《じょうだん》ですよね？　シスコンジョーク怖《こわ》いです。

いやジョークじゃないよ！　お兄様はシャレにならないシスコンなんだから。いつも自ら光を放つようなネオンブルーの瞳が、さらに底光りして、魔王《まおう》のごとき迫力《はくりょく》ですよ！

「か、閣下……」

さきほど生命を賭けると言った割に、ノヴァダイン伯爵夫人は顔面蒼白《そうはく》だ。

エカテリーナは兄の肩に触《ふ》れて、首を振《ふ》った。

「お兄様、どうかおやめくださいまし。わたくしのために刃《やいば》を汚すことなど、ございませんわ」

つい、縦ロール夫人の生命より、お兄様の愛剣《あいけん》をかばってしまいました。だってこの一家、ソイヤトリオ並みに生命力強そうだし。斬ったら分裂《ぶんれつ》して増えそう。

「それより、お招きしたお客様に礼を失してしまったことが、辛《つら》うございますの」

「そうか。責任感の強いお前らしいが、お前の失態ではないんだ。そんなに気に病《や》んではいけないよ」

妹の身体に腕《うで》を回し、アレクセイは優《やさ》しくなぐさめる。

……そうですね、ちらっと見えたフォルリさんと奥さんの顔、どう見ても笑いをこらえてました。すいません、親友の孫がこんなんで本当にすいません。

「アウローラ、森の貴婦人。あの者の非礼を私からもお詫《わ》びする」

フォルリと妻アウローラに向き直り、アレクセイは声をあらためた。

貴婦人、という呼びかけに、ノヴァダイン伯爵《はくしゃく》夫人は目を見張る。

「森の魔獣《まじゅう》を掃討《そうとう》する際には、我が騎士《きし》団はあなたの一族にたびたび歓待《かんたい》していただき、助力さえもらっているものを。祖父セルゲイはいつも感謝し、貴女《あなた》を森の貴婦人と呼んでいた。貴女のことを話してくださるたび、懐《なつ》かしそうに微笑んでおられたものだ」

と、アウローラは、ほほほ、と品良く笑った。

「どんなお話をされていたことか」

少しかすれた、女性としては凛々《りり》しい声だ。一族を長として束ねる身だけに、威厳がある。

アレクセイは微笑を返した。

「たとえば、我が公爵家と貴女の一族の関《かか》わりについて。三百年前、五代目ヴァシーリー公が貴女の一族に、領内のどこなりと通行することを許可する認許《にんきょ》状を与《あた》えたことを話してくださった。ヴァシーリー公が大切にした発明家、ジョヴァンニ・ディ・サンティが、アストラ帝国《ていこく》の遺跡《いせき》を調査する時の案内を依頼《いらい》したためだが、今もその認許状は貴女の一族に伝わっていると。ディ・サンティが修復したおかげで、我々《われわれ》は帝国が築いたさまざまな施設《しせつ》を今も利用できているが、それは貴女の一族のおかげでもあるそうだ」

エカテリーナは目を見張る。

お兄様、マジですかそれ！　いやもちろんマジですよね。

そしてそれは、さっき縦ロール夫人がアウローラさんをディスってぬかした、蛮族とか無法者とかいう台詞《せりふ》を完膚《かんぷ》なきまでに粉砕《ふんさい》する意図で言ってますね。

前世イタリアのローマでは、ローマ帝国時代の下水道が二十一世紀になっても使用されていたけれど、この皇国でも当然のようにアストラ帝国の上下水道があちこちで現役稼働《げんえきかどう》中。ただし千年も前の設備であり、アストラ帝国滅亡《めつぼう》から数百年間続いた戦乱期に、そうした設備の建設技術はおろか修復技術すら失われてしまったため、破損して朽《く》ちてしまったものも多いそう。

その上下水道の構造を解き明かし、修復および建設技術を再確立したのが、かの発明家ディ・サンティ。まだ母国にいた若かりし頃にそれを成し遂《と》げ、その名声を聞きつけた五代目ヴァシーリーがユールノヴァ領へ招聘《しょうへい》した。

だから、ディ・サンティがユールノヴァ領でもアストラ帝国の遺跡を調査したというのは、ごく自然な流れで納得《なっとく》できる。

「そ、そのようなこと、聞いたこともございません！　かの賢君《けんくん》ヴァシーリー公が、このような者たちと関わりを持つ理由がありましょうか！」

ノヴァダイン伯爵夫人は叫《さけ》んだが、アレクセイの氷の一瞥《いちべつ》に凍《こお》りついた。

さらに、公爵兄妹《きょうだい》を取り巻く人々は、さりげなく彼女から距離《きょり》を取り始めている。物理的なドン引きだ。

「懐かしいことです。セルゲイ公は、ヴァシーリー公の認許状に添《そ》え書きを加えてくださいました」

アウローラのさりげない一言は、しっかり伯爵夫人にとどめを刺《さ》した。


いや、伯爵夫人の言い分も、実は解《わか》らなくもないのよ。

ヴァシーリー公、ディ・サンティを遺跡へ案内する役目を、なんで森の民《たみ》に依頼したんだろう。普通《ふつう》なら騎士団とか、役人の森林官あたりを付けそうなのに。

そりゃ森の民なら、あまり知られていない森に埋《う》もれた遺跡とかも知っていそうだけど。魔獣が多く生息するこの公爵領、そんな危険なところへ大事な発明家を行かせるべきではないはず。

そもそも、どんな接点があったんだろう。

でもお兄様がこうおっしゃる以上、森の民がヴァシーリー公直属の部下のような存在だったことは間違《まちが》いない。

なんか、かっこいいぞ！　忍者《にんじゃ》の里か影《かげ》の軍団か。きっと後世、派手派手に脚色《きゃくしょく》されてドラマ化映画化ゲームのネタにされるに違いない！

そしてノヴァダイン伯爵夫人の傍《かたわ》らに、どこからともなく現れた人影。

「お客様」

事務的な声音《こわね》で呼びかけたのは、家政婦のライーサだった。

「ご気分が優《すぐ》れないご様子。どうぞ、別室でお休みください。他《ほか》のお客様方もご心配なさいましょう」

他の皆《みな》さんの迷惑《めいわく》だからあっち行けやコラ、を素晴《すば》らしく分厚いオブラートに包むスキル。プロフェッショナルである。

「わ、わたくしは」

たじろいでいるのは、ライーサのことを知っているからだろう。非公式の存在ながら、先々代公爵セルゲイが愛した妹。すなわち、現公爵アレクセイの大叔母《おおおば》。公爵家に近い者は皆そう思っている。

「どうぞ」

ライーサの口調は静かだ。しかし用意周到《よういしゅうとう》な彼女の背後には、無言の圧力をかける三つの人影が控《ひか》えていた。うち二人は騎士の礼服、もう一人は通常の礼服ながら、大柄《おおがら》な体格は他の二人に劣《おと》らない。

ライーサの夫と、双子《ふたご》の息子《むすこ》たちだった。

かつては城の洗濯《せんたく》女だったライーサは、祖父セルゲイのはからいにより、代々騎士である名家の養女となり婿《むこ》を迎《むか》えた。彼は当然のように騎士であり、現在はユールノヴァ騎士団の副団長。騎士団長エフレム・ローゼンに次ぐ、騎士団のナンバー2だ。

双子の息子たちはそれぞれ騎士と文官に道を分けたが、どちらも武芸に優れ見事な体格の持ち主。それぞれの道で頭角を現している。

その三名による圧。重い。まさに重圧。

もはや言葉もなく、ノヴァダイン伯爵夫人は言われるままに、別室へと連れられていった。

ユールノヴァ城の大広間には、今も舞曲《ぶきょく》が流れていたが。

彼女を見送るエカテリーナの脳内には、ドナドナがフルコーラスで流れたのであった。


「エカテリーナ、疲《つか》れたのではないか？　少し休んだほうがいい」

「いいえ、お兄様。わたくし大丈夫《だいじょうぶ》ですわ」

実を言うと、ちょっと疲れておりますけども。

挨拶《あいさつ》した人、今日一日で一体何人になったんだろう。祝宴《しゅくえん》の総参加人数は、確か二千人を超《こ》えていたはず……。あっ考えると気が遠くなるからやめよう。

いやさすがに全員とは会話できないけど。いまだに挨拶が途切《とぎ》れないね。

でもお兄様から離《はな》れると、もっと疲れることになると、もう学習しましたので。

お兄様はずっと気遣《きづか》ってくれて、公爵領の最重要メンバーからの挨拶を受け終わったらすぐ、座って休んでおいでと強く勧《すす》めてくれたんだけど。

お兄様と離れると、とたんに囲まれるんだ！　男性陣《じん》に！

通れないから、こちらから声をかけざるを得なくてかけると、ダンスを申し込まれる。四方八方から。

そりゃそうだって感じですよ、主催者《しゅさいしゃ》家族っつーか主君の妹だもんね。表敬訪問は必須《ひっす》だよね。公妹を壁《かべ》の花にしちゃいけない、っていう不文律とかあるんだろうな。

不慣れなんで、断るのに必死ですよ。いっそ申し出を受けて踊《おど》ってもいいのかもしれないけど、付け焼き刃《ば》がバレそうだし。あと、相手をどう選ぶべきか……序列に従うべきなんだろうけど、わーっと寄って来られると、その中で誰《だれ》が一番地位が高いのか判断が難しくて。

とにかく笑ってごまかしていたら、すぐにお兄様が救出に来てくれました。ありがとうございます。さすがシスコン。

周囲が見えないほど男性陣に囲まれていたのに、お兄様が戻《もど》ってきたら、スパーンと中央が割れたね。背後にお兄様が立ったら、男性陣全員、気配だけで左右に逃《に》げましたよ。お兄様から、陽炎《かげろう》のように何かがたちのぼっていたもんな。

でも、私と目が合ったら優しく笑って、包囲網《ほういもう》から連れ出してくれて。

やっぱり私のお兄様は、世界で一番素敵です。

そしてお兄様が凄《すご》いのは、祝宴に集《つど》った人々をほぼほぼ把握《はあく》していること。

挨拶に来た人に、必ずお兄様のほうから何か尋《たず》ねたりするんだよね。領地のこととか、商売のこととか、家族や先祖のこととか。私と違って幼少の頃からの付き合いだし、この日のためにあらためて予習もしてきただろうけど、二千人だからね。きっちり頭に入れているって凄いよ。

だから男性陣もびびるわけだけど。どこの誰だか、がっつり把握されているんだから。

でもそんなお兄様にも、やっぱり死角はあるもんですね。私はそれを把握しましたよ。

「お兄様こそ、お疲れではありませんこと？　当主のおつとめは大切ですけれど、少しはお気持ちを休めてくださいまし。どなたかご令嬢《れいじょう》と踊っていらしてはいかがでしょう」

可能な限り婉曲《えんきょく》に言ってみましたが。

お兄様……鈍《にぶ》いです！　自分への好意に！

魔《ま》法《ほう》学園でも実は人気あるんじゃ？　と思ったことがありますが、公爵《こうしゃく》領ではそれはもう、どう見ても憧《あこが》れの的ですよ。令嬢たち、必死でお兄様を見つめて踊ってほしそうにして、反応がもらえなくて半泣きになっちゃう事案が続出してたんですけど。

私はブラコンですが、『嫁《よめ》いびりダメ絶対！』が座右の銘《めい》ですので、お兄様の恋愛《れんあい》を邪魔《じゃま》なんてしないと心に誓《ちか》っております！　ですから私に遠慮《えんりょ》せず、令嬢たちをもう少し、構ってあげてもいいのでは。可哀想《かわいそう》ですよ。

今だって、ちょっと周りを見回すと、あわてて令嬢たちが目をそらしていくし。みんなお兄様を見ているんですよ。お兄様が笑《え》顔《がお》で私に話しかけるたびに、きゃーとか押し殺した悲鳴みたいな声が聞こえる気がするし。

あれ？　これって魔法学園で、試験の順位を見ていた時の雰囲気《ふんいき》に似ているような。

　アレクセイは、ふ、と笑った。

「私は疲れてなどいない。それどころか、これほど宴《うたげ》を楽しめるのは初めてだよ」

　エカテリーナの手を取って、自分の手よりはるかに小さいたおやかな手を、そっと両手で包み込む。

「皆がお前の美しさに見惚《みと》れ、感嘆《かんたん》している。それほど美しいお前が、私の傍らにいて、私を優《やさ》しく気遣ってくれる……これがどれほど心地好《ここちよ》く、幸せなことか。愛《いと》しい私のエカテリーナ。何処《どこ》にいようと、何をしていようと、お前が側《そば》にいてくれるならそのひとときは、私にとってただ喜びだよ」

「まあ、お兄様ったら」

　はいわかりましたシスコンとブラコンで仲良く一緒《いっしょ》にいましょう！

　すいませんきゃーきゃー言ってる令嬢の皆さん。お兄様によそのご令嬢と踊ってもらう気が、きれいさっぱりなくなりました。ブラコンな妹ですいません。

　……こうしていられるのも、きっと今のうちですもんね。

　そもそもお兄様は、結婚《けっこん》相手を領地で探すべきじゃない。魔法学園で探さなくてはいけないはず。だから踊っても、相手をぬか喜びさせるだけになってしまうんだった。

　お兄様は、そのことをちゃんと解っているんだろう。

「あと少しで、花火が打ち上げられる。祝宴の余興だが、宴が中盤《ちゅうばん》を過ぎた合図でもある。花火が終われば、帰る客も出始めるはずだ。そうなったら、お前はいつでも退出していい」

「はい、お兄様。ご配慮ありがとう存じますわ」

これだけの規模の催《もよお》しでは、招待客は時間通りに一斉《いっせい》に来て時間通りに一斉に帰る、わけではない。一斉に来られたり帰られたりした場合、馬車渋滞《じゅうたい》が大変なことになるだろう。ゆえに暗黙《あんもく》の了解《りょうかい》で、人によって早めに来たり遅《おそ》めに来たり、帰る時間もずらしたりする。

宴の中盤あたりで、参加人数がＭＡＸに達する。

そこで花火が打ち上がり、皆で楽しんで、終わったのを合図に、早番――ではなく早めに来た人々や、高齢《こうれい》であったりして早々に引き上げたい者から帰っていく。そんな段取りになっている。段取りというほどのものでもなく、必然的にそうなるだけなのだろうが。

この時間になっても、まだ挨拶の順番待ちをしている人々はいて、兄妹《きょうだい》の会話は挨拶を受ける合間をぬって交《か》わしている。とはいえ、主要人物との顔合わせはもう済んでいた。

「ですけれど、お許しをいただけるなら、わたくしいましばらくお兄様とご一緒しとうございます。わたくしも、お兄様とご一緒できるだけで、楽しく嬉《うれ》しいのですもの」

「嬉しい言葉だ。だが、無理をしてはいけないよ」

優しく言ったアレクセイだが、次に挨拶のために進み出た人物を見ると、ネオンブルーの瞳《ひとみ》に冷ややかな光が宿った。

「閣下、遅参《ちさん》いたしまして申し訳ございません」

「ノヴァダインか」

娘《むすめ》キーラをエスコートして現れたノヴァダインは、アレクセイの冷たい声を意に介《かい》さぬ様子で一礼する。

父娘《おやこ》そろって、今日も豪華《ごうか》な服装だ。特にキーラは、これでもかと宝石を身に飾《かざ》って、いささか装飾過剰《そうしょくかじょう》ですらある。エカテリーナの胸にきらめく豪奢《ごうしゃ》な家宝のネックレスを、一瞬《いっしゅん》ながらぎらりとした目で見たようだった。

「さきほどは愚妻《ぐさい》がご無礼をいたしましたようで、遺憾《いかん》に存じます」

もう一度頭を下げたノヴァダインは、しかしすぐにこやかに顔を上げた。

「ですが実は、話を聞いて安堵《あんど》いたしました。先達の遺訓には従うべきと、閣下もお考えなのだとわかりましたので」

思わずエカテリーナは眉《まゆ》をひそめる。こいつ、何を言おうとしている？

エカテリーナの疑問に答えるかのように、ノヴァダインは上着の内ポケットに手を入れた。

「皆様《みなさま》、ご覧ください！」

高らかに言いながら掲《かか》げて見せたのは、一通の封書《ふうしょ》だ。高級そうな紙が使われた、見るからに重要そうな。

「私はこの佳《よ》き日、ここに集った皆様に、素晴《すば》らしいお知らせをいたします。ユールノヴァ公爵アレクセイ閣下と、我が娘キーラの、婚約です！」

突然《とつぜん》の宣言に、大広間は大きくどよめいた。それに負けないよう、ノヴァダインは声を張る。

「前公爵アレクサンドル公は、キーラをたいへん可愛《かわい》がってくださっており、ご生前にご子息との婚約を整えておられたのです。これは、キーラを閣下の婚約者と定めた書面です。アレクサンドル公のご署名と印章に加え、アレクサンドラ様のご署名に印章もございます。皇女たるアレクサンドラ様も祝福された、素晴らしい縁組《えんぐ》みなのです！　皆様も、どうか祝福を！」

なおも広がってゆくどよめきの中、キーラは輝《かがや》くばかりの笑顔で、いそいそとアレクセイに歩み寄った。

だが、アレクセイはキーラに目もくれず、そっと妹の肩《かた》を抱《だ》いた。

無意識に、エカテリーナは兄の袖《そで》を握《にぎ》りしめている。

これだったか！　ノヴァダインの余裕《よゆう》の根源！

キーラ嬢を公爵夫人にしようとしているのかも、と思ったことはあった。それにしては態度がおかしい、とも思っていた。

これがその理由。お兄様に媚《こ》びなくても、親父《おやじ》とババアから、キーラ嬢を公爵夫人にする切り札をすでに手に入れていたんだ。だから、あれほど我が物顔で、ユールノヴァ城でお兄様を出《で》迎《むか》えた。

そ、それにしても、これって。

まるで、ゲームの断罪シーンみたい。

まさか、まさかまさか、シナリオ通りにゲームが進まない影響《えいきょう》？　破滅《はめつ》フラグが、こんなところで襲《おそ》いかかってきた？

「エカテリーナ、大丈夫《だいじょうぶ》か」

「は、はい、お兄様」

心配そうに見つめられて、エカテリーナは我《われ》に返る。いけない、しっかりしなくちゃ。

けれど、手の震《ふる》えが止まらない。ずっと恐《おそ》れていた破滅フラグが姿を現したのかもしれないと思っただけで、こんなに恐ろしく感じてしまうなんて。

「アレクセイ様！」

焦《じ》れたようにキーラが声を上げた。

妹に向けるものとはまるで違《ちが》う視線を、アレクセイが向ける。その冷たさに気付きもしないのか、目が合ったことが心底幸福な様子で、キーラは顔を輝かせた。

「アレクセイ様」

母親譲《ゆず》りなのか、やはり見事な跪礼《きれい》をとる。そしてキーラは、笑顔でアレクセイに手を差し出した。

「わたくし、ようやく隣《となり》に立てる身になれて嬉しゅうございます！　もう、お一人にはいたしません。わたくしがずっとお側におりますわ！　父も、母も、アレクセイ様の支えになりたいと申しております。義理とはいえ、父母になるのですもの。もうそのように、厳しいお顔で領地のことに悩《なや》む必要はございません。父がすべて、うまく取り仕切りますわ。アレクセイ様はお父君アレクサンドル公のように、日々を楽しんで生きることがお出来になるのです。わたくしはずっと夢見てまいりましたの、あなた様を自由にしてさしあげるこの日を！」

……兄の腕《うで》の中で、エカテリーナはついつい眉が寄るのを止められないでいる。

えっと、縦ロールちゃん。

君は、本気でそう思ってきたんだね？　君がお兄様と結婚して、ノヴァダインのおっさんがユールノヴァを乗っ取ったら、お兄様が幸せになれるって。

わー、すげえ。

でも……考えてみれば、当然なのかも。この子はまだ子供なんだから。子供の考えなら、責任も義務も知らん顔で華《はな》やかに遊んで暮らしていた親父はさぞ、幸せな人に思えていたのだろう。

幼い頃《ころ》から責務を負ってきたお兄様が、幸せだったとは言わない。けれどお兄様の責務の向こうには、数多くの領民たちの暮らしがあり、数多くの人生を幸福にも不幸にもしてしまう。お兄様はそのことを理解している。なのにそれを放棄《ほうき》して、幸せになれるものか。

縦ロールちゃん、君はそれを理解できるはずもない。責務について説明したって、鼻で笑うんじゃないか。前世では十五歳なんて、たいていそんなもんだった気がする。

あ、でもこの子、前世の十五歳より駄目《だめ》だった。貴族の身分を笠《かさ》に着て、平民を見下す子だったわ。

ローカル悪役令嬢《れいじょう》ちゃん。悪役令嬢がこういう派手なことをすると、ロクな目に遭《あ》わないんだよ。

だって——お兄様、とっても冷静だからね。

アレクセイは、妹の髪《かみ》を撫《な》でて、安心させるように微笑《ほほえ》んだ。

「エカテリーナ、少し待っていてくれるか」

「はい、お兄様」

エカテリーナが袖を離《はな》すと、アレクセイは顔を上げてノヴァダインを見据《みす》えた。射抜《いぬ》くように鋭《するど》い、ネオンブルーの視線。

キーラが差し出す手も、キーラ自身も、完全に黙殺してその傍《かたわ》らを通り過ぎ、アレクセイはノヴァダインを真正面から見下した。

「書状を」

「はっ……」

たじろいだノヴァダインが、思わず、といった様子で差し出した封書を受け取ると、アレクセイは中身をさっとあらためた。

冷淡《れいたん》な表情でひとつうなずく。

そして、大広間を見渡《みわた》して呼ばわった。

「ダニール。ダニール・リーガルはいるか」

わずかに間があって、応《こた》えが返る。

「はい閣下。ダニール・リーガル、御前《ごぜん》に」

大広間の人々が、さっと道をあける。花道のようなそこから現れたのは、ユールノヴァ公爵《こうしゃく》家の法律顧問《こもん》だ。銀縁《ぎんぶち》の眼鏡が印象的な、いかにも理知的な容貌《ようぼう》の青年。髪色はグレーと地味だが、眼鏡の奥の瞳は鮮《あざ》やかな翡翠《ひすい》色をしている。三十歳そこそこという、法律家としては若すぎる年齢《ねんれい》ながら、翡翠色の目には鋭い光があるようだった。

そして口元には、この異様な状況《じょうきょう》を楽しむかのような、ふてぶてしい笑《え》みがある。

「内容を確認《かくにん》し、彼らに説明しろ」

「はい、閣下」

アレクセイから受け取った書状の内容を、ダニールは素早くあらためた。

そして、にっこり笑うと、朗々と響《ひび》く声で言った。

「皇国の法律上、この書状では、閣下のご婚約《こんやく》は成立いたしません。法的観点では、この書状には、特段の意味はございません」

大広間の人々は、またもどよめいた。

「し、失礼な！」

ノヴァダインが顔を真っ赤にする。

「意味がない？　馬鹿《ばか》を言うな！　前公爵、アレクサンドル公の直筆だぞ。公の印もある！」

「はい、そうですね」

ダニールは眼鏡を押し上げて、にんまりと笑った。

「おっしゃる通り、筆跡《ひっせき》はアレクサンドル公のものと見受けられます。しかし、ここに押されている印章は、アレクサンドル公個人の私印です。ユールノヴァ公爵家の印章ではない。アレクサンドラ様の印章も同じく。有力貴族の婚姻《こんいん》は、家と家との契約《けいやく》です。ですから、婚約や婚姻に関する書状には、両家の印と両家当主の署名が必要であると、皇国の婚姻法に定められております。前公爵とその母君の署名では、必要事項《じこう》を満たしていないのです」

書状をノヴァダインのほうへ掲げて、筆跡、印章と、その箇所《かしょ》をいちいち指差しながら弁護士は説明する。衆人環視《しゅうじんかんし》の中だから、大広間の人々はその一言一言に、おお、とか、へええ、などと感心する。

　さすがに法廷《ほうてい》論争に慣れた弁護士。歯切れ良くたたみかける口調には、大いに説得力があった。

「だ、黙《だま》れ！　法がどうあれ、アレクサンドル公はこの書状に、キーラを息子《むすこ》アレクセイの婚約者と定めると書いておられる。父君のご遺志を軽《かろ》んじるなど許されると思うのか！」

　ノヴァダインの言葉で、大広間を困惑《こんわく》したようなざわめきが満たす。

　ダニールは真摯《しんし》な表情でうなずいた。

「許されます。この書状でアレクセイ閣下の婚約が成立したとすることは、皇帝《こうてい》陛下への不敬にあたるからです」

　どよっ、と人々がどよめく。

「なぜなら、三大公爵家の当主および継承《けいしょう》者の婚約、婚姻には、皇帝陛下のご裁可をいただく必要があるのです。これも、建国の頃から法で定められております。アレクサンドル公の一存で、アレクセイ閣下の婚約が整ったとしてしまえば、皇帝陛下の権威《けんい》をないがしろにしていると見なされます。過去には実際に、皇帝陛下のご承認を得ることなく婚約を結ぼうとした公爵家が、厳しいお叱《しか》りを受け謹慎《きんしん》処分を受けたことさえあるのです。二百年ほども前のことですので、ご存知なくとも無理はありませんが——おや、ご存知の方も大勢いらっしゃるようですね。それゆえ、ここにあるのが陛下の御名御璽《ぎょめいぎょじ》でなければ、アレクセイ閣下のご婚約が整っているとは言えません。言うわけにはいかないのです」

ノヴァダインはうろたえた様子で声を荒《あら》らげた。

「ア……アレクサンドラ様は皇女であられる。そのアレクサンドラ様の印章があるのだ、皇帝陛下は当然ご裁可くださる！」

「いえ、公爵家へ降嫁《こうか》なされた以上、アレクサンドラ様のご身分は公爵夫人。皇室の一員ではなく臣下であると、皇国の法により定められています」

「だ、黙れ！　法がどうあろうと、アレクサンドル公とアレクサンドラ様がキーラを公爵夫人に望まれたのは事実！　ヴァシーリー公の認許状を尊重されるなら、父君であるアレクサンドル公のご遺志は、さらに重んじられるべきだろう！」

「本当にそうお望みだったのでしょうか」

ダニールの口調は静かで……それゆえに、不穏《ふおん》だった。

「な、なんだと？　何を言っている」

「アレクサンドル公、そしてアレクサンドラ様は、当然ながらご存知でした。本当にアレクセイ閣下とキーラ嬢を婚約させるなら、どのような形式をとる必要があるかを。皇帝陛下のご裁可が必要であることを。で、ありながら、ご用意なさったのはこの書状であったわけです」

びしっと書状を突《つ》きつけられ、ノヴァダインは言葉につまった。

「不充分《ふじゅうぶん》であることを承知の上で、アレクサンドル公はこの書状を作成され、アレクサンドラ様は署名押印《おういん》をされたのでしょう。それはつまり、お二人とも、本当はそれを望んでいなかったということです。実を言うと、アレクサンドル公は、たびたびこうしたことをなさる方だったのですよ。人から何かを頼《たの》まれてそれが困難なことだった場合、こうした書状を渡して、君の願いを叶《かな》えてあげたよと微笑む。僕は人をがっかりさせたくないだけなんだよと、おっしゃっていたそうです。——おや、そういえばノヴァダイン伯《はく》、貴殿《きでん》はアレクサンドル公のご友人だったはずですね。公が……そういう優《やさ》しさをお持ちの方だったことは、ご存知のはずでは？」

「い……一緒《いっしょ》にするな、私は特別だ！　あの方の、親友だ！」

そう言いつのりながらも、ノヴァダインの額には汗《あせ》が浮《う》かんでいた。

この男は、よく知っていたのだろう。アレクサンドルの『優しさ』を。その優しさにぬか喜びさせられた人々を、嘲笑《ちょうしょう》したことさえあったのだろう。自分だけは違《ちが》う、という優越《ゆうえつ》感にひたって。それを持ち出されては、この書状の有効性がさらに否定されてしまう。

「アレクサンドル公は、非常に魅力《みりょく》のある方だったようですね。多くの方に、この方にとって自分は特別なのだと思わせるような」

感心した風に、ダニールはうなずく。その言葉は言外に、本当に特別だったわけではないと言っているのだった。

おそらく、自分は特別だと思っていた人々の誰《だれ》一人として、アレクサンドル・ユールノヴァにとって特別ではなかった。誰一人として。

「申し上げるのは恐縮《きょうしゅく》ですが、いかにお気に入りであろうとも、アレクサンドラ様は本当にキーラ嬢《じょう》の輿入《こしい》れをお望みになったでしょうか？　貴家の爵位は伯爵でいらっしゃる」

弁護士の言葉に、大広間はしんと静まった。

「ぶ、無礼な！　何が弁護士だ、若造が！　お前ごときに何がわかる、この書状をおとしめようとしてもそうはいかんぞ。これは確かに、お二方がキーラを公爵夫人にすることを望んでご用意なさったものだ！」

ノヴァダインは吼《ほ》えたが、人々はしらじらと冷めた表情だ。さきほどの婚約宣言を真に受けてしまった者が、自分自身に呆《あき》れるほどに、弁護士の言葉には説得力があったのだ。

今も覚えている者がいる。アレクサンドルの妻、アナスタシアは由緒《ゆいしょ》ある侯爵《こうしゃく》家の令嬢であったが、夫と過ごした短い日々、アレクサンドラから卑賤《ひせん》な娘《むすめ》とまで罵倒《ばとう》されていたものだった。

「皆様《みなさま》！　このような言葉に耳を傾《かたむ》けるなどどうかしておりましょう！」

その空気を変えようと、ノヴァダインはさらに声を大にした。

「アレクサンドル公は細かいことなど気にしなかった、アレクサンドラ様は正式な手続きなど下々が手配することと考えておられた。お二方はただ意思を示せば、周囲がしかるべく整えると考えておられたのです。ご存知のはずだ！　そして弁護士と名乗るそこの若造！　弁護士の資格を得て何年になるか知らないが、ほんのひよっこでしかない。やんごとない方々のことなど何も知らないくせに、えらそうな口を叩《たた》きおって、ただで済むと思うな！　熟練の弁護士と法廷で戦うことになれば、お前など叩き潰《つぶ》されるだけだ！」

「――ほう」

　ダニールの声は大きくはなかったが、よく通った。

　再び眼鏡を押し上げて、にんまりと笑う。その顔は、理知的でありながら、ひどく――好戦的だった。

「法廷で戦う機会をくださいますか。実に楽しみです。熟練の弁護士にお伝えください。十八歳で弁護士の資格を得た若造が、全力で迎《むか》え討《う》ちますと」

　知識のある者たちは目を剥《む》く。皇国では弁護士の資格は、大学で法学を修めたのち、試験に合格した者に与《あた》えられる。ただし、大学を卒業しなくとも、それと同等の知識を有すると認められれば、弁護士試験を受けることができる。きわめて狭《せま》き門だが。

十八歳で弁護士資格を得たなら、ダニールはその狭き門を、最年少で突破《とっぱ》したということだ。

　そしてさらに、弁護士の資格試験そのものが、最難関として知られる。十八歳で合格など、通常は考えられない。

「ああそれから、やんごとない方々でしたら、父の縁《えん》でいささか存じております。父の名はマクシム・リーガル、皇室の法律顧問《こもん》を拝命しておりましたので。現在は皇室からは離《はな》れまして、大法院の長官を務めておりますが」

　大広間は今度こそどよめいた。

大法院は皇国の司法をつかさどる。その長官であれば、皇国の法曹《ほうそう》界における最高権威だ。

「父はアレクセイ閣下の祖父君、セルゲイ公とも懇意《こんい》にさせていただいておりました。ご自分の言動が多くの者に影響《えいきょう》を与えることをしかと心得た、立派な貴人であられました。さて、はばかりながらこのダニール・リーガル、赤子の頃《ころ》から絵本の代わりに法律書を読み聞かせられ、父親との会話は法廷論争まがいという毎日で育った身です。弁護士経験はほんの十二年ですが、それで判断はなさいませんよう。若造を公爵家の法律顧問に取り立ててくださった、アレクセイ閣下のご信頼《しんらい》にお応《こた》えするため、全力を尽《つ》くさせていただきます」

胸に手を当てて、ダニールは慇懃《いんぎん》に一礼した。

法曹界の最高権威直々に、赤子の頃から法律知識と法廷論争の技術を叩き込まれてきたとしたら、十八歳での弁護士資格取得もうなずける。この弁護士は、若造などと侮《あなど》ってよい相手では決してない。そして十二年のキャリアは、短くはない。

「ぐ――くっ……う」

ノヴァダインの目が泳ぐ。

助けを求めるように見回した大広間には、彼と目を合わせる者はいなかった。彼の取り巻きたちでさえ。こそこそと人波にまぎれて、逃《に》げる者さえいた。

想定外だったに違いない。アレクセイがこれほど冷静に、冷淡《れいたん》に対処するとは。

常識的には、法律の要件を満たしていなくとも、父親の遺志は尊重するものだ。さらには、祖母にして皇女たるアレクサンドラの署名まである。尊重しなければ、不孝、不忠のそしりを受けるはず。アレクセイがキーラとの婚約《こんやく》を望んでいなくとも、この場は穏便《おんびん》に納めるのが普《ふ》通《つう》だ。

そうなればノヴァダインは、アレクセイも婚約を了承《りょうしょう》した、と言い立てるつもりだったのだろう。

それなのに弁護士は『アレクサンドル、アレクサンドラは実はこの婚約を望んでいなかった』という結論に持ち込んでしまった。大広間の人々は、その結論に納得《なっとく》している。そして弁護士は超《ちょう》エリート、父親が法曹界の最高権威《けんい》という威光を、芝居《しばい》がかった台詞《せりふ》でさらしてみせた。

この空気をくつがえす手札は、もはやノヴァダインにはない。取り巻きたちも、それが解《わか》っている。

自分には切り札があるとうそぶいて、アレクセイに対しても強気に尊大にふるまい、求心力を保ってきた。そのメッキが、今、完全に剝《は》がれたのだ。

がくり、とノヴァダインは膝《ひざ》をついた。

「嘘《うそ》よ！」

高い声が響《ひび》き渡った。

叫《さけ》んだのはキーラだ。怒《いか》りに燃える目で弁護士を睨《にら》み、さらにまくしたてる。

「アレクサンドル様は、おじさまは、わたくしを本当に大切にしてくださったわ。いつも、キーラは可愛《かわい》い子だって、自分の娘だと思っているって、優しいお声で言ってくださったもの。

わたくしを一番に可愛がってくださったのよ！　だからおじさまは、わたくしが公爵夫人になることを望んでいらしたわ！　本当の娘になってほしいと、おっしゃったもの！」

「黙《だま》れ」

　びしりと鞭打《むちう》つように響いた声に、キーラはびくっと震《ふる》えた。

　アレクセイは足早に妹に歩み寄り、両手でそっとその耳をふさぐ。

「エカテリーナ、こんな言葉は聞かなくていい」

「お兄様……お気遣《きづか》いにはおよびませんわ」

　エカテリーナは兄を見上げて微笑《ほほえ》んだ。

　実の娘が幽閉《ゆうへい》されているっていうのに、よその子にこんな調子いいこと言ってたんかい、と呆れているだけですから。会ったこともない親父《おやじ》が何を言っていようと、気になんかしませんよ。

　ちょっと胸がうずく気がするのは、令嬢エカテリーナが、お母様をおいたわしいと思っているから。それだけですから、心配はいらないんです。

「いい子だ。さあ、もうバルコニーに行こう。花火が始まる頃だ。――ダニール、我が法律顧問。大儀《たいぎ》だった」

「恐《おそ》れ入ります、閣下」

　いたって爽《さわ》やかな笑顔《えがお》で、弁護士は一礼する。

「アレクセイ様！」

叫んで、キーラはアレクセイに駆《か》け寄った。

「お願いです、わたくしを妻にするとおっしゃってくださいませ！　ずっとずっと、お慕《した》いしておりました。わたくしにとってただ一人のお方、あなた様と生きることしか考えたことはございません。どうかわたくしの一途《いちず》な気持ちを、受け取ってくださいませ！」

アレクセイはキーラに向き直る。妹を背にかばうようにして。

冷ややかに言う。

「君には資格がない。魔法《まほう》学園への入学もできない者が、公爵夫人になることはあり得ない」

ぎくり、とキーラの動きが止まる。

キーラはエカテリーナと同い年だが、魔法学園で顔を合わせたことはない。つまりキーラは、学園に入学していない。

魔法学園は、規定を満たす魔力を持つ皇国の民《たみ》すべてが入学する。すなわちキーラは測定で、魔力が規定に達していないと判定されたのだ。

大広間のあちこちから、驚《おどろ》きや疑問の声が上がる。ノヴァダイン家は、キーラが魔法学園に入学したかのようによそおっていたのだろう。

キーラは必死の形相で叫ぶ。

「違《ちが》うのです、あれは陰謀《いんぼう》です！　わたくしがおじさまのお気に入りであったことを妬《ねた》んだ者が、測定結果を改竄《かいざん》したのですわ！　わたくしには魔力があります、充分《じゅうぶん》に！　おじさまはそれを理解してくださいました、だから、わたくしを閣下の婚約者にしてくださったのです！」

「その結果が、あの書状だ」

アレクセイが静かに言うと、キーラは顔面蒼白《そうはく》になった。

アレクサンドルは彼女に規定を満たす魔力があると信じてくれた。それは彼女にとって、大きなよりどころだったに違いない。

幼い頃から、将来アレクセイと結婚して公爵《こうしやく》夫人になることを夢見てきたとしたら、魔力が足りないと判定されたことは、大きな衝撃《しようげき》だったはずだ。

しかし彼女は、そして彼女の父親は、それで素直《すなお》に絶望する人間ではなかった。アレクサンドルに懇願してあの書状を手に入れた時は、狂喜乱舞《きようきらんぶ》したことだろう。

それが実は、幻《まぼろし》だった。

ふらりとキーラがよろめいたのも無理はない。与えられたはずのすべてが、摑《つか》もうとしたその場で、かき消えてしまったのだから。

「……いや、これが理由ではない」

アレクセイは首を振《ふ》った。それはキーラへの配慮《はいりよ》ではなく、魔力を持たない側近、ノヴァクを考えてのことに違いなかった。魔力の有無《うむ》で人の未来を閉《と》ざす判断を、領主として臣下の前で下すべきではないと。

かつての彼なら、こうした思いやりを見せることはなかったかもしれない。

「私は君を望まない。私はユールノヴァ公爵であり、君は公爵家に良きものをもたらす存在ではないと、判断するからだ。祝宴《しゆくえん》に招待した客人たちの前で、このような騒《さわ》ぎを起こすような女性が公爵夫人にふさわしいとは、私は考えない」

明確で説得力のあるアレクセイの言葉に、うなずく者は多かった。家と家の契約《けいやく》である婚約を、一方的にこんな場で公表するなど、正気の沙汰《さた》ではない。

ましてやユールノヴァ公爵家は領主、この公爵領の王であり、ノヴァダインはその臣下だ。その立場もかえりみず、当代公爵の合意なく自分の娘《むすめ》との婚約を勝手に決めるなど、クーデターにも等しい。

ノヴァダインも解っていたのだろう、アレクセイがキーラとの婚約を望まないことを。まともなやり方で婚約を進めようとしても、他者のいない場で話をすれば、アレクサンドルの書状すら握《にぎ》りつぶしてしまいかねない。そう思ったのだろう。

そして、このままアレクセイの時代となり領地の掌握《しょうあく》が進めば、ノヴァダイン伯爵《はくしゃく》家に浮《う》かぶ瀬《せ》はない。いや——それでは済まない事態になるであろうことを、解っていた。

だからこの祝宴で書状を公表し、外堀《そとぼり》を埋《う》めて婚約に持ち込むという賭《か》けに出た。そうすれば、ノヴァダインの没落《ぼつらく》はユールノヴァにとっても醜聞《しゅうぶん》になるため、救済される。そう目論《もくろ》んで。

そして、賭けに敗れた。

「そのような……意地悪をおっしゃらないで」

キーラは貼《は》り付けたような笑顔のまま、震えている。

無理もないだろう。アレクセイに拒絶《きょぜつ》されれば、このあと彼女にまともな結婚ができる可能性はほぼない。公爵領の主立った者すべてが集《つど》った場で、大恥《おおはじ》をかいた娘として、嘲笑《ちょうしょう》されて生きることになるのだ。

　彼女にとっては、この祝宴は一世一代の晴れ舞台となるはずだったのだろう。これでもかと身に飾《かざ》った、宝石たちがあまりに虚《むな》しい。

「祝宴ですのよ。アレクセイ様がわたくしとの婚約《こんやく》を受け入れてくだされば、皆様《みなさま》にとっても、これほど喜ばしいお知らせはないのですわ。わたくしがどんなにお慕いしているか、どうかおわかりになって。本当に、ずっと昔から、ずっと……」

　だがアレクセイは耳も貸さず、エカテリーナの手を取って、バルコニーへ向かいかけている。

「いやーっ！」

　叫んだキーラは、バルコニーまで追いすがってきた。

「行かないでくださいませ、わたくしを、どうか……お慕いしております！」

　バルコニーには他《ほか》に人影《ひとかげ》はない。他のバルコニーは、花火を前に人であふれんばかりだが、ここは、伝統的にユールノヴァ家の者しか来ない場所だ。

　アレクセイはふっと嘆息《たんそく》し、キーラを振り返った。

「君は、私の目の色が嫌《きら》いだったはずだ」

「いいえ、昔から素敵だと思っておりました！　嫌いとおっしゃったのは、アレクサンドラ様です」

「君はそれを、いちいち伝えに来た」

アレクセイの口調には怒りはない。ただうんざりしたような、乾《かわ》いた声音《こわね》。

「お、お話ししたかったのです！　思い出してくださいませ、アレクセイ様はいつもお一人で、話しかけて差し上げるのはわたくしだけでしたわ……。お話しして、少しでも表情を変えてくださるのが、わたくしには嬉《うれ》しかったのです。お慕いしていればこそです！　わたくしはアレクサンドラ様のお気に入りでした。アレクセイ様さえわたくしを受け入れてくだされば、どのようにふるまえばアレクサンドラ様のお気に召《め》すかを、教えて差し上げるつもりだったのです。賢《かしこ》いやり方を」

と、エカテリーナが手を伸《の》ばし、アレクセイの耳をふさいだ。

にっこりと微笑む。

「お兄様。虫の羽音など、お耳に入れることはございませんわ」

表情を変えるのが嬉しかったって、嫌《いや》な顔をさせて喜んでたんかい。

ババアの気に入る媚《こ》び方を賢いやり方って、何を言ってるんだ。

一番すごいのは、この期《ご》に及《およ》んで堂々とそれを言い放てるほど、自分がしたことに反省も疑問もないところだよ。

縦ロールちゃん。要するに君は、好きな子の気を引くつもりで嫌がらせするタイプだったわけだな。

好きだから虐《いじ》めるって、男の子に多いイメージだけど、女の子でもやる子はやるよね。そして、男の子だろうが女の子だろうが、嫌がらせすれば嫌われるだけだよ。当たり前じゃ。

私はマジで理解できないよ。好きな人には、優《やさ》しくしたい。幸せになってほしい。ひたすらに。それが好きってことではないの？　どうして、そうではない人がいるんだろう。

人の数だけ、愛の形はあるのかもしれないけど。

お兄様は、ひたすら愛してくれる人だから。同じようにお兄様をひたすら愛する人に、巡《めぐ》り合ってほしい。

アレクセイは微笑《ほほえ》んだ。

「気にすることはないんだよ、羽虫など最初から気にしていない。だからこの手を離《はな》してくれ、お前の声まで聞こえ辛《づら》くなってしまうから」

そして耳をふさいでいた妹の手をそっとずらし、頬《ほお》にあてる。ネオンブルーの瞳《ひとみ》が、甘く和《なご》んだ。

「お前の声は、天上界の花園《はなぞの》に棲《す》むという妙音鳥《みょうおんちょう》のようだ。その声は神々の蜜酒《みつしゅ》のように甘く、魂《たましい》を酔《よ》わせるという。しかもお前が語る言葉は、いつも優しい。お前の声は私にとって、最も喜ばしい音楽だよ」

「まあ、お兄様ったら」

聴覚《ちょうかく》にも装備。シスコンフィルターに死角なしですね！

「ひどい！」

キーラは憎《にく》しみがたぎるような目で、エカテリーナを睨《にら》んでいる。

「どうしてわたくしではないの。そこは、わたくしが、いるべき場所！　わたくしが受け取るべき言葉よ！」

彼女の夢の中では、アレクセイはキーラに感謝し、彼女の傍《かたわ》らで優しい言葉を囁《ささや》くはずだったのだろう。

そしてキーラは公爵夫人となり、最高の名誉《めいよ》に包まれて、絢爛豪華《けんらんごうか》な暮らしを楽しむはずだった。

「あなたのせい！　わたくしの場所を、盗《ぬす》んだ！」

狂気《きょうき》じみた叫《さけ》びを上げて、キーラはエカテリーナに襲《おそ》いかかった。

エカテリーナは全く反応できない。ただ、目の吊《つ》り上がったキーラの顔が、般若面《はんにゃめん》にそっくりだと、その思いが頭をかすめただけ。

が。

突然《とつぜん》キーラが宙に飛び、くるりと空中で前転して、バルコニーの床《ゆか》にびたんと叩《たた》きつけられた。


（は？）

なぜ突然、軽業師《かるわざし》に。いちおう伯爵令嬢《れいじょう》なのに、びたん。

はてなマークが脳内を駆《か》け巡ったのち、ようやくエカテリーナはキーラの両側に、メイドのミナと従僕のイヴァンが立っていることに気付いた。

全く視覚でとらえられなかったが、二人のどちらかがキーラの腕《うで》を掴み、足払《あしばら》いをくわせて投げ飛ばした――のであろう。おそらく。

「お嬢様。怖《こわ》い思いをさせてすみません」

いつも通りの無表情で、ミナはエカテリーナに謝罪する。

「……怖いと思う暇《ひま》もなくってよ。とても素早《すばや》くて、見事な対処だこと」

若干呆然《じゃっかんぼうぜん》としつつエカテリーナが褒《ほ》めると、ミナの口角がほんの少し上がった。

「ユールノヴァの女主人に危害を加えようとした慮外者《りょがいもの》だ。相応《ふさわ》しく処遇《しょぐう》するよう伝えろ」

こちらは驚《おどろ》いた様子もなく、アレクセイが命じる。彼はエカテリーナと違《ちが》って、ミナとイヴァンが護衛していることを承知しており、二人の動きを見て取ってもいたに違いない。

ミナとイヴァンは一礼し、白目を剝《む》いて気絶しているキーラの腕を両側から抱《かか》えて、運んでいった。

いちおう伯爵令嬢なのに、足先が床についてずるずると引きずられる、雑な扱《あつか》いなのはどうだろう。さすがに同情するエカテリーナであった。

同じ悪役令嬢として、ゲームでの断罪シーンを思い出して恐《おそ》ろしかったんだけど。びたん、に全部もっていかれたわ。ゲームのエカテリーナは、こんなコントみたいなオチにならなかっただけ、マシだった気がしてきた。

なによりお兄様が抱《だ》きしめていてくれたもんね。

さようなら、ローカル悪役令嬢。

もうお兄様とは関《かか》わらないでほしいけど、君の未来に救いがあることを願うよ。まだ十五歳の子供なんだから。

「さあ、空をご覧」

キーラを見送るエカテリーナの肩《かた》にそっと手を添《そ》えて、アレクセイは妹の視線を夜空へ向けさせる。

「あのような者のことまで、案じることはないんだ。楽しみなさい」

まさにその時、最初の花火が上がったのだった。

「まあ、きれい！」

思わずエカテリーナは声を上げた。

江戸《えど》時代の花火には、色がなかったと聞いたことがある。現代の花火みたいに色とりどりではなく、ただ光の、黄金色《こがねいろ》の花だったらしい。

けれど今、夜空に咲《さ》いた花火は、青い大輪だ。

前世のように色を変化させたりはできないのだろうけれど、江戸時代より発展しているようだな。

「ユールノヴァの花火は、色彩《しきさい》の美しさで有名なんだ。これもアイザック大叔父《おおおじ》様の研究の成果だよ」

そうか、花火の色は金属を加えることで変わるから、鉱物学者の大叔父様が貢献《こうけん》しているのか……大叔父様すげえ！　業績が多彩！

次々に、花火が打ち上げられていく。黄金色の光の花が基本だけれど、赤、緑、ピンクなどが取り混ぜられて、花開く。単色だけでなく二色の花火もあるし、ほぼ同時に打ち上げることで二色の組み合わせになっていたりと、職人の工夫《くふう》が見てとれる。

祝宴《しゅくえん》の客人たちも庭やバルコニーで夜空を見上げており、花火が上がるたびに大きな歓声《かんせい》が上がった。

「……お前のその目には、このように美しいものだけを映していてほしいが。力が及ばずすまない」

花火の合間に、ぽつりとアレクセイが呟《つぶや》く。

それで、あらためてエカテリーナは思った。今日のことは、どこまで兄の想定通りだったのだろうと。

ノヴァダインが何か仕掛《しか》けてくるであろうことは、エカテリーナも予想していた。アレクセイは、その中身まで摑んでいたのだろうか。――ある程度は、判《わか》っていたのかもしれない。

けれど、なんらかの理由で、妹に前もって話すことはしなかったのだ。

シスコンのお兄様は、できれば妹を宝箱にでもしまっておいて、修羅場《しゅらば》など見せたくなかったのかもしれない。

けれど敵対する派閥《はばつ》に最大の打撃《だげき》を与《あた》えるためには、この祝宴で、人々の前で、ノヴァダインを迎《むか》え討《う》つことが最適と判断したのだろう。そして、冷徹《れいてつ》にその判断を実行した。

クール系超《ちょう》有能お兄様。お兄様はやっぱり、私のどストライクです！　できる男って素敵！

「お兄様、わたくしは美しいばかりでなかろうとも、お兄様と同じものを見とうございますわ。

お兄様のお手伝いができるように。ですけれどもちろん、お兄様はご当主でいらっしゃるのですもの。わたくしがすべてを見るべきではないとお考えでしたら、ご判断に従いますわ」

私のリアクションとかで、返り討ちにしようとしていることを連中に気取られないように、話さないほうがいいと判断したのかな。ええ、貴族として育ってこなかった私ですから、社交スキルは低いと自覚してます。表情とか上手に取りつくろえるか、あんまり自信はないです。だから、すべてを話してくれなくても、すねたり怒《おこ》ったりしませんとも。前世でだって、経営判断で情報統制されたりしたこと、ありましたし。自分の立場から見えることがすべてではないと、解《わか》っているつもりです。

でも私は、宝箱の中で一人守られるよりも、お兄様の力になりたいですよ。

「私のエカテリーナ」

嚙《か》みしめるようにしみじみと、アレクセイは妹を呼んだ。

「お前はいつも、理解して、許してくれる。賢《かしこ》い、優《やさ》しい、私の妹。お前には、特別な魔力《まりょく》があるのかもしれないな。世の中を知らずに育ったのに、あまりにもすべてを見通してしまうのだから」

特別な魔力はないです、アラサー社畜《しゃちく》が入ってるせいです。

とは絶対に言えない！

すみません、中身がぜんぜんお兄様が思っているようなお姫様《ひめさま》キャラじゃない、アラサー社畜成分多めな妹でほんとにすみません。

「わたくしにあるのは、お兄様への愛だけですわ。愛は奇跡《きせき》を起こせると、聞き及《およ》んでおりましてよ」

エカテリーナが澄《す》まして言うと、アレクセイは笑った。

「それなら、私にも奇跡が起こせそうだ。愛しているよ」


翌日、エカテリーナはライーサから報告を受けた。

昨夜、ノヴァダインをはじめ彼の派閥に属していた者たちの多くの邸《やしき》に、領都警護隊と騎士《きし》団が踏《ふ》み込んだそうだ。祝宴に招待されて主人が不在となっている間に、賄賂《わいろ》や公爵《こうしゃく》領に不利益をもたらすやりとりの証拠《しょうこ》を押さえられ、祝宴から戻《もど》ったところで全員捕縛《ほばく》された。

ただし、ノヴァダイン本人はユールノヴァ城で捕縛された後に逃亡《とうぼう》し、現在『行方《ゆくえ》不明』とのこと。

わーすげえ、がっつり罠《わな》だったー。

聞いてなくてよかったです、こいつら全員今日で命運が終わるのかー、って哀《あわ》れみの目で見ずにいられなかったに違いないもん！

お兄様、素敵！

ますますブラコンに磨《みが》きがかかりました！

……でも私、ぜんっぜん役に立てなかったなあ。前世がアラサーだろうと、貴族の権力闘争《とうそう》に社畜の経験なんかじゃ歯が立たないのを痛感しましたわ。

これから頑張《がんば》ろう……。

祝宴の夜。その深夜。

ユールノヴァ城は、巨大《きょだい》な黒い塊《かたまり》のように、領都の夜の中心にうずくまっている。

宴《うたげ》はとうに果てている。後始末をしていた使用人たちさえ、すでに寝《ね》静《しず》まった。夜の最も深い時刻。

そんな深夜に、ユールノヴァの猟犬《りょうけん》たちが、むくりとその巨体を起こしていた。

「よーしよし、お前たち」

片目に眼帯をつけた禿頭《とくとう》の男、猟犬の飼育係イーゴリが、犬たちに低く呼びかけた。

「公爵閣下がお前たちに獲物《えもの》をくださったぞ、ほら」

イーゴリが掲《かか》げたのは、紳士《しんし》物《もの》の上着だ。絹地に豪華《ごうか》な刺繍《ししゅう》がほどこされた、最高級品。貧《ひん》民《みん》の年収すべてをつぎこんだとしても、この上着の代価には届かないに違いない。

しかしその上着は、ひどく汚《よご》れて、破れていた。

ふんふんと匂《にお》いを嗅《か》ぐ猟犬たちの後ろから、やや体格の大きい、白い毛並みが美しい猟犬がやってくる。

「レジナ、そら嗅げ。おめえなら、獲物が何か、解るんじゃねえか」

猟犬たちのリーダー、レジナが、上着を嗅いだ。

そして、鼻に皺《しわ》を寄せて、グルル……とうなり声を上げた。

「解るか、そうか。公爵閣下が、おめえの友達の仇《かたき》を取らせてくださるからな。奴《やつ》はこのお城のどっかに隠《かく》れてる。見付けて、引きずり出してやんな。いいか、殺しちゃなんねえぞ。けどな、ちっとぐらい齧《かじ》ってやっても、閣下はお怒《いか》りにゃあならねえだろうよ。さあ、行け！」

イーゴリが犬舎の扉《とびら》を開け放つと、猟犬たちは一斉《いっせい》に走り出ていった。


（なぜ……なぜこんなことに！）

広大なユールノヴァ城の庭園、その一角にある常緑樹の茂《しげ》み。

身を隠そうとその中にうずくまって、ノヴァダインは怒りと絶望に震《ふる》えている。この日のために大金をかけてあつらえた衣装《いしょう》は汚れて裂《さ》けて、上着はどこかへいってしまった。自分のみじめな姿が信じられない。

妻も娘《むすめ》も、捕《と》らえられた。ノヴァダイン自身も捕縛されそうになり、かろうじて逃《に》げることはできたが、このユールノヴァ城から脱出《だっしゅつ》するすべがない。これではいずれ、見つかってしまう。

娘キーラをアレクセイに嫁《とつ》がせ、公爵家の外戚《がいせき》になるはずだった。公爵の義父となり、公爵家の一員となって権勢を振《ふ》るうはずだった自分が、こんな戸外でこそこそと逃げ隠れしているなど。間違《まちが》っている。

こんなはずではなかった。

ああ、アレクサンドル、アレクサンドラ様。どうしてあんなに早く、逝《い》ってしまったのか。二人が健在なら、キーラは無事に婚約《こんやく》できたはずなのに。

『伯爵令嬢《はくしゃくれいじょう》が、ユールノヴァ公爵夫人になりたいって？　面白《おもしろ》いことを言うなあ、母が許すわけがないって、わからないとは思わなかったよ』

そう言って楽しげに笑ったアレクサンドルに、苦い思いを隠して一緒《いっしょ》に笑った。それでも諦《あきら》めず、粘《ねば》り強く懇願《こんがん》して、ようやく同意を得たのだ。

懇願しただけではない。そのためなら、なんでもやった。

アレクサンドラ様が連れてきたよそ者たちの、使い走りのようなこともやらねばならなかったし、彼らの邪魔《じゃま》をする者たちを排除《はいじょ》するために手を尽《つ》くした。

そうするうちに、気付いたのだ。あのアレクサンドラ様が、よそ者たちの要求には、やすやすと応じることに。

いや、応じるわけではない。しかし、よそ者たちが望む通りに動く。あの方はそんなことは、決してしないはずだというのに。

そして……あらためて、思った。

——かつて、目の上のこぶだと思っていたセルゲイ公。頑健な方だったのに、突然《とつぜん》亡《な》くなった……。

何度二人に懇願しても、笑い者にされるだけだった。だから、よそ者たちと取引したのだ。彼らの頼《たの》みを聞く代わりに、キーラの婚約を後押ししてほしいと。

彼らの目的はしょせん金だとわかっていたから、金の在り処《か》を教えてやればよかった。途方《とほう》もなく強欲《ごうよく》な連中だったが、公爵領で金が動くたびに教えてやり、娘が公爵夫人になったならもっと役に立ってやれると言うと、彼らの中心人物はにやりと笑った。

財務長だった男だ。

アレクサンドルが書状を渡《わた》してくれたのは、そのすぐ後だ。アレクサンドラ様の署名も欲しいと言えば、すぐに叶《かな》えられた。

それだけの努力を重ねて、やっと手にした書状だった。だから、二人がいなくなってしまった今、あれに賭《か》けるしかなかったのだ。諦めることはできなかったから。

あのよそ者たちは何を握《にぎ》っていたのだろう。探《さぐ》り出そうとしたが、皆目《かいもく》わからなかった。生命の危険さえ感じて、断念した。あの時、諦めなければよかったのか。

だが彼らは、アレクセイが爵位を継承《けいしょう》すると、突如《とつじょ》姿を消した。

あの時には、せいせいしたものだ。

よそ者に金を渡すのは、やはり気分が良くなかった。いくらかは分け前があったが、ユールノヴァ公爵家の筆頭分家がおこぼれにあずかっているようで。彼らが消えて、キーラが公爵夫人になれば、あの金は自分が自由にできる。そう思うと、世界が薔薇色《ばらいろ》に思えた。もう怖《こわ》いものなどないと。

だがアレクセイこそが災厄《さいやく》だった。

前財務長は、どこに囚《とら》われているのだろう。ユールノヴァ城の古い牢《ろう》に違いないのに、アレクセイが帰還《きかん》する前、城に滞在《たいざい》している間に見付けようと必死で捜《さが》しても、見付からなかった。

追い出された後も手づるをたどって捜し続けたのに、間に合わなかった。

あの男さえ手に入っていれば、今夜もこんなことには……。

その時、茂みの向こうから、怪物《かいぶつ》のようなうなり声が聞こえてきた。


常緑樹の枝をへし折って、巨大な牙《きば》を持つけだものが襲《おそ》いかかる。

「うわあああっ!!」

ノヴァダインは絶叫《ぜっきょう》した。跳《と》び上がり駆《か》け出そうとしたが、前方にも獣《けもの》が牙を剝《む》いており、さらに絶叫する。

四つん這《ば》いで逃げようとあがくが、身体《からだ》が進まない。

それどころか、後ろへ引きずられた。

足に、獣の牙が食い込んでいる。痛みを感じる暇《ひま》もなく、茂みから引きずり出され、さらに地面の上を引きずり回された。悲鳴を止められない口の中に、土ぼこりと木の葉が流れ込む。

——殺される！

死ぬ。ここで。

食われる。死ぬ。嫌《いや》だ、助けてくれ、誰《だれ》か——！

ぶんと振り回され、放《ほう》り投げられて地面に叩《たた》きつけられた。痛みに気が遠くなるが、気がつくと咳《せ》き込んで、口の中の土と葉を吐《は》き出している。

地面に這いつくばったまま、ノヴァダインはようやく、自分を襲った獣の姿を目にした。

ユールノヴァの猟犬。

「うあ、あ……」

闇《やみ》に慣れた目に、魔獣《まじゅう》をも咬《か》み殺す猛獣《もうじゅう》の一団が、爛々《らんらん》と光る目でこちらを見据《みす》えている姿が映る。地鳴りのようなうなり声が、轟《とどろ》いている。

(た、闘《たたか》ってやる……!)

魔力を高めようとした。だが、長年の安楽な生活に錆《さ》び付いたそれは、怯《おび》えに乱れる意思に少しも応じてこない。

それを察したように、ひときわ大きい白い毛並みの猟犬が、ずいと踏《ふ》み出した。

「ぎゃああああっ」

跳《は》ね起きて、ノヴァダインは駆け出した。

どこをどう、逃げ回ったのか。

猟犬たちに追い回され、こけつまろびつ城の庭園を逃げまどい、追い込まれるように小さな建物に駆け込んだ。かろうじて扉を閉め、ずるずるとその場にへたり込む。

とたん、凄《すご》い力で扉が押し開けられ、ノヴァダインは床《ゆか》を転がった。

「失礼」

場違いなほど、愛想《あいそ》のいい声がかかる。

虹石《こうせき》の灯火《ランタン》を下げた背の高い青年が、押し開けた扉から入ってきた。闇に慣れた目に、虹石の輝《かがや》きがまぶしい。が、いつぞやノヴァダインを城から追い出した、アレクセイの従僕であることは解《わか》った。

さらに、もう一人。

長身の人影《ひとかげ》が、扉の中へ足を踏み入れる。

「ゼフィロスの廏舎《きゅうしゃ》に逃げ込むとはな」

「か、閣下……」

アレクセイの低い声に、ノヴァダインは震え出した。

「奴が城にいると思ったか」

「は……」

「前財務長の居場所を、嗅ぎ回っていたことはわかっている。お前の手先だったメイド頭《がしら》のアンナは、すでに解雇《かいこ》した」

ノヴァダインは震えるばかりだ。

「前財務長が、何も話していないと思ったか」

その言葉には、息を呑《の》んだ。では……あらかじめ、知っていたのか。あの書状の存在を。

「お前が捜した男は、城にはいない。だが、お前はこれからを、城で過ごすがいい」

アレクセイは、廏舎の壁《かべ》へ目を向けている。そこには、人馬が描《えが》かれた絵が、灯火《ランタン》の光におぼろに浮《う》かび上がっている。

「ゼフィロスを覚えているか。お前が殺した」

アレクセイの声音《こわね》には、珍《めずら》しく感傷がこもっていた。

「あの時、お前を放っておくべきだった。瀕死《ひんし》だろうと、ゼフィロスはお前など咬み殺してのけただろう。私がやめさせようと間に入ったばかりに、ゼフィロスは私をかばって死んだ」

ノヴァダインの脳裏《のうり》に、あの時の光景が蘇《よみがえ》る。酔《よ》いに濁《にご》った、きれぎれの映像だったが。

邸《やしき》から駆け出してきて、忌《い》まわしい魔獣馬を背にかばったアレクセイ。いつも小憎《こにく》らしいほど落ち着いていた、賢《さか》しげな子供だったのに、あの時は必死で叫《さけ》んでいた。

だから……ちょっとからかうつもりで、剣《けん》を振り上げてみせたのだ。ただの冗談《じょうだん》だった。酔っていた。

だがあの獣は凄《すさ》まじい咆哮《ほうこう》を上げて、アレクセイと剣の間に割り込んできた。すごい殺気だった。だからだ、思いきり剣を突《つ》き立てたのは。何度も、何度もそうした。そうしなければ、獣が襲いかかってきたからだ……。

アレクセイがエカテリーナを悲しませまいと語らなかった、ゼフィロスの死の真相だった。

「は、は」

ノヴァダインは、ひきつった笑い声を上げる。

「あの時のあなたは……珍しく、子供らしかった。あなたの泣き顔など見たのは、あの時が」

ガッ！　と衝撃《しょうげき》があって、ノヴァダインは再び床を転がった。従僕が蹴《け》りを放ったのだ。

「すみません、閣下。勝手な真似《まね》を」

「いい。……以前なら、自分でそうしていたかもしれないな」

頭を下げる従僕に、アレクセイは首を振《ふ》る。何を想《おも》ってか、後半の語調はむしろ穏《おだ》やかだった。

だが、ノヴァダインに向けた目は、ただ冷たい。

「お前は領都警護隊から逃走《とうそう》し、行方《ゆくえ》不明だ。お前がどうなろうと、誰も何も知り得ない」

ノヴァダインは硬直《こうちょく》した。では、奴《やつ》らは自分を、わざと逃《に》がしたのか。いや、追い込まれたのだ、アレクセイの手中に。誰も、知らない。それでは自分は、アレクセイの思うがままだ。

「知っているか、この城の地下には、巨大《きょだい》な炉《ろ》がいくつもある。冬の暖房《だんぼう》のためだ。秋の終わりから春先にかけて、火が絶えることはない。そこが、お前の過ごす場所だ」

ノヴァダインは蒼白《そうはく》になった。

アレクセイは、うっすらと微笑《ほほえ》む。

「昼も夜も、お前にはもはや知り得まいが……初雪を指折り数えて待つがいい。その時、炉に火が入るが、お前はそこに留《とど》まるだろう。

炎《ほのお》と共に」

悲鳴を上げ続けるノヴァダインを騎士《きし》たちが引きずっていき、アレクセイはイヴァンと共に厩舎を後にした。

「今夜中にも、知ってることは洗いざらい喋《しゃべ》りそうですね。あんな奴、本当に燃やしてやればいいんですよ」

イヴァンが明るく言う。しかし、アレクセイは首を振った。

「いや。あれで公爵《こうしゃく》領の上流階級には顔が広い、謀殺《ぼうさつ》しては禍根《かこん》を残す可能性がある。当分は押さえておく。……片付けることは、いつでもできる。どうせなら、より効果的に使うべきだ」

冷徹《れいてつ》に言った後、アレクセイはふと表情をやわらげた。

「それに、エカテリーナはそういうことを好まないだろう。嫌《きら》われたくはない」

「お嬢様《じょうさま》なら、閣下が何をなさろうと、嫌ったりはなさらないですよ」

「ああ、あの子は理解して、許してくれるだろう。……だが、すべてを許してくれるからこそ、それに甘えるべきではないと思う」

彼らしい、生真面目《きまじめ》な言葉だ。許してくれる相手にほど、際限なく要求し続ける人間は多いものだが。

「ひとつだけ、お嬢様がお許しにならないことがありました。閣下が仕事で夜更《よふ》かしなさることです」

「そうだな。早く休まなければ」

イヴァンの言葉にアレクセイは笑い、主従は足早に城内へ戻《もど》っていった。

エカテリーナの初めての乗馬

「わたくし、馬に乗れるようになりとうございますわ」

祖父の愛馬ゼフィロスについて話したあとで、最愛の妹エカテリーナにそう言われて、アレクセイは即座《そくざ》にうなずいた。

皇国では、貴族女性の乗馬は必須《ひっす》教養というわけではないが、問題視されることもない。ただ、このユールノヴァでは、近年あまり推奨《すいしょう》されない雰囲気《ふんいき》があった。

理由は、祖母アレクサンドラが嫌ったためだ。なぜ嫌ったかといえば、皇后マグダレーナが乗馬を好む活発な女性であるためで、先帝《せんてい》の姉であるアレクサンドラにさしたる敬意を払《はら》わないマグダレーナが腹立たしいあまりに、彼女を思い出させるものまで排除《はいじょ》するようになったらしい。

つまりは、そんな雰囲気など、気にする必要はない。

「もちろん、お前が望むなら」

そう言いかけたアレクセイだが、はたと気付いた。

皇国では、女性が馬に乗る場合は横乗りが一般《いっぱん》的だ。横乗りには、専用の鞍《くら》が必要。しかしユールノヴァ公爵家には、長らく乗馬する女性が誰《だれ》もいなかったため、使える鞍がないはず。

そもそも鞍は、乗り手と馬の身体《からだ》に合ったものをきちんとあつらえるべきだ。

騎士団を抱《かか》えるユールノヴァ公爵家では、乗馬の道具に事欠くことはない。だがそれは、男であればこそだった。その違《ちが》いも考えず安請《やすう》け合いしかけた自分を内心で罵《ののし》りながら、アレクセイはエカテリーナにそれを説明する。

「至急でお前に合った鞍を作らせよう。少し待ってくれ」

すると、エカテリーナはにっこり笑った。

「お兄様がそうおっしゃるなら、仰《おお》せの通りにいたしますわ。ですけれど、わたくし、お許しがあればやってみたいことがありますの」

やってみたいこと、の内容を聞いて、アレクセイは目を見張る。

しかし、すぐにうなずいた。

「お前の望みはすべて叶《かな》えるよ、我が女王」


翌日。

「お兄様！」

厩舎《きゆうしや》の近くにある馬場で待っていたアレクセイのもとに、エカテリーナが歩み寄ってきた。

着ている服の袖《そで》を引っ張ったり襟元《えりもと》をいじったりして気にしているが、いかにも嬉《うれ》しそうだ。

「お待たせいたしました。わたくし、おかしくありませんかしら」

馬場で馬の調教をしている騎士数名が、エカテリーナの姿を見てあっけにとられているが、アレクセイは目を細めた。

「おかしいはずがあるものか。いつも通り美しい上に、凛々《りり》しさが加わって、ますます女神《めがみ》のようだよ」

「お兄様ったら」

エカテリーナは微笑む。いつもの言葉だが、これを言う時、妹はいつもどこか慈愛《じあい》を感じる表情をする。褒《ほ》めそやし甘やかすアレクセイを受け入れることで、むしろ兄を甘やかしているような。

しかし周囲が驚《おどろ》くのはもっともで、エカテリーナは、男物の服を着ているのだった。

エカテリーナがやってみたいと言ったのは、『殿方《とのがた》のように馬にまたがって乗ってみたい』ということだったのだ。

世間知らずのこの子らしい。とアレクセイは思う。常識に照らせば大胆《だいたん》な頼《たの》み事を、無邪気《むじゃき》に言い出せるのは、エカテリーナの美点だと。

いや前世のイメージでは乗馬といえばまたがって乗るものだったので、そうか昔は女性は横向きに乗ってたんだった、という知識はあっても、またがって乗るほうが『普通《ふつう》』という感覚が抜《ぬ》けないだけなのだが。

さらに言えば、前世ではスカートよりパンツが好き、仕事で着るスーツはパンツスーツ一択《たく》だったので、ようやく楽な格好《かっこう》ができた、というのが正直な気持ちなのである。

しかしもちろんそんなことは、アレクセイの想像のはるか彼方《かなた》だ。

エカテリーナが着ているのは、アレクセイの昔の服。シンプルな白いシャツと黒い細身のズボンだが、体型の違いで身体に合わず、袖は長すぎるのを折り返して、細すぎるウエストはベルトでぎゅっと締《し》めて合わせている。子供が大人の服を着ているようで可愛《かわい》らしい、とアレクセイは思う。

もっともそう思っているのはアレクセイだけで、若い騎士などはエカテリーナの姿を見て、あわてて目を逸《そ》らしたりしている。胸と腰《こし》のあたりだけ窮屈《きゅうくつ》そうな大きすぎる男物の服を、無《む》理矢理《りやり》着ているご令嬢の姿は……いや決して見苦しいわけではなく、むしろ似合っているというか、魅力《みりょく》的であるのだが。

ぶっちゃけエロい。

いつか皇国にも、彼シャツ的な言葉が生まれるのかもしれない。


エカテリーナの初めての乗馬のために、悩《なや》みに悩んだあげく厩舎の馬たちからアレクセイが選んだのは、年かさのおとなしくて賢《かしこ》い雌馬《めすうま》だった。幼い頃《ころ》から乗馬に親しんできたアレクセイ自身は、気性《きしょう》の激しい悍馬《かんば》を乗りこなすことを好むが、初心者に薦《すす》められるものではない。この馬なら、なんならエカテリーナがただ背にまたがっているだけで、馬場を一周して安全に帰ってきてくれるだろう。

それでも心配なので、アレクセイが自ら馬のくつわをとって、ゆっくりと歩かせている。乗馬の練習にはほとんどならないが、どうせ横乗り用の鞍が来てからでないと本格的な練習はできないのだから、今日はこれでいいはずだ。エカテリーナも、思った以上に高いとか揺《ゆ》れるとか言いつつ、楽しそうにしている。

　エカテリーナは、甘やかされることでこちらを甘やかしているようだと思うが、今もまさにそれなのかもしれない。

「皇后陛下は乗馬をお好みなんだ。下手《へた》な男より、よほど見事に乗りこなしておられる。人目のないところでは、男装してこういう乗り方をされることもあるそうだよ」

「まあ、では来年の行幸でお会いする時に、乗馬についてお話しできますわね」

「その前に皇城に呼んでいただけるかもしれないな。次は皇城に来てほしい、とお言葉があっただろう」

「はい、お帰りの時に、確かにそうおっしゃいましたわ。本当にお招きくださいますかしら」

　そう言うエカテリーナは、嬉しそうな表情だ。皇室のような冷たいところには嫁《とつ》ぎたくない、と強く言っていたのに、皇帝皇后両陛下のことは、むしろ慕《した》っているように見える。しかし両陛下の人柄《ひとがら》を知った今も、嫁ぎ先としては考慮《こうりょ》外らしい。

　そんな自分の矛盾《むじゅん》に、この子は全く気付いていないようだ。人並み外れた聡明《そうめい》さを持ちながら、時々、何かがぽっかりと抜けているような。

　だが、それを指摘《してき》するつもりはなかった。病弱で世間知らずなこの子を、次期皇后として送り込むなどとんでもない。ノヴァダインたちがのさばるユールノヴァ城が伏魔殿《ふくまでん》なら、皇城は権謀術数《けんぼうじゅっすう》渦巻《うずま》く魔境だ。自分の目が届かないところへ嫁がせて、母アナスタシアのような苦しみを味わわせることになったら、悔《く》やんでも悔やみきれない。

「きっと招いてくださるだろうな。その時には、無事に帰ってこられるように、しっかりした守りをつけてあげよう」

「はい、ありがとう存じます」

　そう言ったものの、皇城に行くのに守りが必要な意味がわからない様子で、エカテリーナは首を傾《かし》げた。

「お前があまりに美しいから、悪人にさらわれてしまいそうで心配なんだよ。できることなら片時も離《はな》れず見守っていたい」

「お兄様ったら」

　エカテリーナは、とうとう笑い出した。

「お兄様は、わたくしにあまりに甘すぎですわ。少し、クルイモフ家のご兄妹《きょうだい》を見習うべきと思いましてよ」

「お前を猿《さる》と呼ぶことはできないよ、私の青薔薇《あおばら》。だがお前が、マリーナ嬢《じょう》と同じくらい元気になってくれれば嬉しいと思う」

その、同じ頃。

ユールノヴァ領から見て東方にあたる、広大な平原を有するクルイモフ領。

「おい」

短く呼ばれて振《ふ》り返ったのは、ニコライ・クルイモフ。アレクセイの同級生だ。

「なんだよ、親父《おやじ》」

父の顔を見て、ニコライは言う。すっかり同じ高さになるまでに成長した息子《むすこ》の顔を無言で見返して、クルイモフ伯《はく》フョードルは、息子が寄りかかっている柵《さく》に歩み寄った。子供たちと同じ金色混じりの赤毛を短く刈《か》り、長身に筋肉質のたくましい体軀《たいく》。力仕事をいとわず太陽の下で働いてきた、日焼けした顔には年齢《ねんれい》相応の皺《しわ》が刻まれているが、それが渋《しぶ》い魅力にもなっている。

柵の向こうは馬場になっていて、二頭の馬が全力疾走《しっそう》していた。魔獣馬《まじゅうば》ではなく、血統管理のために飼育している普通の馬だが、素晴《すば》らしい駿馬《しゅんめ》だ。乗り手はどちらも女性、凜々しい美《び》貌《ぼう》に似合ったきりりとした男装で、横乗りではなくまたがって、並みの男など及《およ》びもつかない手綱《たづな》さばきで若い悍馬を乗りこなしている。

クルイモフ家の伯爵《はくしやく》夫人と伯爵令嬢である。

「楽しそうだな」

「そうだよな。マリーナの奴《やつ》、猫被《ねこかぶ》りなんかやめちまえばいいのに……ってわけにもいかんか。学園でピッチフォーク振り回されても困る」

　ニコライは苦笑《くしょう》する。

「けどまあ、学園でも最近は諦《あきら》めて、被ってる猫が減ったかな。ちょっとばかりお上品ぶっても、本物のお姫様《ひめさま》とは比べ物にならないってのが、よく解《わか》ったらしい」

「お姫様……ユールノヴァ公爵令嬢か」

「ああ、エカテリーナ嬢だ。美人だぜ、それに言葉遣《ことばづか》いとか、ちょっとした仕草とかが、古風なくらいに上品なんだ。立ってるだけでキラキラして見えるくらい、気品ってやつがあるのに、本人が全然自覚してないみたいなのがまた、いいんだよな。公爵の可愛がりようときたら」

　言葉を切ってニコライはぶはっと笑い……すぐ笑い止《や》んだ。

「シャレにならんことになってる」

「……？　どういうことだ」

「言葉じゃ説明できん……」

　なにやら青褪《あおざ》めている息子に、フォードルはけげんな顔だ。

「まあいい。公爵閣下はその後どうだ」

「なんて言うかなあ」

　うーん、と考え込んだニコライだが、すぐ顔を上げた。

「ま、幸せそうかな。妹を大事に可愛がって、妹からも大事にされて。人間味が出てきた」

それを聞いて、フョードルはずいと身を乗り出した。

「まだ頑固《がんこ》か？」

「そこは相変わらずだな。筋金入り」

「まったく」

ちっ、とフョードルは舌を鳴らす。

「こっちは八年前から決めているというのに。ただ贈《おく》っても、絶対受け取らないのが目に見えとる。たった十歳の時から、どう考えてもひとかどの人物になる器《うつわ》で、どうにも頑固で、堅苦《かたくる》しい性格だった。セルゲイ公の半分でもいいから融通《ゆうずう》が利《き》くようになれんのか……くそ、ヴェントゥスも待ちくたびれたろう」

父子が目を向ける囲いの中には、見事な魔獣馬がいる。まだ若い雄《おす》で、体格が良く、毛並みが輝《かがや》くようだ。

「八年前から気が変わらない親父も、たいがい頑固だけどな」

ニコライは笑う。

「公爵は本当に、エカテリーナ嬢が絡《から》むと、別人みたいになるぜ。そこから、何かしら機会があるんじゃないか」

「エカテリーナ嬢か。美人で気品があるのはわかったが……実際のところ、どんな令嬢だ」

「俺もそんなに話したことはないからなあ。けど、まあ、印象として」

言葉を切って考え込んだニコライの口元に、ふと笑《え》みが湧《わ》いた。

「曇《くも》りがない」

「曇り？」

「高位のお方は、いつも自衛しているだろう。隙《すき》を見せない、相手の隙を見逃《みのが》さない。公爵もそうだし、ミハイル殿下もそうだ。自分を隠《かく》しているのが、俺には曇りに思える。だけどエカテリーナ嬢は、そういう感じがないんだ。貴族らしく自衛しつつ常に勢力拡大を狙《ねら》うとか、そういう……高位のお方のちょっと嫌《いや》なところを、まったく知らないように見える。頭はいいし、周りの一年生よりずっと大人なところもあるようだが、たぶん本質が、まっすぐに優《やさ》しい。そういうところが、公爵は可愛《かわい》くてならんらしいし——ミハイル殿下も、そうなのかもしれん。勘《かん》だけどな」

「……ほう」

フォードルは唸《うな》る。

「お前がそう言うなら……」

だがその時、わあっと声が聞こえてきた。

「シルフ！　シルフがまた逃《に》げた！」

フォードルとニコライが目を向けると、すらりとした魔獣馬が駆《か》けていくところだった。魔獣馬にしては小柄な雌馬、姿の美しさはクルイモフ家の馬たちの中でも指折りの一頭だ。鞍《くら》を抱《かか》えた牧童が、おたおたと後を追っている。

「放《ほう》っておけば勝手に帰ってくる。追わんでいい」

牧童にそう声をかけ、フョードルはやれやれとため息をついた。

「わがままな奴だ。鞍はつけられないでもないんだが、その後がな。好き嫌《きら》いが激しい」

「おふくろは乗れそうだと言ってたぜ。またがられるのが嫌な性質なんじゃないか？　たまにいるだろ、そういう馬。横乗りならいけそうらしい」

「ふむ」

フョードルは何やら考え込む。

「あまり前例はないが……面白《おもしろ》いかもしれん」

「おい、何考えてんだよ親父」

うさんくさそうな顔をした息子に、フョードルは答えなかった。

あとがき

お読みくださってありがとうございます。浜千鳥《はまちどり》です。

おかげさまで、本作も三巻となりました。一巻二巻を購入《こうにゅう》してくださった皆様《みなさま》、本当にありがとうございます。皆様のおかげです！

三巻の舞台《ぶたい》は、皇都から公爵《こうしゃく》家の領地であるユールノヴァ領へ移りました。一巻では舞台は魔《ま》法《ほう》学園、二巻では皇都、三巻になってさらに広がっております。エカテリーナとアレクセイと一緒《いっしょ》に、皇国を旅する気分を味わっていただければ幸いです。

舞台が広がるだけでなく、ユールマグナとの因縁《いんねん》がさらに明らかになったり、この世界の歴史が重大な転換期《てんかんき》に来ていることが判明したりします。そして領地のローカル悪役令嬢《れいじょう》と、アレクセイとの、とある騒動《そうどう》など……。

舞台は変わっても、エカテリーナとアレクセイのブラコンシスコンは変わりません。エカテリーナは、アレクセイのためなら世界に変わってもらう勢いです。アレクセイは今回、公爵という強大な権力者となるべく育てられてきた人間らしい冷酷《れいこく》な一面をのぞかせますが、妹にはひたすら甘々です。
よく読者様から「砂糖を吐《は》くほど甘い」というお言葉を頂戴《ちょうだい》するのですが、今回も吐いていただければ嬉《うれ》しいです。何をめざしているのか自分。

そして三巻刊行も、八美《はちび》☆《す》わん先生の美麗《びれい》なイラストが見られるというご褒美《ほうび》を目指して頑《がん》張《ば》りました。ウェブサイトで本作を連載《れんさい》している最中にも、いろいろな箇所《かしょ》で、この場面をイラストで見たい！　というご感想をいただいては、全力で同意しております。むしろ書いている時点で、イラストを想像しながら書いたりしておりました。今回もとても素敵です！

また一冊の本が出来上がるにあたっては、多くの方々の手をお借りしております。その皆様にしみじみと感謝申し上げる次第です。中でも楽しい作業に、校正さんとのやりとりがあったりします。言葉の意味を突《つ》きつめて考えて、ここはこの言葉でいいのか？　と悩《なや》んだり、漢字でいくかひらがなにひらくか考え込んだり。ウェブで連載している時には一人で孤独《こどく》にやっている作業を、一緒に考えていただけるのがとても嬉しいのです。

本作を読んでくださるかたに、心から感謝しております。少しでも楽しんでいただければ幸いです。

浜千鳥

「悪役令嬢、ブラコンにジョブチェンジします３」の感想をお寄せください。
おたよりのあて先
〒102-8177　東京都千代田区富士見2-13-3
株式会社KADOKAWA　角川ビーンズ文庫編集部気付
「浜　千鳥」先生・「八美☆わん」先生
また、編集部へのご意見ご希望は、同じ住所で「ビーンズ文庫編集部」
までお寄せください。

悪役令嬢《あくやくれいじよう》、ブラコンにジョブチェンジします３

浜《はま》　千鳥《ちどり》

角川ビーンズ文庫　22490

令和３年１月１日　初版発行
令和３年11月10日　４版発行

発行者――青柳昌行
発　行――株式会社KADOKAWA
〒102-8177　東京都千代田区富士見2-13-3
電話 0570-002-301（ナビダイヤル）
印刷所――株式会社暁印刷
製本所――本間製本株式会社
装幀者――micro fish

●お問い合わせ
https://www.kadokawa.co.jp/ （「お問い合わせ」へお進みください）
※内容によっては、お答えできない場合があります。
※サポートは日本国内のみとさせていただきます。
※Japanese text only

ISBN978-4-04-110958-8 C0193 定価はカバーに表示してあります。

◇◇◇

あやかしの家の仮《かり》主《ぬし》さま
衣がさね　狐と狸と焔の娘
三《み》川《かわ》みり
イラスト　保《ほ》志《し》あかり
恐ろしいあやかしと、
優しい衣でおもてなし!?
大好評
発売中！
一人ぼっちの心を癒す、
あやかし大正ファンタジー！
幼い頃母に捨てられ、反物屋で働く佐《さ》名《な》。嫁げと命じられた
相手には、嫁を食い殺すあやかしが取り憑いていた！
思わず逃げ出した佐名は、怪しい男・忽《くつ》那《な》青《せい》紀《き》に捕らえられ、
なぜか「この屋敷に主として住め」と脅されて……!?

●角川ビーンズ文庫●

角川ビーンズ小説大賞
原稿募集中!
君の"物語"がここから始まる!
角川ビーンズ小説大賞がパワーアップ!
https://beans.kadokawa.co.jp
詳細は公式サイトでチェック!!!
【一般部門】&【WEBテーマ部門】
賞金 大賞 100万円
優秀賞 30万円
他副賞
締切 3月31日
発表 9月発表(予定)
イラスト/紫 真依